星に祈る――おいち不思議がたり　目

JN052744

星に祈る

おいち不思議がたり

あさのあつこ

PHP
文芸文庫

○本表紙デザイン＋ロゴ＝川上成夫

主な登場人物

［菖蒲《しょうぶ》長屋の人々］

おいち……藍野松庵の娘で、父のような医者を目指して修業中。この世に心を残して亡くなった者の姿が見えるという不思議な能力を持つ。

藍野松庵《あいのしょうあん》…おいちの父。長崎帰りの蘭方医として名を馳せていたが、今は一介の町医者として貧しい人々の診療にあたっている。

お蔦《つた》……仏具職人・八吉の女房でおしゃべり好き。五人の子を持つ。

［香西屋《こうさいや》の人々］

藤兵衛《とうべえ》……八名川町の紙問屋『香西屋』の主《あるじ》。

おうた……おいちの伯母《いと》。『香西屋』の内儀《おかみ》。おいちのことを愛しんでいる。

［新海屋と江戸石渡医塾の人々］

遼　太郎《りょうたろう》……海辺大工町の油問屋『新海屋』の跡取り息子。

石渡明乃《いしわたあきの》……長崎の名医・石渡乃武夫《のぶお》の妻。夫から医術を学び、夫の死後、江戸で女医を育てる医塾を開く予定。

冬柴美代《としばみよ》……石渡明乃のもとで医術を学ぶ。

穴吹喜世《あなぶききせ》……石渡明乃のもとで医術を学ぶ。

［その他の人々］

お里《さと》……おいちの実母。

田澄十斗《たずみじつと》……長崎遊学から戻った医者。松庵の仕事を手伝う。おいちの実兄。

仙五朗《せんごろう》……本所深川界隈を仕切る凄腕の岡っ引。〝剃刀《かみそり》の仙〟の異名をとる。

新吉《しんきち》……腕のいい飾り職人。おいちに想いを寄せている。

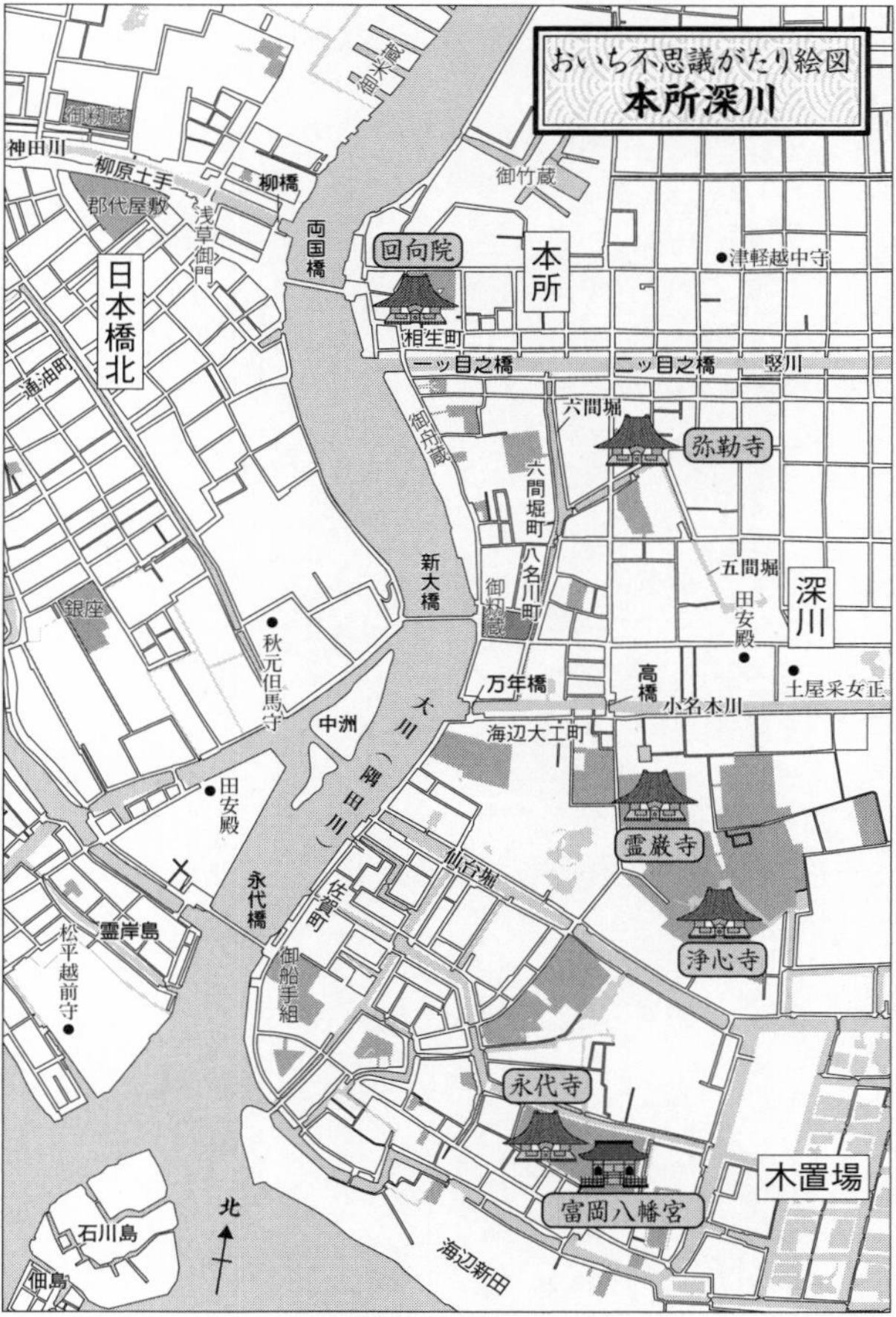
おいち不思議がたり絵図
本所深川
御米蔵
御籾蔵
神田川
柳原土手
柳橋
郡代屋敷
浅草御門
両国橋
回向院
本所
御竹蔵
津軽越中守
日本橋北
相生町
一ッ目之橋
二ッ目之橋
竪川
通油町
六間堀
弥勒寺
御舟蔵
六間堀町
八名川町
新大橋
御籾蔵
五間堀
深川
田安殿
銀座
秋元但馬守
万年橋
高橋
土屋采女正
小名木川
中洲
大川（隅田川）
海辺大工町
田安殿
霊巌寺
仙台堀
佐賀町
永代橋
霊岸島
浄心寺
松平越前守
御船手組
永代寺
木置場
富岡八幡宮
北
石川島
海辺新田
佃島

星に祈る——おいち不思議がたり

序

苦しいかと問うと、相手は小さく、しかし、確かに頷《うなず》いた。

ひどい面相《めんそう》だ。

できものが身体《からだ》中に広がっている。顔もそうだ。右眼は膨《ふく》れ上がった瞼《まぶた》で半《なか》ば塞《ふさ》がれ、鼻も頬《ほお》も唇《くちびる》も赤く爛《ただ》れて息をするのも苦しげだった。

すぐに楽にしてやる。耳元でそう囁《ささや》くと、かろうじて開いている左眼から涙が零《こぼ》れた。こんな姿になっても人は泣くものかと、ほんの刹那《せつな》だが驚く。

もう、いい。十分に役に立ってくれた。もう、楽にしてやらねばならない。

楽にしてやるとも、今すぐにな。

相手の爛れた唇をこじ開ける。前歯がぽろりと抜け落ちた。全身が蝕《むしば》まれている。恐ろしいほどの効目《ききめ》だ。獰猛《どうもう》な獅子《しし》のようではないか。いや、あれは獅子よりよほど剣呑だ。

不意に手が伸びてきた。爛れた指先が腕を摑《つか》む。悲鳴をあげそうになった。指は強く、強く、腕に食い込んでくる。痛みが骨まで達しそうだ。

まさか、こんな力がまだ残っていたとは。死にかけているくせに、まだ……。

痛い、放せ。指を振り払おうとしたとき、相手の右眼が開いた。瞼から血が流れる。大きく見開いた二つの眼がぬらりと光った。

「おのれ、よくも、よくも」

唸《うな》り声がはっきりと耳に届く。怨嗟《えんさ》の声だ。

おのれ、おのれ、おのれ、よくも、よくも。

舌《した》だけはできものも爛れもない。桃花《とうか》を思わせる美しい色をしていた。それがのたくる。

おのれ、おのれ、よくも、よくも。

「この怨《うら》み、忘れな……」

がくりと頭が下がった。息はまだしている。ぜぇぜぇと微《かす》かな音がしていた。

最期《さいご》の足掻《あが》きだ。人はぎりぎりまで足掻き続ける。

腕を振る。指はあっけなく離れて落ち、〝く〟の字に曲がったまま動かなくなった。

楽にしてやろうとしているのに、抗《あらが》ってどうする。

器《うつわ》の中の白濁《はくだく》した薬液を相手の口に注《そそ》ぐ。ゆっくりと、丁寧《ていねい》に、一滴も零さないように。匙《さじ》で静かに喉《のど》に流し込むのだ。さっき、あれほどぎらついた眼の光は既《すで》に失《う》せていた。

飲みやすいだろう。苦みも辛《から》みもないはずだ。仄《ほの》かな甘ささえ感じるはずだが。いや、もう何も感じないか。手を止める。心持ち屈み込んで、相手の面《おもて》を窺《うかが》う。脈を取るまでもない。

死んでいた。

相手の瞼と唇を閉じてやる。すると、穏《おだ》やかな死に顔が現れた。微かに笑《え》んでいるように見える。むろん、見えるだけだ。まやかしに過ぎない。

怨みか。声に出さずに呟《つぶや》いてみる。我知らず薄笑いを浮かべていた。

死者は何もできない。笑うことも、泣くことも、愛《いと》しむことも、嘆《なげ》くことも、怨むこともできないのだ。笑うのも泣くのも愛しむのも嘆くのも、生きている者だけに許されている。

怨み続けるのも、どれほどの年月が経《た》とうとも怨みを抱《いだ》き続けるのも、生きているからこそだ。生きているからこそ背負わねばならない。

楽になっただろう。

骸《むくろ》になった相手に、胸の内で話しかける。涙が乾《かわ》いて細長い跡になっていた。

これでほんとうに楽になっただろう。もう、誰も怨まなくていいのだ。よかったな。

そっと相手の首に触れてみた。まだ、温かい。抱き締めてやりたくなる。できもしないのに覆《おお》われ、膿《うみ》の臭《にお》う身体を抱き締めてやりたい。

よかったな、よかったな。

首から頰を、頰から額《ひたい》を撫《な》でながら、呟き続ける。

答えるように、風が鳴った。

朝の光

桜の季節が過ぎてしまうと、江戸の空は一気に青の濃さを増す。冬のように冷たく澄んでいないし、春のように淡く霞《かす》んでもいない。青を濃くして、光を弾《はじ》く。

もう一月《ひとつき》もすれば、猛々《たけだけ》しい夏空が姿を現すだろう。雲が湧《わ》き、日差しが肌《はだ》を射《い》る。

「それくらいまではまだ、いいんだけど」

おいちは湯呑《ゆのみ》を手に、小さく息を吐《は》いた。

「厄介《やっかい》なのはその後の時季なのよ、伯母《おば》さん」

伯母さんと呼びかけた相手、八名川町《やながわちょう》の紙問屋《かみどんや》『香西屋《こうさいや》』の内儀《おかみ》、おうたが軽く肩を竦《すく》める。ついでに口をへの字に曲げる。

おまえの話なんて、とんと興《きょう》が湧《わ》かないね。

と、露骨《ろこつ》に示している素振《そぶ》りであり顔つきだ。かまわず、おいちは続けた。

「まず、梅雨《つゆ》が明けたあたりにどんと病人が増えるの。ほら、急に暑くなるでしょ。それに湿気《しっけ》もすごくて、お年寄りや小さな子どもはまいっちゃうのよねえ。虫も多くなるし。去年は虫に刺されて高熱を出した患者さんが五人も来たわ。毒虫って、ほんと怖《こわ》いよね。神田《かんだ》の何とかって老舗《しにせ》のご隠居が、百足《むかで》に嚙《か》まれたのが因《もと》で亡くなったって聞いたもの。父さんは、毒にやられたというより嚙まれたという動揺で心《しん》の臓《ぞう》が止まったんじゃないかって言うんだけど。どっちにしても百足で命を落としたことに変わりないでしょ。怖い、怖い。で、夏の盛りの暑さはもちろんだけど、秋風が立ち始めたころも危《あぶ》なくて、やれやれと油断してると……」

「おいち」

おうたが妙に低い声で呼んだ。低くて太い。腹にずんと響《ひび》いてくる。

おいちは口を閉じた。

「いいかげんにおし。あたしはね、おまえと病人の話をするために出向いてきてんじゃないよ。あれこれべらしゃべって、話を逸《そ》らそうとしても無駄だからね」

おうたの鼻の穴が広がった。そこから、ふんと息が漏《も》れる。鼻先には汗が浮いていた。

「あたしはね、季節に関《かか》わりなく、ここに来ると病《やまい》になりそうだよ。お粗末な造りで、狭《せま》くてさ。言っちゃ悪いけど、うちの納戸《なんど》の方が何倍もましじゃないか」

おうたの視線が裏長屋の一間《ひとま》をくるりと巡《めぐ》る。

深川六間堀町《ふかがわろっけんぼりちょう》の菖蒲《しょうぶ》長屋。おいちの父、藍野松庵《あいのしょうあん》はここで十年以上、町医者をやっている。おいちも父の手伝いをしながら日々を過ごしていた。

手伝いではなく助手《すけて》ではなく、いつか父のようになりたい。父に負けない医者になりたい。とくに女を診《み》る医者になりたい。女でも男でも病や怪我《けが》は苦しい。辛《つら》い。痛い。ときに惨《むご》くさえある。そこに違いはない。けれど、女は病を自分の底深くに隠そうとする。子を産むことを強《し》いられ、子を産まない、産めないことを責められる。心のままには生きられない。男だって好きに生きているわけではない。それくらいわかっている。でも、女は二重の枷《かせ》をはめられて耐《た》えているように、おいちには思えてならないのだ。女が故《ゆえ》の病ときちんと向き合い、治療できる医者になりたい。枷を外《はず》すことはできなくても、緩《ゆる》められる者になりたい。いや、目途《もくと》だ。

おいちの胸に芽生《めば》え、育ち、今も育ち続けている夢だ。

「おいち、あたしの話を聞いてるのかい」

「え？　あ、うん。もちろん聞いてるわよ。そりゃあここより、『香西屋』の納戸の方が立派でしょ。でも、うちの長屋、風通しも日当たりも他所《よそ》よりずっといいのよ。父さんが、ここを借りたのはそれが決め手になったんだって」

「松庵さんが何を決めたって、あたしには一分《いちぶ》の関わりもないさ。できるなら、蝦夷《えぞ》か肥後《ひご》のあたりで開業してほしかったよ。もちろん、おまえを江戸に残してね」

「あら、やだ。それじゃ、あたしが不憫《ふびん》でしょ。母さんとは死に別れ、父さんとは生き別れ。まるで草双紙《くさぞうし》のお話みたい。かわいそう過ぎるわ」

「嫁にもいかず、貧乏長屋で貧乏医者の手伝いをしている方がよっぽど不憫さ。松庵さんさえ江戸にいなきゃ、お里《さと》が亡くなったとき、あたしがおまえを引き取ってたよ。『香西屋』の娘として育てたはずさ。そうしてりゃ今ごろ、おまえはどこぞの大店《おおだな》のお内儀《ないぎ》に間違いなく収まってたね」

　お里というのは、若くして亡くなった母の名前だ。おうたは母の姉になる。

「伯母さん、納戸の片づけをしてるんじゃないんだから、勝手に収めたりしないでちょうだいよ」

「収めますよ。きっちり収めます。それがあたしの役目だからね。で、どうなんだい?」

「どうって……」

「いいかい。もうべらべらしゃべりはいいからね。患者がどうでも、病人がどうでもいいんだよ。梅雨だろうが百足だろうが納戸にしまっときゃいいんだ。へっ、『香西屋』の内儀を舐《な》めるんじゃないよ。おまえのつまんないおしゃべりに誤魔化《ごまか》されるほどお人好《ひとよ》しじゃないのさ。いいかい、おいち」

おうたが詰め寄ってくる。

おうたはよく肥《こ》えてはいるが、華やかな美貌《びぼう》の持ち主だった。『香西屋』の主《あるじ》藤兵衛《べえ》が一目惚《ひとめぼ》れして、ぜひとも女房《にょうぼう》にと乞《こ》うたと聞く。おうたから聞いたのだから多分に尾鰭《おひれ》は付けているだろうが、あながち全《すべ》てが作り話ではないと思えるほどの美貌だ。松庵に言わせれば、「義姉《ねえ》さんは、黙《だま》って座ってりゃあ江戸美人の枠《わく》に十分入れるんだがな。義姉さんに黙って座ってろなんて、腹ペコの犬の前に餌《えさ》を置いて食べるなってのに等しいからなあ」だそうだ。

確かに伯母が黙って座っている姿なんて、どうにも思い浮かばない。おうたはいつも、華やかで賑《にぎ》やかでお節介《せっかい》で、楽しい。

「この縁談、進めさせてもらうよ。いや、進めるからね。覚悟おしよ」

「伯母さん、縁談って覚悟しなきゃ進まないの」

「当たり前だろ。一生のことなんだ、腹を据《す》えて覚悟を決めて向かっていくもんさ」

「何だか、討ち入りみたいだね。ちょっと物騒《ぶっそう》じゃない。物騒なことには近寄らない方がいいと思う。君子《くんし》危《あや》うきに近寄らずってこういうときに使っていいのかな」

おいちは愛想《あいそ》笑いを浮かべ、ひらりと手を振った。

「ということで、お断りいたします」

「はあ？　正気かい。こんないい話を断る馬鹿《ばか》がどこにいるんだよ。お相手は、あの『新海屋《しんかいや》』の跡取り息子だよ。わかってるね。深川でも一、二を争う大店の、いずれは主になる人だ。その縁談を断る？　馬鹿じゃないか。ほんとに大馬鹿だ」

「伯母さん、馬鹿、馬鹿って繰り返さないでよ。ほんとに馬鹿になった気がするじゃない」

「なった気がするじゃなくて、本物、掛け値なしの馬鹿だよ。おまえも松庵さんも」

「父さんは関係ないでしょ。今、往診に出かけてるんだから」

浅草今戸町《あさくさいまどちょう》に一人、昔から付き合いのある患者がいる。心の臓《しんぞう》に持病があって、それがこのところ悪化していた。「あと一月《ひとつき》はもたんかもしれん」。出がけに呟《つぶや》いた松庵の声音《こわね》は暗く重く、おいちの耳に響いた。

医者の近くにはいつも死がうずくまっている。獲物《えもの》を狙《ねら》う山犬のように、人の命を食らおうとしている。死を追い払う。患者を生に引き戻す。それがどれほど困難か、至難《しなん》か、父の傍《かたわ》らで見てきた。

「おれは、たいていが負け犬だ。いつも、したたかにやられちまう」

松庵が嘆息《たんそく》の合間《あいま》に、ぼそりと言った。珍《めずら》しく酒を飲んでいた。いつのころか季節は忘れたが、二十歳《はたち》を幾《いく》つか出たばかりの若い患者を亡くしたときだったのは覚えている。

労咳《ろうがい》だった。風呂《ふろ》の手桶《ておけ》一杯の血を吐いて、若い指物師《さしものし》はこときれた。

「今度も助けられなかった」

酒を呷《あお》り、天井《てんじょう》を見上げた父が儚《はかな》く消えてしまいそうで、おいちは身を震《ふる》わせたものだ。

人がみな天寿を全《まっと》うし、安らかに逝《い》けたらいいのに。木々の葉が落ちるように、花弁《かべん》が散るように、生きるだけ生きて、静かに死を迎え入れられたらいいのに。祈りに似た気持ちになる。

木《こ》の葉や花が当たり前に繰り返す営《いとな》みが、人には難《かた》い。

不意の病、思いがけない怪我、無念を抱《いだ》き、未練を残しての死。

人だからこその運命《さだめ》に医者はどう立ち向かえばいいのか。

父のうなだれた姿にふれるたびに、おいちは自分に問いかける。

「おいち、おまえ、まさか違うだろうね」

おうたが顎《あご》を引いた。二重《ふたえ》の下顎が三重になる。

「違うって、何が?」

「あの、シンゾウとかシンスケとかいう飾《かざ》り職人だよ。あの男と夫婦《めおと》約束なんかしてるんじゃなかろうね」

「新吉《しんきち》さんね。伯母さん、知っているくせにわざと間違えないでよ」

「ふん。その新吉さんとやらと将来を言い交《か》わしたりはしてないね」

「当たり前でしょ。どうして、あたしが新吉さんと夫婦約束なんかするのよ」

「あの男がおまえに惚《ほ》れてるからだよ」

おうたはもう一度、鼻から息を吐き出した。行儀が良いとはお世辞《せじ》にも言えない。

「ぞっこん惚れ込んじまってる。で、あわよくば、おまえの婿《むこ》に収まろうって魂胆《こんたん》なのさ」

「伯母さん、新吉さんはそんなに腹黒くないわよ。むしろ、さっぱりした真《ま》っ直《す》ぐ過ぎるぐらいの気性《きしょう》なんだから。あわよくばなんて考えられる人じゃないの」

「おや、やけに庇《かば》うじゃないか。おやま、もしかして」

おうたが二重の顎を突き出す。おいちは、僅《わず》かに身を引いた。

「何よ。伯母さん、変な眼《め》つきしないでよ」

「おまえもそうなのかい。そうなんだね。あの男に惚れてるんだ」

「まっ、何を言ってんのよ。何であたしが新吉さんに……」

「惚れてないのかい」

おうたはさらに詰め寄ってくる。おいちは退《ひ》く。このまま下がれば、土間《どま》に転《ころ》げ落ちてしまう。おうたは容赦《ようしゃ》なく攻めてくるつもりらしい。

「いいんだよ。正直にお言い。あたしだって、おまえが可愛《かわい》いんだ。たった一人の姪《めい》っ子なんだからね。娘だと思って育ててきたんだからね。松庵さんのことは義弟《おとうと》だなんて思いたくないけど、おまえは混ざりっけなしに可愛いんだよ」

「ここでも、父さんが出てくるんだ。伯母さんって、ほんとは父さんのこと大好きなんでしょ」

「お黙り！」

おうたの一喝《いっかつ》には迫力がある。とうてい太刀打《たちう》ちできない。おいちは身を縮《ちぢ》めた。

「松庵さんなんてどうでもいいから、黙ってお聞き。いや、ちゃんとお答えな。どうなんだい。あの男に惚れてるのかい。夫婦になりたいって思ってるのかい」

「そんなこと思ってません」

言い切った後、胸が僅かに疼《うず》いた。

思っていない？　ほんとに？

新吉は飾り職人だ。相当な腕前で、奉公先『菱源《ひしげん》』の親方は「悔《くや》しいけどよ、新吉には敵《かな》わねえ。あいつの指には神さまが宿ってんだ」と褒《ほ》めたそうだ。独《ひと》り立ちした今も、親代わりに育ててくれた親方に義理を立てて、月の半分は『菱源』に通っている。

義理堅《がた》く、正直で、潔《いさぎよ》い。喧嘩《けんか》っ早《ぱや》いのが玉に瑕《きず》だが。おいちたちと知り合ったのも喧嘩で負《お》った傷がきっかけだった。太腿《ふともも》を匕首《あいくち》で刺された新吉が運び込まれ、松庵が手当てしたのだ。

二親《ふたおや》を早くに亡くし、親戚の家をたらい回しにされて何とかその日をしのいできた。人伝《ひとづて》に聞いた新吉の育ちは、江戸ではどこにでも転がっている子どもの悲惨だ。親を亡くした貧しい家の子、その生がどれほど過酷《かこく》か、おいちにもわかっている。生き延びるのさえ至難なのだ。新吉が舐めてきた辛酸《しんさん》に思いを馳《は》せると、心が痛む。けれど、新吉は他人《ひと》も己《おのれ》の人生も大切に生きていた。弱い者に手を差し伸べ、力ある者に抗《あらが》う。筋《すじ》を通し、地味だけれど真剣に日々を過ごしている。そして、生きている今を楽しんでいる。

立派な若者だ。ありふれていそうで、なかなかできない人生を歩んでいるのだと思う。そこは間違いない。けれど……。

あたしは新吉さんをどう想《おも》っているんだろう。

惚れている？　慕《した》っている？　この人と一緒になりたいと望んでいる？　それとも、男とか女とか好きとか嫌《きら》いとか関わりなく、いい人として見ているだけ？

どうなんだろう。自分のことなのに答えられない。気持ちが摑《つか》めない。

「まあ、悪くはないがね。あの男も」

おうたがにっと笑った。紅《べに》を引いた唇《くちびる》が横に広がる。獲物を捕《と》らえた狼《おおかみ》を思い起こしてしまった。狼の笑った顔など見たこともないが、なんとなく伯母の笑顔と重なってしまう。

「貧乏なのが気に食わないけど、そこはまあ、『香西屋』がおまえの後ろ盾《だて》になってるんだ。何とかなるさ。為人《ひととなり》もまあまあだし、職人としての腕は折り紙付きなんだろう。それなら、表《おもて》に店《たな》の一つも出して頑張《がんば》ればどうにかなるかもしれないねえ」

「伯母さん、何の話をしてるの」

「おまえと新吉って男の話だよ。あたしとしちゃあ、今一つ乗り気にはなれないけど、まあ四《し》の五《ご》の言ったたって始まらないしね。大店の若旦那に嫁《とつ》いだからって必ず幸せになれるもんじゃなし。好き合った相手と一緒になるのが無難《ぶなん》かもしれないよねえ」

おうたは手のひらをこぶしで軽く叩《たた》いた。ぱしりと心地《ここち》よい音がした。

「よしっ。こうなったら腹を決めて、前に進めようじゃないか。あ、たしか新吉には厄介な係累《けいるい》はいなかったよね。うんうん、確か身寄《みよ》りは全《まった》くないって言ってたからね。それに食べ物の好き嫌いもなくて、博打《ばくち》に手を出したこともない。むろん、女遊びとも縁がないよね。『菱源』の親方、そろそろ隠居を考えてるから、得意先ごと店を新吉に譲《ゆず》ってもいいなんて言ってるそうじゃないか。だとしたら、店を構える苦労をしなくて済むわけだ」

「……伯母さん、新吉さんのこと、あたしよりずっと詳《くわ》しく知ってるのね」

「おまえの周《まわ》りをうろうろしている男は残らず調べ上げてあるのさ。男と女なんて、いつどうなるか先が読めないんだからね。ああ、どういう手順にするかねえ。やっぱり、新吉の気持ちを確かめなきゃ駄目《だめ》だろうね。面倒《めんどう》くさいけどさ」

「その前に、あたしの気持ちを確かめてよ。あたし、一人前の医者になりたいの。誰かと所帯《しょたい》をもつなんて、今は考えられないから」

「じゃ、いつになったら考えるんだよ。一人前の医者になってからかい。それには、どのくらいの日数《ひかず》がいるんだい。一年か、二年か。半年で足りるのか。答えてごらんな」

「そっ、そんなことわからないわ。でも一年や二年じゃ無理でしょ」

「おいち、おまえ、自分の年がわかってんのかい。ぐずぐずしてたら年増《としま》の仲間入りしちまうよ。だいたいね、おまえは」

「しっ」

「へ？　何だよ」

「誰か来る。きっと、患者さんだわ」

気配《けはい》がした。微《かす》かにだが血が臭《にお》った。おいちにはこういうところがある。これからやってくる患者の気配を感じるのだ。ときに、くっきりと見えることもある。いつもというわけではない。どんな力があって見えるのかわからない。ただ、役には立つ。ちょっとでも早く治療の手立てがとれるからだ。「医者にとっては、この上ない力だぞ、おいち」と、松庵は認めてくれる。ただ、おいちの力はそこに留《とど》まらなかった。

患者にもなれない、医者の手を離れてしまった人たち、死者と呼ばれる人たちの声を聞き、姿を見ることができるのだ。これもいつもではない。聞こえない、見えないときの方がずっと多い。

おいちは自分の力を持て余しているわけでもないし、厄介だとも感じない。怖くもない。死者は、もう届かない声で必死に何かを訴えてくる。どんなに必死になっても生者《せいじゃ》は気付きもしない。当たり前だ。生と死と。世界が変わってしまえば通じなくなる。当たり前なのだ。しかたないのだ。でも、少しでも自分が仲立ちできたら。死者たちがどうしても伝えたかった一言《ひとこと》を拾い上げられたら、伝えられたらと思う。おいちは自分の力を生きている人のためにも、亡くなった人のためにも使いたかった。

反面、他人《ひと》に知られたら気味悪がられるだろうと用心もしている。誰かと夫婦になるのを躊躇《ためら》うのも、その用心が一因になっているのかもしれない。夫婦になった相手に、気味が悪いと言い捨てられたら、やはり、少し……、とてもとても傷ついてしまう。それは怖い。

「先生、松庵先生、おられますか」

腰高障子《こしだかしょうじ》の戸が開いて、三十絡《がら》みの女が入ってきた。母親らしい年寄りを抱き支えている。

「松庵は今、往診中なんです。どうしましたか」

上《うわ》っ張《ぱ》りを羽織《はお》りながら尋《たず》ねる。女も老女も自分の脚《あし》で立っている。正気《しょうき》は保《たも》っているようだ。慌《あわ》てることはない。慌ててはいけない。

「おっかさんが転んで、膝《ひざ》に怪我をしてしまって血が止まらないんです」

「わかりました。ここに横になってください。伯母さん、釜《かま》の中からお湯を汲《く》んできて。そこの桶《おけ》に一杯ね」

「へ？　何であたしが」

「伯母さん！　怪我人の手当てをするのよ。人手《ひとで》がいるでしょ」

「はぁ？　はいはい、わかりましたよ。全《まった》く、ここに来るとどうして、こうなっちまうのかねえ。うんざりだよ。おかつ、ほらお湯だよ、お湯。早くおし」

お付きの小女《こおんな》に向かって顎をしゃくり、おうたは百味簞笥《ひゃくみだんす》の横に重ねてある晒《さらし》を掴んだ。

「おいち先生、どれくらい入《い》り用ですかね」

「取り敢《あ》えず一巻き。おかつさん、甕《かめ》の中のきれいな水もお願い。それと手拭《てぬぐ》いも」

「はい」

おうたもおかつも手慣れたものだ。おうたなど何も言わなくても、奥の部屋から薬籠《やくろう》を持ってきてくれた。その手際《てぎわ》のよさがおかしいけれど、笑っている場合ではない。

「お名前を教えてくださいな」

「あ、はい。わたしは美津《みつ》。母はキネといいます」

「お美津さん、おキネさんはお幾つですか」

「六十一です」

「どこで、どんな風に転びました」

「表通りです。買い物の帰りに道を横切ろうとしたら、荷車がすごい勢いで走ってきたんです。避《よ》けようとして足を滑《すべ》らせてしまって。わたしは尻《しり》もちをついただけだったんですが、母はかなりの勢いで横倒しになってしまって、暫《しばら》く起き上がれませんでした」

「まあ、それで荷車は行っちまったんですか」

おうたが口を挟《はさ》む。お美津が「はい」と頷《うなず》くと、おうたの眦《まなじり》が吊《つ》り上がった。往来を傍若無人《ぼうじゃくぶじん》に走る荷車に憤《いきどお》っているのだ。おいちも熱いほどの怒《いか》りを覚える。どれほどの荷を積んでいたか知らないが、一つ間違えば人の命を奪う所業ではないか。乱暴にも程《ほど》がある。

いや、今は治療に専念しなければ。

おキネの膝あたりはずるりと皮がむけて、血塗《ちまみ》れになっていた。手拭いで縛《しば》ってあったが、その手拭いが紅《あか》く染《そ》まっている。ただ、骨は折れていないようだ。傷の方も広いけれど、深くはなさそうだ。縫合《ほうごう》はしなくていいだろう。ともかく汚れをとって、血を止めなければならない。

水で傷口を洗い、新しい手拭いを重ね、上から押さえる。おキネが低く唸《うな》った。

「痛みますか」

「……大丈夫です。でも、ここはどこなんで……」

「おっかさん、菖蒲長屋の藍野先生のところにいるのよ。前にも咳《せき》が止まらなくて診てもらったことあるでしょ。わかってる？　今、先生が手当てをしてくれてるからね」

「ああ、藍野先生……。いい先生だよね。おや、でもだいぶ若返ったような……」

「まっ、おっかさんたら。藍野先生は藍野先生でもおいち先生の方じゃないの。松庵先生の娘さん。若いのは当たり前でしょ」

「おや、そうだったかね。この前のときは会わなかったものね。え？　誰？　おいつちゃん。古手屋《ふるてや》のおいつちゃんかい。えらく別嬪《べっぴん》になって」

「おっかさん、しっかりして。おいち先生よ、おいち先生」

お美津が申し訳なさそうに肩を窄《すぼ》める。

「すみません。母は年のせいか、ちょっとちぐはぐなところがあって。この前、治療に来たときはおいち先生はいらっしゃらなかったんです。それで辻褄《つじつま》の合わないことを言って」

「ああ、構いません。わたしもおキネさんのこと知らなかったんですもの。おあいこですよね。でも、これでお互い顔見知りになりました。次は、覚えてててください ね、おキネさん」

「ああ、はいはい。おいち先生ね、覚えましたよ。もう忘れるものですか。あっ、痛いっ」

「お薬を塗《ぬ》ってるから我慢して。膿《う》んだりしたら、大変だからね」

血が止まったのを確かめて、晒を巻く。

「これで大丈夫だと思います。痛みが軽くなるお薬と膿まないようにするお薬を出しますね。それで、明日、もう一度来てくださいな。明日は父もおりますから」

「はい。おいち先生、ほんとにありがとうございました」

お美津が頭を下げる。おキネも拝《おが》むように両手を合わせた。

ちょっと面映《おもは》ゆい。でも、気持ちはいい。自分なりに仕事をやり遂《と》げたからだ。

安堵《あんど》と満足がじわりと湧いてくる。

「それにしても、その荷車の主《ぬし》に文句の一つも言ってやらなきゃ。いや、薬礼《やくれい》を全部払わせて、見舞金も出させなきゃいけないね。一つ間違えば大事《おおごと》じゃないか。おキネさん、死ぬとこだったんだよ」

おうたが眦を吊り上げたまま、言った。確かにその通りだ。人の歩く往来を我が物顔で駆《か》けるなど言語道断だ。改めてもらわねば困る。

「その荷車、どこのお店のものかわかりますか」

おいちの問いに、お美津が頷いた。気弱な光が目の中に宿る。

「わかります。荷の上に暖簾《のれん》印の入った覆《おお》いが掛けてありました。でも……無理だと思います。あまりの大店なので、あたしたちが何を言っても無駄だと……」

「店の大きさなんて関わりあるもんかい。『三井越後屋《みついえちごや》』だってやっちゃいけないことはいけないんですよ。え、お美津さん、まさか、ほんとに『三井越後屋』なんですか」

おうたが言い切る。どうしてだか、ぐいと胸を張る。こういう伯母が好きだ。江戸随一《ずいいち》の商人《あきんど》だろうと、公方《くぼう》さまだろうと悪いことは悪いと言い切る伯母は頼《たの》もしくて凛々《りり》しい。

「いえそこまでの大店では……。あの、たぶん、『新海屋』さんかと」

『新海屋』、どこかで聞いた覚えがある。おうたがむむっと唸った。

「あら、伯母さん、『新海屋』さんてあの縁談の」

「お黙り。そんなもの知りませんよ。あの話はもうご破算《はさん》さ。荷方の躾《しつけ》もできないような店なんて願い下げだね。わかったよ、明日にでもあたしが『新海屋』に話を付けてやる。お美津さん、事と次第によっちゃあ、あんたにも同行してもらうよ。年寄りをこんな目に遭《あ》わせて、ほんとどうしようもないね」

おうたの怒りは収まらない。ひとまず、お美津とおキネは帰っていった。同じ六間堀町の与平《よへい》長屋に母子《おやこ》で暮らしているという。

木戸を出ていく二人を見送ったとき、おいちの心にふっと影が差した。

あたし、何かを忘れていないだろうか。

不安？　波立つような不安が胸を過《よぎ》り、指の先まで寄せてくる。

おいちはかぶりを振った。治療はきちんとできた。手落ちはない。どう考えても、ない。傷が膿む心配はあったけれど、それは明日、松庵が確かめてくれるだろう。今の今、おいちはやれることを全てやったはずだ。

この不安はなに？　わけがわからない。おキネの傷は大層なものではあったが、命に関わるほどではなかった。それなら、なぜ、いち早く気配を感じたのだろう。どうして、血の臭いを嗅《か》いだりしたのだろう。

動悸《どうき》がした。胸を押さえる。

誰もいなくなった木戸を見ながら、おいちは佇《たたず》んでいた。

父の心

「うーむ」

と、松庵《しょうあん》は唸《うな》った。松庵が唸るのは珍《めずら》しくない。いつものことだ。患者を診《み》ていても唸るし、薬を調合していても、近所のご隠居と碁《ご》を打っていても唸る。唸り声にも軽重《けいちょう》や浅深《せんしん》があり、今日のはさほど重くも深くもない。なのに、気に掛かる。

「父さん、あたし、何か間違えてた？」

父の顔を覗《のぞ》き込み、おいちは尋《たず》ねた。心持ち、語尾が細くなる。

尋ねたのはおキネのことだ。おキネに施《ほどこ》した治療を詳《くわ》しく伝え、父の返事を待った。往診から帰った松庵に茶《ちゃ》と茶請《う》けの漬物《つけもの》を用意したときだ。

「間違っちゃいない。おまえの手当ては、概《おおむ》ね正しかったと思うぞ」

松庵に言われ、おいちはやっと息を吐《は》き出すことができた。安堵《あんど》の息だ。

「よかった。何だかもやもやしてたの」

「もやや？」

空《から》になった湯呑《ゆのみ》を置き、松庵はちらりと娘を見やった。

「何だ、そのもやもやってのは？」

「あ、うん。どうしてだか、ちょっと不安で……」

「おキネさん、骨は折れていなかった。腰を打ったのと膝《ひざ》を擦《す》りむいただけだったんだな」

「うん、腰も膏薬《こうやく》を貼《は》っただけで痛みが和《やわ》らいだから、たいしたことはないと思うの」

「しかし、膝の傷《きず》は相当だったんだな」

「ええ。かなり酷《ひど》かった。皮が剝《む》けて血がたくさん出てたから。巻いた手拭《てぬぐ》いから滲《にじ》むぐらい。でも、縫合《ほうごう》しなきゃならないほど深くはなかった。水で汚れを洗い流して血止めの手当てをして、薬を塗《ぬ》りました」

「血が止まったのは確かめたな」

「はい。確かめました。確かめてから薬を塗ったの。ゑ《え》の三の棚《たな》に入っている膿《うみ》止めの薬。その後、ゑの一の飲み薬を出したの」

百味簞笥《ひゃくみだんす》には松庵が調合した薬が入っている。どの引き出しに何の薬があるのか、頭の中にはきちんと納まっているし、匂《にお》いや色、球《たま》や粉《こな》といった形で見分けもつく。それでも、薬を選び、取り出すときは慎重《しんちょう》の上にも慎重になる。生唾《なまつば》を吞《の》み込んだことが何度もあった。

慣れてはいけない。慣れれば気が緩《ゆる》む。気が緩めば思わぬ間違いを引き起こしかねない。

薬を間違えることは、患者の命を危《あや》うくすることだ。

それだけは肝《きも》に銘《めい》じておけと、松庵から事あるごとに言われている。

「うむ、それでいい」

おいちの治療をもう一度確かめ、松庵は大きく頷《うなず》いた。

「手ぬかりはないようだがな。なぜ、不安を覚えたんだ」

「それは、おキネさんたちが来る前にあの……、いろいろ感じてしまって……」

松庵が瞬《まばた》きをした。おいちは、新しい茶を父の湯吞に注《つ》ぐ。

「例のやつか」

「うん。血の臭《にお》いも微《かす》かだけどしたし……」

例のやつ。松庵が言ったのは、おいちの〝力〟のことだ。

見える。

聞こえる。

生者《せいじや》だけでなく死者のかそけき声を聞き、その姿を見る。

「琴《こと》が上手《じようず》に弾《ひ》ける者も、舞《まい》が上手《うま》い者もいる。手先が器用だったり、信じられないくらい頭の切れるやつもいるだろう。おまえの〝力〟もそれと同じじゃないのか。並じゃない、つまり、ちょいとない優《すぐ》れた才覚だ。おれはそう思ってるんだが」

松庵はさらりとそう言ってくれる。並の父親なら、娘に悪霊《あくりよう》が憑《つ》いたと仰天《ぎようてん》し、やれ祈禱《きとう》だ、やれお祓《はら》いだと騒ぐだろうに。

松庵も並ではない。並でない父親に育てられたのだから、並でない力があるのも頷け……はしないが、松庵が慌《あわ》てても騒ぎもせずに自分の全《すべ》てを受け入れて、慈《いつく》しんでくれることで、あれこれ悩まずに済んでいるのは事実だ。

心底《しんそこ》からありがたいし、父の度量の広さが心強くも嬉《うれ》しくもあった。もっとも、おうたに言わせると、「はぁ？　度量だって？　松庵さんは度量が広いんじゃなくて、能天気《のうてんき》なだけさ。世の中、何とかなると思ってんだよ。ほんと物事を深く考えないんだからね。困ったもんだ」となる。そして必ず、「おいち、いいかい。所帯《しよたい》をもつのに能天気男だけは駄目《だめ》だからね。地に足が着いた生き方をしている男を選ぶんだよ。いや、あたしが選んでやるからね」と続く。

伯母《おば》が父の度量をちゃんと呑み込んでいることも、生きていく上で、ときに何より能天気が大切になることもきちんと解《かい》していると承知していた。だから、おいちは、いつも笑ってやり過ごすことができるのだ。

「うーん、そうか。おキネさんたちが何か秘密を抱《かか》えているってことか」

「あたしたちに関《かか》わってくる秘密じゃないと思う。血の臭いってことは、おキネさんの怪我《けが》に纏《まつ》わってくると思うんだけど……。そうしたら、自分の治療に落ち度があったんじゃないかと怖《こわ》くなっちゃって」

「いや、今聞いた限りでは落ち度などないようだが」

松庵が暫《しばら》く黙《だま》る。そこに文字でも浮かんでいるように、湯呑を見詰《みつ》める。

「おいち」

「はい」

「おキネさん、頭を打ってはいなかったんだな」

「ええ、それも確かめました。尻《しり》もちをついた格好《かっこう》から横に倒れたとかで頭は打ってないって、お美津《みつ》さんは言ってたけど」

「聞いただけで、診ていないのか」

「頭を？　ええ、ちゃんと診ていないわ、あたし……」

我知らず唇《くちびる》を嚙《か》み締《し》めていた。

髷《まげ》の間に指を這《は》わせて、ざっと調べてはみた。瘤《こぶ》や傷はなかった。おキネは頭の痛みを訴えなかったし、目が霞《かす》んだり眩暈《めまい》や吐き気《け》の様子も見られなかった。

「そうか。頭の中まで見通す術《すべ》はないからな。万が一、出血があっても人の目ではとらえきれん。ただ、人は強く頭を打つと、内側にじわじわと血が滲んだりする。みながみなではない。たん瘤一つで済む者の方が多いだろう。ただ、打ちどころとか、打った強さとかによってじわじわ、となることもあるんだ。うむ、このじわじわが厄介《やっかい》でな。目に見える傷なら手当てもできるが、身体《からだ》の内側に広がった血をどうこうする手立てはないんだ」

「頭の中に血が広がったらどうなるの」

「……おそらく、助からん」

松庵は自分の手をかざし、ひらりと振って見せた。

「指先が痺《しび》れたり、呂律《ろれつ》が回らなくなったり、真《ま》っ直《す》ぐに立てなくなったり、身体に異変が起こる。中には不意にばたりと倒れて、そのまま息を引き取ったりもする。去年、柿葺《こけらぶ》き師の富助《とみすけ》さんが亡くなったのもそれだ。屋根から落ちて頭を打ったのが因《もと》だった。卒中《そつちゅう》なんてのも、頭の中の出血が禍《わざわい》してるそうだが」

おいちは指を握《にぎ》り締めた。爪《つめ》の先が手のひらに食い込んでくる。

「おキネさんをすぐに帰しちゃいけなかったのね。暫くの間は、できれば父さんが帰ってくるまで、いいえ、一晩はここで横になってもらわなきゃいけなかった。様子を見てなきゃいけなかった」

「念のためにな。いや、今の医術では身の内の出血に打つ手はほとんどない。まして、頭の中となるとどうにもならん。けどな、おいち」

「……はい」

「おれたちは医者だ。どうにもならんと、諦《あきら》めるわけにはいかんじゃないか。できる限りのことをやり続けなきゃな。医者が諦めるってことは患者を見放すってことだ。患者がまだ生きたいと望んでいるなら、医者も治療を続けなきゃならん」

「はい」

父の言葉を嚙み締める。医者の闘《たたか》いの有り様《よう》を嚙み締める。嚙み締めながら立ち上がる。

「あたし、おキネさんのところに行ってみます」

患者帳に所書きがある。字が書けない患者のためにおいちが代筆することもしばしばだが、お美津はすらすらと、しかも、しっかりと整った手跡《しゅせき》で記していた。

「慌てるな」

松庵が止める。手の中で湯呑をゆっくりと回す。

「何かあれば報《しら》せがくるはずだ。おまえが慌てて動き回れば、おキネさんが不安になる。この前、初めて診たんだが、少し、物覚えが怪《あや》しくなっているだろう」

「ええ。自分がどこにいるのかわからなかったみたい。あたしと他の娘さんのことがごっちゃにもなってた。でも、きっちり受け答えをしてくれたところもあったけど」

「そうだ。年を取って子ども返りをしているのかもしれん。ああいう人は、他人の不安が伝染《うつ》る。層倍にも三層倍にもなって、な。そうなると本人が混乱して、わけがわからなくなる危惧《きぐ》も出てくる。まずは、おまえが落ち着いて、何気ない風を装《よそお》って覗いてみろ」

「わかった。そうする」

そうだ、落ち着かなくちゃ。医者が慌てるのはご法度《はっと》だ。どんなときも静心《しずごころ》を保《たも》たなきゃ。なかなか難しくはある。正直、おいちには至難《しなん》だ。でも、心がける。努める。

おいちは胸の上を軽くこぶしで叩《たた》いた。

「しかし、おまえが嗅《か》いだ血の臭いってのが気になるな。おキネさんの身に何かが起こるってことなのか……。それが、頭の中の出血なのかどうか……」

「父さんはそう思わないの」

「うむ、何とも言えんな。ただ」

松庵が言い淀《よど》む。おいちに窺《うかが》うような視線を向ける。おいちは顎《あご》を引いた。

「ただ、何よ。やだな、はっきり言って。おキネさんの治療、他にも手ぬかりがあった？」

「そうじゃない。ただ、その、おまえが何かを感じるときって、大抵が事件絡《がら》みじゃなかったか。医者より、岡《おか》っ引《ぴき》、仙五朗《せんごろう》親分の領分だったことが多いよな」

「まっ、そんなこと」

「ないか」

「……あるわね」

しぶしぶ認める。確かにそうだ。病状がどうの傷の具合がどうのではなく、そこに事件が絡んできたとき、おいちは見るのだ。感じるのだ。嗅ぐのだ。尋常《じんじょう》でない何かの姿を、気配《けはい》を、臭いを。で、仙五朗親分が登場してくる。

〝剃刀《かみそり》の仙《せん》〟との異名《いみょう》を取る名うての岡っ引だ。その岡っ引と一緒に、おいちは幾《いく》つかの事件にぶつかっていった。

「親分が言ってたぜ。『おいちさんは、あっしの道標《みちしるべ》みてえなもんなんで。その示す道を行けば下手人《げしゅにん》をとっ捕《つか》まえることができやすからね』ってな。〝剃刀の仙〟の道標になれるとは、おまえもたいしたもんじゃないか」

松庵が笑う。おいちは顎を上げ、笑う父を睨《にら》んだ。

「もう、父さんたら。あたしが、仙五朗親分の道標なんかになれるわけないでしょ。なりたくもありません」

仙五朗は好きだ。気風《きっぷ》がよくて、豪胆《ごうたん》で、恐ろしいほど頭が切れる。善人とは言い切れない。非情も荒々しさも内に秘めている。でも、人の根の一端《いったん》に深い情愛を宿してもいた。だから、信じられる。ならず者、ごろつきに蛇蝎《だかつ》の如《ごと》く忌《い》み嫌《きら》われ、懼《おそ》れられ、憎まれていると聞いたが、それは取りも直さず、仙五朗がこち側にいる証《あかし》だ。ささやかに生きている者の、ときに狡《ずる》くも卑《いや》しくもなり、ときには哀《あわ》れで悲しい運命《さだめ》を生きる者の、強靱《きょうじん》でしたたかで真《ま》っ当《とう》に生きようとする者の側に立っている証だ。

おいちはそう思う。

仙五朗といると楽しいし、胸躍《おど》ることも度々《たびたび》ある。だからといって、ずっと一緒にいたいわけではない。自分とは違う世界を見ている人だと心得ている。

娘に睨まれて、松庵は身を竦《すく》めた。

「いや、だから、今度のこともおキネさんの怪我云々《うんぬん》ではなくて、何か事件が関わってくるんじゃないかと、まあ、そう言ってるだけなんだぞ、おれは」

「おキネさんが事件に巻き込まれる、ってこと」

「それか、事件を引き起こすか」

松庵と顔を見合わせる。松庵がゆっくりかぶりを振った。

「こういうのを杞憂《きゆう》ってんだろうな。起こってもいないことをあれこれ思い悩む」

杞憂、無用の心配であってくれればいいが。

「あたし、やっぱり様子を見に行ってくる。与平店《よへいだな》は近いもの」

「うーむ。その方がいいかもしれんな。ただし飽迄《あくまで》、何気ない風《ふう》を装って、落ち着いて会うんだぞ。おれは、ちょっと横にならせてもらう」

松庵が長い息を吐き出した。

それでやっと、おいちは父親がひどく疲れているのだと気が付いた。浮かした腰を、また、下ろす。父の様子を眺《なが》めてみる。

いつもの上《うわ》っ張《ば》りを脱《ぬ》いで茶をすすっている松庵は一見、くつろいでいるようでもあった。やはり、疲れているのだ。それもかなり。疲れると松庵の気配は緩み、ゆったりしているとさえ思える。草臥《くたび》れ切った小袖《こそで》が張りを失い、型崩《かたくず》れするのに似ていた。

自分の懸念《けねん》に囚《とら》われて、その崩れを見過ごしていた。

「父さん、嵯峨屋《さがや》さん、相当悪いの」

問うてみる。松庵の眼《め》の色がすっと翳《かげ》った。

松庵が往診してきた患者、浅草今戸町《あさくさいまどちょう》の提灯屋《ちょうちんや》『嵯峨屋』の主《あるじ》は、おいちたちが菖蒲《しょうぶ》長屋に越してきて間もなくからの付き合いだ。おいちが十三になったときに、〝十三祝い〟だと紅白の提灯を贈ってくれたことがある。丁寧《ていねい》に作られた提灯は色合いが美しく、習《なら》わしに従いおうたが拵《こしら》えてくれた赤い腰巻よりも、よほど嬉しかったのを覚えている。

その主の持病が悪化して、手の施しようがなくなっているのだ。

「ああ、悪い。息をするのも話をするのも苦しくて、早く楽になりたいとそればかりだ。おれの力ではどうにもならないところまできてしまったなあ」

茶を一口すすり、松庵はまた、長いため息を吐《つ》いた。

「嵯峨屋さん、そんなに苦しんでるの……」

「うむ。心《しん》の臓《ぞう》だからなあ。楽な病《やまい》なんてものはないが、心の臓と肺腑《はいふ》をやられるのはまた一段と……苦しいものだ」

そこで松庵は軽く眉間《みけん》を押さえた。口元が少し歪《ゆが》んでいる。

「内儀《おかみ》に頼まれたよ」

眉間《みけん》を押さえたまま続ける。妙にかさかさした声だった。

「もう楽にしてやってくれないかと」

「ま……」

絶句してしまう。『嵯峨屋』の内儀の丸顔が浮かぶ。亭主より五つ、六つ下だと聞いたからそろそろ五十に手が届く齢《よわい》だろうか。髪が黒々としているのと豊頰《ほうきょう》のおかげで、その齢よりかなり若く見える。見目《みめ》形だけでなく、いつも、機嫌《きげん》よく笑《え》みを絶やさないからかもしれないが。浅草寺境内《せんそうじけいだい》の茶屋の娘で、嵯峨屋に見初《みそ》められたと本人から聞いた。

「看板娘《かんばんむすめ》と言いたいところですが、そこまでの器量じゃなくてね。でも、うちの人ったら、別嬪《べっぴん》じゃないところがいいんだって、おまえには別嬪にはない愛嬌《あいきょう》があるんだって言うんですよ。まったく褒《ほ》められてるのか、貶《けな》されてるのか悩んじまいましたよ。昔、昔のことですけどね」

「褒めたに決まってるだろう。別嬪は婆《ばあ》さんになると別嬪でなくなるが、愛嬌はいつまで経《た》っても褪《あ》せないもんさ。おまえには褪せない愛嬌があるんだよ」

嵯峨屋夫婦は、おいちや松庵の前で臆面《おくめん》もなく、そんなやりとりをして、微笑《ほほえ》み合っていた。若いおいちから見ても、羨《うらや》ましいほど仲のよい夫婦だ。

「泣きながら、おれに頭を下げるんだ。もうこれ以上、亭主の苦しむ様《さま》を見ていられない。あまりに不憫《ふびん》だ。それなら、いっそ……」

「そんなの駄目よ」

思わず声が裏返ってしまった。

それなら、いっそ楽にしてやってくれ。命を絶ってやってくれ。

松庵が呑み込んだ言葉が胸に突き刺さる。『嵯峨屋』の内儀は、松庵に亭主殺しを乞《こ》うたのだ。胸の鼓動《こどう》が速くなる。息が詰まって、苦しい。

「駄目よ、父さん。そんなの、間違ってる。内儀さんは間違ってるよ」

医者の本分とは何だ。人を生かすことではないのか。たとえ、敗れたとしてもぎりぎりまで死と闘うことではないのか。医者に向かって死を乞うのは、筋《すじ》が違う。医者は決して、決して死の側に立ってはならないのだ。

「わかっている」

松庵が天井《てんじょう》を仰《あお》ぎ、三度《みたび》、吐息《といき》を漏《も》らした。

「おまえの言うことも、言いたいこともよくわかる。けどな、おれは内儀が間違っているとも言い切れんのだ。間違っていないとも言い切れんけれどな。間違いだ、間違いじゃない。そんな風に割り切れん話だとしか言えん。内儀と同じ立場になれば、どうするか。自分に問うてみて、何とも答えが出てこないんだ」

父の重い声音《こわね》が染《し》みてくる。気持ちが凪《な》いでくる。すると情動とは別の静かな思案が巡《めぐ》り始めた。

『嵯峨屋』の内儀さんと、同じ立場になったら……どうするだろう。

あたしだったら、どうする？

松庵が、おうたが、新吉《しんきち》が、大切な人たちの誰かが死を免《まぬか》れないとしたら、苦しみに喘《あえ》ぎ、痛みに呻《うめ》いていたら、その苦悶《くもん》を目の当《ま》たりにしなければならないとしたら、早く楽にしてくれと懇願《こんがん》されたら、どうする。

どうするだろうか。

喉《のど》の奥が鳴った。くぐもった音がする。それで、おいちは自分が詰めていた息を吐き出したと気が付いた。

どうするだろうか。わからない。松庵の言う通りだ。間違い、間違いじゃない、誤《あやま》っている、こちらが正しい。明らかな答えを導き出せる類《たぐい》の話ではなかった。一時の情動で断じていいものでもない。むろん、認めもできない。ただ……。

「やっぱり駄目よ、父さん」

か細い声が出た。晩秋の蟋蟀《こおろぎ》みたいだ。座敷の隅《すみ》の暗がりに吸い込まれて、消えてしまう。

「もしも、もしも、そんなことしたら……、嵯峨屋さんを楽になんて……そんなことしたら、父さんは人殺しになってしまうでしょ」

松庵が瞬きした。「ああ」とぼやけた声を漏らした。

「そうだな。どんなわけがあろうと、生きている人間を殺せば人殺しだ。ここを」

首筋を撫《な》で、苦《にが》く笑う。

「土壇場《どたんば》で刎《は》ねられる。温情裁《さば》きでも、遠島《えんとう》は免れんな」

「やめてよ、父さん。そんな質《たち》の悪い冗談《じょうだん》、口にするもんじゃないわよ」

「おまえが言わせたんじゃないか。けど、お白洲《しらす》で裁かれなくとも、自分のやったことを一生背負うことにはなる。あれでよかったのか、おれは医者でありながら人の命を奪ってしまったんじゃないかと生涯問い続けねばならなくなる。それはそれで、大層な重荷だな」

「ええ……」

おいちは目を伏せ、自分の指先を見詰めた。形がいいわけではないけれど、よく働く指だ。

薬草を選《よ》り分ける。晒《さらし》を巻く。このごろでは薬の調合もきちんと熟《こな》すし、ちょっとした傷なら縫合もできる。菜《な》を刻《きざ》むのも、味噌《みそ》を溶《と》くのも、繕《つくろ》い物をするのもこの指だ。

一本ずつ、ゆっくりと折り込んでみる。

この指で誰かを殺《あや》めなければならないとしたら……。

ぐびり。また、喉が鳴った。

松庵が立ち上がった。上っ張りを着込み、薬研《やげん》の前に座る。

「父さん」

「うむ。薬を作る。嵯峨屋さんが少しでも楽になるように、な。息苦しさを抑《おさ》えて、痛みを軽くする。明日までに届けると内儀に約束したんだ。どこまで効《こう》があるかわからんが」

「そう……」

今、考えられる最善のやり方で病に立ち向かうしかない。

松庵の背中が語っている。おいちは、小さく頷いた。

「父さん、あたし、与平店に行ってきます。おキネさんの様子、それとなく見てくるね。ついでに、お酒を少し買ってこようかな」

松庵が顔だけをおいちに向ける。口元が、僅《わず》かに窄《すぼ》まった。

「ほう、夕餉《ゆうげ》に酒が付くのか。そりゃあ豪儀《ごうぎ》だな。そんなに張り込んで大丈夫か」

「たまにはね。伯母さんが蜆《しじみ》をたんと持ってきてくれたの。すごく立派なやつ。あれで、蜆汁を拵えるわ。父さんの好物だもの」

「蜆汁に酒か。こりゃ極楽《ごくらく》だな」

ささやかな極楽だ。生きているからこそ味わえる極楽でもある。父を励《はげ》まそうと考えたわけではない。容易《たやす》く励ませるものではないとわかっている。医者として生きる限り、患者に向き合う限り、病と闘《たたか》い続ける限り、背負わねばならない重荷なのかもしれない。

おいちは、まだ、背負ってさえいない。医者であること。そのとば口にさえ立てていない気がする。いつ立てるのか、心許《こころもと》ない気もする。

学びたい。もっと深く学びたい。松庵に劣《おと》らぬ力のある医者になるために、学びたい。

若い医者のことを思う。

おいちの実の兄だ。医学の道を志《こころざ》し、今、長崎に遊学している。

おいちは松庵のほんとうの娘ではない。血の繋《つな》がりから言えば、赤の他人だ。そういう意味でなら、亡くなった母のお里《さと》も伯母のおうたも同じだ。おいちは生まれ落ちてすぐ、故《ゆえ》あって松庵に引き取られた。大切に育てられた。だから、父と呼ぶのは松庵だけだし、母だと思い出すのもお里だけだ。むろん、伯母はおうたしかいない。

生き別れになっていた兄とは江戸で出会い、様々なことがあり、また江戸と長崎とに別れてしまった。二月《ふたつき》に一度の割合で文《ふみ》が届く。返事を書く。書きながらたまに焦燥《しょうそう》を覚える。

兄さんは、学んでいる。今、この国で学べる最も進んだ医術を今までも、今も、これからも学び、覚え、自分のものにしている。

羨《あぶ》ましい。妬《ねた》ましくさえある。羨望《せんぼう》と嫉妬《しっと》は小さな埋火《うずみび》になって、時折、おいちを炙るのだ。

「馬鹿《ばか》。今、兄さんは関係ないでしょ」

叱《しか》る。叱るのもおいち、叱られるのもおいちだ。

「うん？　何か言ったか」

松庵が薬研を使いながら問うてきた。薬草の香りが強くなる。

「あ、ううん。伯母さん、父さんに食べさせたくて蜆を持ってきてくれたのかなって思ったの。父さんの蜆好き、よく知ってるから」

「義姉《ねえ》さんがか？　いやあ、それはないだろう。おれは飽迄おまけみたいなもんさ。おまえに食べさせるついでに、余れば分けてやるかってとこだろう」

――おいち、これは上等の蜆だからね。蜆は血の道にいいんだってさ。だから、しっかりお食べ。松庵さんに回すのは余った分でいいよ。あの人は汁《しる》だけで充分なんだからさ。何だったら殻《から》だけでもいいんじゃないのかねえ。

おうたは確かにそう言った。さすがに長い付き合いだ。松庵はちゃんと見抜いている。

何だかおかしい。笑ってしまう。さっきの焦燥や苛立《いらだ》ちが軽くなる。おうたが絡んでくると、いつも笑える。正直鬱陶《うっとう》しいことも、うんざりすることもあるけれど、伯母の陽気な明るい人柄に、ずい分と救われてきた。

「おいち、お美津さんに会ったら、明日は必ずおキネさんを連れてくるように念を押しといてくれ。なるべく早めにな」

「はい、伝えておきます」

おいちが手を掛けるより一息早く、腰高障子《こしだかしょうじ》が横に開いた。夕暮れ間近の赤みを帯びた光と湿《しめ》り気《け》を含んだ風が流れ込んでくる。

「まあ、親分さん」

おいちは伸ばしていた手を引っ込め、軽く握った。

「へえ、松庵先生、おいちさん、ご無沙汰《ぶさた》しておりやした」

岡っ引の〝剃刀の仙〟こと仙五朗が腰を屈《かが》める。

「ほんとにお久しぶりです。一月《ひとつき》ぐらいお顔を見なかったんじゃないですか」

「一月半になりやすかね。でも、あっしみてえな稼業の男には会わねえのが一番でさあ。下手人だ盗人《ぬすっと》だ強請《ゆす》りだ集《たか》りだって、お江戸中を走り回ってんでやすからね。おいちさんたち堅気《かたぎ》の人には縁がないのがなによりですぜ」

「親分さんとの縁が切れたら、淋《さび》しくてたまらなくなります。ねえ、父さん」

「そうだな。おいちは親分の贔屓筋《ひいきすじ》の一人だからな。親分、中に入んなさい、中に。おいち、出かける間際《まぎわ》で悪いが茶を淹《い》れてくれ。おれも、もう一杯、飲みたくなった」

松庵は薬研で挽《ひ》いた薬草を丁寧に紙袋に収めた。嵯峨屋の姿が過《よぎ》ったのか、束《つか》の間《ま》、暗くて厳しい眼つきになる。仙五朗が眉《まゆ》を寄せた。松庵の暗みに気付いたのだろう。気付いたからといって、考えなしに何かあったかと問うてくる男ではない。代わりのように、おいちに視線を向けた。

「おいちさん、お出かけのところだったんで。そりゃあ、間《ま》が悪かった。あっしのことは構わねえでくだせえ。すぐに失礼しやすから」

「大丈夫。お茶を淹れる間ぐらいあります。同じ町内ですから、すぐなんです」

「六間堀町《ろっけんぼりちょう》の内でやすか」

「ええ、与平店って長屋です。親分さん、ご存じでしょう」

このあたり一帯は、仙五朗の縄張《なわば》りだ。知らないわけがない。大通りから路地裏の抜け道に至るまで、全て頭に入っているはずだ。

「与平店って、もしかしたら、おキネ婆さんのとこに行きなさるんで」

「はい、そうです。え？　どうして親分がおキネさんのことを」

仙五朗が今度ははっきりと眉を寄せ、眉間に皺《しわ》を作った。

「実は、その婆さんのことで寄らせてもらったんでやすが」

「……おキネさんに、何かあったんですか」

さっきの仙五朗の台詞《せりふ》ではないが、何もないのにこの男が出張《でば》ってくることはないのだ。

「へえ」

と、仙五朗は頷き、おいちと松庵を交互に見た。それから、少しばかり声を潜《ひそ》めた。

「行方《ゆくえ》がわからなくなっちまったんですよ」

遠国《おんごく》からの風

茶と茶請《ちゃう》けを出す。

たいしたものではない。茶葉は往診の礼にと、さるお店《たな》の主《あるじ》がくれたものだからそこそこの上物《じょうもの》だ。けれど、添えてあるのは羊羹《ようかん》でも干菓子《ひがし》でもない。ただの漬物《つけもの》だった。二月《ふたつき》ほど前に、大根と牛蒡《ごぼう》と昆布《こんぶ》を味噌床《みそどこ》に漬けた。それをきれいに盛って出す。往診から帰った松庵《しょうあん》の茶請けにもした。松庵には手近にあった皿に入れたが、仙五郎《せんごろう》には形の良い小鉢《こばち》を選んだ。

「ほう、こりゃあ美味《うま》い。味噌が染《し》みて、いい塩梅《あんばい》になってやすねえ」

仙五朗がぱりぱりと音を立てて、大根を食べる。この老獪《ろうかい》な岡《おか》っ引《ぴき》が、めったに世辞《せじ》や上手《じょうず》を言わないと知っている。仙五朗が美味いと言えば、言った通りに美味《おい》しくできているのだ。

しかし、今は喜んでいる場合ではない。気がかりに胸が塞《ふさ》ぐ。

おいちは上《あ》がり框《かまち》に腰かけ、漬物を頬張《ほおば》る男ににじり寄った。

「親分さん、おキネさんが行方《ゆくえ》知れずって、どういうことなんです」

「へえ。どうもこうも、まんまなんで。二刻《ふたとき》（四時間）ばかり前《めえ》から姿が見えなくなったってんですよ。娘のお美津《みつ》の話じゃ、いなくなるかなり前から『怪我《けが》をしたから松庵先生に診《み》てもらいに行く』と繰り返してたらしいんで。治療はちゃんとしてもらってるとお美津が何度も言い聞かせたけれど、菖蒲《しょうぶ》長屋に行くと言い張ってきかなかったそうなんで」

茶をすすり、仙五朗は一息を吐《は》き出した。

「おキネ婆《ばあ》さんはこのところ、言い出したらきかない駄々《だだ》っ子みてえなところが出てきて、お美津も手を焼いてたんだとか。駄々をこねるだけこねて、挙《あ》げ句《く》の果て、めそめそ泣き出す始末で。お美津にしてみれば、もう、うんざりだって気持ちにもなりますさぁね」

胸の内がちくりと痛んだ。細い針でつつかれたような痛みだ。

おキネは不安だったのだ。手当てをしたのが松庵でなくおいちだったことが、不安でしかたなかったのだ。辛《つら》くてしかたなかったのだ。

あたしの力不足だ。

おいちはそっと唇《くちびる》を噛《か》む。

患者に不安を残すような治療しかできなかった。おキネさんは感じたのだ。あたしの迷いや躊躇《ためら》いを敏《さと》く感じて、不安になったのだ。それで、父さんを求めた。情けない。泣きたいほど情けない。自分がどれほど力足らずか思い知らされる。患者に安心してもらえない者が医者と名乗れるだろうか。

「おいち先生はきちんと治療してくれた。お薬も渡してくださった。お美津はうんざりしながらも根気よく母親を説得したんでやすよ。血も止まっていたし、痛みも和《やわ》らいでたみたいなんで。お美津としては不満も不安もなかったってこってす」

仙五朗の言葉はさりげない労《いたわ》りだろうか、慰《なぐさ》めだろうか。

「お美津ってのは、なかなかできた娘でねえ。母一人娘一人で育ったんですが、おキネの苦労をつぶさに見てきただけに、今度は自分が母親の面倒をみるのが筋《すじ》だと日頃から口にしてやした。気性《きしょう》がいいもんだから、嫁入りの話はそこそこあったみてえなんですが、母親と一緒じゃなければ嫁にはいけないと、あの年まで独《ひと》り身を通したんでやす」

「お美津さんがおキネさんを大切にしているのは、傍《はた》から見てもわかりました」

貧しい暮らしながら、親思いの娘が傍《そば》にいる。おキネは幸せな日々を送っているように見受けられた。

「お美津は小料理屋《こりょうりや》で働いたり、ちょいとした仕立仕事をしたりして口過ぎをしてたんでやす。今日も、おキネが落ち着いた風だったので仕立物を届けに相生町《あいおいちょう》まで出かけた。ところが、戻ってみたら、おキネの姿が見えない。心当たりを捜《さが》しても見つからないってんで、ちょっとした騒ぎになりやしたね。そこに、あっしがたまたま行き合わせたわけなんでやすよ」

おいちと松庵は顔を見合わせた。

仙五朗は本所深川《ほんじょふかがわ》どころか江戸のあちこちを走り回っている。たまたま与平《よへい》長屋で騒ぎに行き合わせても不思議ではない。そう、ちっとも不思議ではないのだ。ただ……。

それを運命《さだめ》といえば本人は苦笑《にがわら》いするだろうが、仙五朗は事件を呼び寄せるきらいがある。事件の場に駆《か》けつけるのは岡っ引として当然なのだが、仙五朗のいるところで事件が起きることも、しばしばなのではないか。

おいちには、そう感じられるのだ。むろん、口にはしない。

「それで、おキネさん捜しに親分も一役買う羽目《はめ》になったってわけか」

松庵が口を挟《はさ》む。へえと、仙五朗は頷《うなず》いた。

「まあ、こういうのはよくあるこってす。子ども返りした年寄りが、ふらっと家を出ちまって迷子《まいご》になるってのはね」

「ああ、子どももそうだが年を取ると道に迷うことが多くなる。わからなくなっちまうんだな。東西南北も自分の住んでいる家も、歩いてきた道もあやふやになるんだ。おキネさんはおそらく、ここに来ようとしたんだろう。一人でな」

「へえ、あっしもそう考えてお邪魔《じゃま》したんでやすが」

仙五朗の表情が曇《くも》る。〝剃刀《かみそり》の仙《せん》〟は意外なほど表情豊かな男なのだ。このごろやっと、おいちは気が付いた。普段は張り詰めて酷薄《こくはく》そうにさえ見える顔がふっと緩《ゆる》み、優《やさ》しくも柔《やわ》らかくもなる。ときには悲しげに歪《ゆが》み、ときには怒りを孕《はら》んで険《けわ》しく尖《とが》る。

今は曇って、心持ち憂《うれ》いを含んでいるようだ。

「親分さん、おキネさん、大丈夫でしょうか」

思わず、問うてしまった。

江戸は水の町だ。縦横《じゅうおう》に掘割《ほりわり》や川が走る。水路を抜きにして、江戸の暮らしは成り立たない。けれど、その水に命を奪われる者もいる。毎年、そうとうな数いるのだ。

老いと怪我で足元が覚束《おぼつか》なくなっているおキネが、誤《あやま》って水路に転落する。その危《あや》うさは、十分にある。まして、まもなく日が暮れる。江戸は闇《やみ》に包まれる。おキネを見つけるのも、おキネが無事に与平長屋に帰り着くのもさらに難しくなるだろう。

「今ちょいと厄介《やっかい》な事件を抱《かか》えてやしてね。手下《てか》をそっちに回しちまって使えるやつがあまりいねえんで。ただまあ、与平長屋の者がここまでの川筋、道筋を捜してやす。直《じき》に見つかるとは思いやすが」

おいちは膝《ひざ》の上で重ねた指を見詰《みつ》めた。

直に見つかる。そうかもしれない。生きた元気な姿で見つかれば何よりだ。

「もう、おっかさんたら、どれほど心配かけりゃ気が済むのよ」と、お美津が泣いて、おキネが謝《あやま》ってお終《しま》いになる。そうであれば、ほんとうに何よりだ。でも、そうでなかったら。

おいちは我知らず身震《みぶる》いしてしまった。

おキネとお美津が訪れる前に、おいちは気配《けはい》を感じた。血の臭《にお》いを嗅《か》いだ。そのわけが、はっきりしない。足の怪我ではない。おキネの傷そのものは命に関《かか》わるほど深傷《ふかで》ではなかった。

とすれば、あれは何の予兆になるのだ。まだ始まっていない、これから始まる何かに繋《つな》がりはしないのか。

また、身体《からだ》が震えた。

「どうしやした」

仙五朗が覗《のぞ》き込んでくる。鋭《するど》くはないが、生温《なまぬる》くもない眼差《まなざ》しだ。こんな眼《め》を向けられると何もかも見透《みす》かされる気になる。もとより、仙五朗に隠し立てをする気はさらさらなかったが。

「親分さん、実はあたし……」

手短《てみじか》に語る。おいちが話し終えると、仙五朗は小さく唸《うな》った。

「そうでやすか。そりゃあ、ちっとばかり気になりやすね」

「おキネさんが剣呑《けんのん》なことに巻き込まれないといいけれど」

我知らずため息を吐《つ》いていた。

仙五朗が立ち上がる。

「わかりやした。本腰を入れて捜してみやしょう。できるだけ人を集めやすよ」

「あたしも捜します」

「いや、おまえはここにいろ。おキネさんが訪ねてくるかもしれないんだ。おれが行く」

立ち上がろうとした松庵が中腰のまま動かなくなる。その視線を追って、おいちは息を呑《の》んだ。腰高障子《こしだかしょうじ》に人の影が映っている。淡《あわ》い夕陽《ゆうひ》を受けて、ぼんやりとはしているが人のものに間違いない。

あ、おキネさんが来た。

無事に菖蒲長屋まで辿《たど》り着いてくれたのか。おいちは土間《どま》に駆け下りた。しかし、「ごめんください」と、聞こえてきたのは若い男の声だった。

気を取り直し、障子戸に手を掛ける。患者なら気落ちした顔を見せてはいけない。顎《あご》を上げ、気息《きそく》を整える。

「はい、ただいま開けま……まっ」

声が上ずったのが自分でもわかる。一瞬だが、息が喉《のど》の奥に閊《つか》えた。

若い総髪《そうはつ》の男が立っていた。

「ま……まぁ、田澄《たずみ》さま」

相手の名を呼ぶのがやっとだった。

田澄十斗《じっと》。おいちの実の兄だ。二親《ふたおや》に死に別れたとき、十斗は遠縁《とおえん》の家に、生まれて間もない赤子《あかご》だったおいちは松庵に引き取られた。

おいちは自分に兄がいたことも、松庵と血の繋がりのないことも知らずに育った。医者となり長崎に遊学する十斗と思いがけない出会いを果たし、己《おのれ》の出生の秘密を知った。知って動揺しなかったと言えば嘘《うそ》になる。大嘘になる。

おいちは動揺した。狼狽《うろた》えもした。藍野《あいの》松庵の娘だと、おうたの姪《めい》だと信じて生きてきたのだ。足元が揺れて揺れて崩《くず》れ落ちる。叫《さけ》びそうになった。でも、叫ばなかった。泣きも喚《わめ》きもしなかった。動揺も狼狽《ろうばい》も、思いの外速《ほかすみ》やかに収まってくれた。

おうたの一言、松庵の一言のおかげだ。

――おいち、血なんてどうでもいいのさ。誰の腹から生まれたかじゃなくて、誰に慈《いつく》しんでもらったか、よーく考えな。

――なあ、おいち、おまえはおれの子なんだ。お里《さと》がおれに遺《のこ》してくれた、たった一人の娘なんだ。

おうたの口調《くちょう》はきつくはなかった。けれど、鞭打《むちう》たれた気がした。目を覚《さ》ませと背中を叩《たた》かれた気がした。

誰に慈しんでもらったか。

おいちは考えた。ちょっとの間《ま》をかけるまでもなかった。

松庵しかいない。おうたしかいない。亡くなったお里しかいない。おまえはおれの子だと、声を絞《しぼ》り出し伝えてくれた人より他に、父と呼べる者がいるわけもない。

慈しんでもらった。愛《いと》おしんでもらった。ありったけの温《ぬく》もりで包み込んでもらった。こんな幸せな育ち方をした娘は、そうそういない。

わたしは藍野松庵の娘として生きる。これからも、ずっと。

結局、兄妹《きょうだい》と名乗らぬまま十斗は長崎に発《た》った。旅立つ若い医者を見送ったのは、江戸に初雪が舞った翌日、おいちが十七の冬だった。

その十斗が目の前にいる。日に焼けた精悍《せいかん》な顔を綻《ほころ》ばせ、おいちの前に立っている。

「おお、これは田澄さんじゃないか。江戸に帰っていたのか」

松庵が声を弾《はず》ませた。

「おいち、何をぼんやりしているんだ。早く座敷に上がってもらえ」

「あ……はい。す、すみません」

おいちが身を引くと、十斗は土間に入り松庵に深々と頭を下げた。

「松庵先生、ご無沙汰《ぶさた》をしております」

「うん。二年半ぶりになるな。いや、ずい分と逞《たくま》しくなられた。さぁ、こちらに上がりなさい」

松庵が手招きする。仙五朗がすばやく腰を上げた。

「田澄さま、お久しぶりでございやす。お忘れでしょうが、あっしは」

「〝剃刀の仙〟こと、仙五朗親分さん。忘れるわけがないでしょう。その節は、ほんとうにお世話になりました。あの事件のことは今でも鮮《あざ》やかに覚えています」

「そりゃあどうも。覚えていていただけたなんて嬉《うれ》しい限りでござんすよ。けど、あっしは、ここらへんで消えるとしやしょうか。せっかくのお客さまだ。積もる話もあるでしょうからね」

「親分さん、消えちゃ駄目《だめ》ですよ。田澄さま、ちょうどよかった。人手《ひとで》が入《い》り用なんです。お力を貸してくださいな」

「え？　何事です。急な患者でも運ばれてくるのですか。それなら手伝いができる」

「人捜しです」

早口で、これまでの経緯《いきさつ》とおキネの人相や着物の柄《がら》、色を告げる。

「わかりました。そういうことなら、ぐずぐずしてはいられない」

十斗が提《さ》げていた風呂敷包《ふろしきづつ》みを上がり框に置く。どんと重い音がした。

「じゃあ、遠慮なくお頼みしますぜ。あっしはもう一度与平長屋に戻りやす。おいちさんはここで待っていて、もしおキネが顔を見せたら、お報《しら》せくだせえ。松庵先生は竪川《たてかわ》のほとりをお願いしやす」

「わたしはどうすれば？」

「田澄さまは、ご足労だが両国橋《りょうごくばし》のあたりを捜してもらえやすか。人通りに誘われて、広小路《ひろこうじ》のあたりをふらふら歩いてるってことも考《かんが》えられるんで。もしそれらしい者を見つけたら、与平長屋のおキネかどうか名を尋《たず》ねてくだせえ。おキネ婆さん、自分や長屋の名前はしっかりわかってるんでやすよ」

「承知」

大きく頷くと、十斗は飛び出していった。動きが軽い。何を一番にすべきか心《こころ》得《え》ている者の軽《かろ》やかさだ。仙五朗が小さく笑った。

「こりゃ何とも頼《たの》もしいお方が帰ってきやしたね。楽しみがまた一つ、できたんじゃねえですかい、先生」

「そうだな。どんな医者になって戻ってきたのか。話を聞くのが楽しみだ」

松庵も笑う。おいちは、胸を心持ち押さえた。

十斗が江戸に帰ってきたのなら嬉しい。正直、兄だ妹だと言われても現《うつつ》のこととは思えない。兄がどういうものなのか、おいちには今一つ、摑《つか》めないのだ。ただ、松庵の言う通り十斗は逞しくなっていた。身体つきだけでなく、人としての器《うつわ》が強く、大きくなったと感じる。それが長崎での学びの結果なら、どんなものなのか聞いてみたい。新しい医術に、新しい世界に、少しでも触れさせてほしい。

胸が躍《おど》る。同時に苦くもあった。どんなに指を伸ばしても、自分には触《さわ》れない、摑めない世界を十斗は知っている。そのことが、苦い。

あたし、田澄さまに嫉妬《しっと》してるの？

おいちはかぶりを振った。胸に湧《わ》く様々な想《おも》いを、ひとまず、振り払う。今は悩んでいるときでも思案するときでもない。動けるだけ動くときだ。それぞれがそれぞれの働きをするときだ。さっきの十斗のように。

そうだ。おキネさん、お腹《なか》を空《す》かせているかもしれない。何か足しになる物を作っておこう。

おいちは火を熾《おこ》すために竈《かまど》を覗き込んだ。

一刻《いっとき》（二時間）の後、四人は疲れた顔を見合わせていた。誰からともなく、ため息が漏《も》れる。

おいち、松庵、仙五朗、十斗の四人の前には稲荷鮨《いなりずし》の並んだ皿が置かれていた。おいちが、屋台で夕餉《ゆうげ》代わりに買い求めた。きくらげとかんぴょうを混ぜ込んだ酢《す》飯《めし》の味がよくて、ちょっと評判になっている品だ。

拵《こしら》えておいた煮付けと味噌汁を添えて出したけれど、誰も箸《はし》を付けない。

おキネは見つからなかった。

仙五朗の手下や与平長屋の住人、差配《さはい》まで一緒になって捜したが見つけられなかったのだ。仙五朗は念のためにと各町の自身番を見て回ったが、おキネらしい老女はどこにもいなかった。

「こう言っちゃあ何ですが、仏《ほとけ》さまとしても出てこねえんですよねえ」

仙五朗がふうっと長い息を吐き出す。さすがに疲れが滲《にじ》んでいた。

「川で溺《おぼ》れた風でもなし、道で倒れた様子もなし。与平長屋を出てからの足取りがまるで摑めねえんでやすよ。まいりやしたね」

仙五朗が冗談《じょうだん》でなく弱音《よわね》を口にするのは珍《めずら》しい。長い付き合いだが、そう何度も耳にしたことはない。

「正直言いやして、こういうのはあっしの出る幕《まく》じゃねえと思ってやした。そこそこの人数で捜せば、婆さん一人、すぐに見つかるってね。今までも、年寄りや子どもが迷子になって捜し回ったたってことはありやしたからね。けど、今回みてえにきれいに消えちまうってのは初めてでやすよ。まるで神隠しだ」

「神隠しか」

松庵も息を吐く。睨《にら》むような眼つきで皿の上の稲荷鮨を見詰める。一つを摘《つま》み上げると、口の中に放り込む。甘い揚げの香りが揺れた。釣《つ》られたのか、主が手を出すまで遠慮していたのか、十斗も大振りの鮨を摘む。

「へえ、神隠しでやす。けど、神さまは人を隠したりしやせん。人を隠すのは人でやす」

おいちは顔を上げ、仙五朗に目を向けた。

「おキネさんはかどわかされたと、親分さんはお考えなのですか」

「わかりやせん。これも有体《ありてい》に言っちまいますが、おキネがうら若え娘《わけ》であったり、かなりの身代《しんだい》の家の身内ってなら、まだ、わかるんでやすよねえ。売り飛ばすにしても、身代金狙《みのしろきんねら》いにしても、かどわかして金になりやすからね。けど、おキネは言っちゃ悪いがもういい年の、裏長屋住まいの女だ。どう転《ころ》んでも金になるとは思えねえ」

「金が目当てではないかもしれない」

稲荷鮨を呑み下し、十斗が言った。

「金じゃなければ、何でやす。年寄りの女を連れ去る。そこにどんなわけがありやすかね」

仙五朗に問いかけられ、十斗は暫《しばら》く黙《だま》り込んだ。味噌汁をすすり、茶を飲む。

「たとえばですが、おキネさんて人が何かを見たとしたら、どうです」

「見たとは、何を見たんでやすか」

「わかりません。ただ、ある者にとっては絶対に見られてはいけないものだったとしたら、それをたまたま目にしてしまって……」

「口封《くちふう》じのために、おキネを連れ去ったってわけでやすか」

「ええ」

「なるほど一理ありやすね。けど、おキネは子ども返りした分、えらく怖《こわ》がりにもなったとお美津が言ってやした。暗がりや強面《こわもて》の男をものすごく怖がるようになってたらしいんで。そのおキネが声も出さずに、騒ぎもせずに、連れていかれたりしやすかねえ。年寄りが騒いでたなんて話、どこからも聞こえてきやせんでしたが」

「怖くなかったのかもしれません」

ついに、口を挟んでしまった。おうたがいたなら「はしたない真似《まね》をして」とさんざん叱《しか》られるだろう。しかし、こうやって何気なく話をしているうちにふっと閃《ひらめ》くことがある。ふっと気が付くことがある。とくに、仙五朗はどうということのない言葉を摑まえて、事件を解く糸口《と》にする、その力に長《た》けていた。だから、遠慮なく思い浮かんだことを伝えるのだ。

「おキネさん、怖くなくて、おとなしくついていったのかもしれません」

仙五朗と十斗が同時に首を傾《かし》げた。年齢も格好《かっこう》も顔形も全《まった》く違う男二人が、全く同じ仕草《しぐさ》をする。普段なら吹き出してしまうところだが、今はもちろん、笑う気など一分《いちぶ》も起きない。むしろ、焦《あせ》りに炙《あぶ》られて顔を歪めそうになる。

なぜ、焦るのか。なぜ、胸騒ぎが強くなるのか。ちゃんと伝えられない。しかし、刻《とき》との勝負、ちょっとでも早くおキネを見つけねばと心が逸《はや》るのだ。

「怖くなくて、か。それはつまり、相手が、かどわかした相手がいるなら、そいつが強面じゃなかった。あるいは、おキネが怖がるような者じゃなかった、ってことでやすね。たとえば、顔見知りだったとか」

仙五朗がもう一度、首を傾げた。何かを呟《つぶや》いたが、聞き取れない。

「それとも捜す場所を間違えているか、だな」

今度は松庵がぼそりと口を出した。

「おれたちは与平長屋から菖蒲長屋までの道筋、つまり六間堀町を中心にしておキネさんを捜した。田澄さんに両国界隈《かいわい》まで足を延ばしてもらったが、そこから先は捜していない」

「おキネさんは大川《おおかわ》の向こうに渡ったってこと」

「それか小名木川《おなぎがわ》の先、海辺大工町《うみべだいくちょう》とかあっちの方に向かったのかもしれん」

そうだろうか。

おいちも首を傾げる。傾げてもなにもわからない。

「ともかく、明日、夜が明けたらもう一度、捜してみやす。もしかしたら、朝にひょっこり帰ってくるってこともありやすからね。今日は、お手数かけて申し訳ありやせんでした」

仙五朗が頭を下げる。とたん、松庵は渋面《じゅうめん》になる。

「親分、よしてくれ。おキネさんはうちの患者だ。捜すのは当たり前だ。親分に礼や詫《わ》びをいれられる筋合いのものじゃない。明日も、一緒に捜すつもりだから声を掛けてくれ。なあ、おいち」

「はい、もちろんです。親分に駄目だと言われても、捜しますからね」

十斗が深く頷く。

「わたしも手伝わせてください。どうしてだが、気になってしかたないのです。明日また、ここに来ますから、ぜひ」

三人を見やり、仙五朗は目を細めた。

「ありがてえ話だ。けど、人捜しはみなさんがやる仕事じゃありやせんよ。明日は、また、患者が来るんじゃありやせんか。その人たちの治療をしてやってくだせえ。大丈夫です。おキネはあっしが必ず、見つけ出しやす。連れ戻しやすから。これはあっしの仕事でやす」

仙五朗は軽く頭を下げると、夜の中に出ていった。

夜風が吹き込んでくる。

十斗の顔の上で火影《ほかげ》が揺れた。

その指がゆっくりと風呂敷の結び目を解《ほど》いていく。おいちは膝の上に手を重ね、いかにも器用そうな長い指の動きを見詰めていた。

結び目が解ける。

松庵が短い息を吐いた。風呂敷で包んでいたのは、数冊の帳面と、帳面とほぼ同じ大きさで二寸《すん》（約六センチメートル）ほどの高さの黒い塗箱《ぬりばこ》だった。松庵はもう一度、吐息《といき》を漏らした。

「見てもかまわんかな」

「むろんです」

十斗が深く頷く。松庵は、和綴《わとじ》の一冊を手に取り開いた。おいちも横から覗き込む。

文字が横に並んでいた。

「これは『道訳法児馬《ドゥーフハルマ》』の……」

「はい、写しです。と答えるのは、些《いささ》か口幅《くちはば》ったいですが。ほんの一部を写しました。それでも蘭方《らんぽう》医学に関わるものを含め、数千語はあります」

オランダ商館長として、長崎出島《でじま》に滞在したヘンドリック・ドゥーフ（道富）は、オランダ通詞《つうじ》の助けを得てフランソワ・ハルマの蘭仏辞典を参考に蘭和辞典を編纂《へんさん》した。それが『道訳法児馬』であり、後に『和蘭字彙《オランダじい》』として出版される。

蘭語について、おいちは少しだけ学んでいたが、帳面にびっしり記された蘭語は、全く覚えがなく一文字も読めなかった。

これが、異国の文字なんだ。

我知らず息を詰めていた。目に馴染《なじ》まない文字たちは、連《つら》なり、くねくねと躍って見える。これに何か意味があるとは、とうてい思えない。

なのに、胸が高鳴る。鼓動《こどう》が激しくなり、苦しいほどだ。

この奇妙な文字一つ一つが、見知らぬ光景に繋がっている。蘭方医学という光に繋がっているのだ。背中に汗が滲む。痛いほど喉が渇《かわ》く。でも、異国の文字から目が離せない。身体が僅《わず》かも動かないのだ。

「こちらは阿蘭陀《オランダ》の産科書、そして、外科大全です。いずれもほんの一部でしかありません。自分で写したものしか持ち帰ることは許されていないので……。そして、これは」

十斗が塗箱の蓋《ふた》を開ける。「まっ」と、おいちは叫んだ。叫んだつもりだったが、ほとんど声は出なかった。口が小さく開いただけだった。

白布《しろぬの》の上に庖刀《ほうとう》が三本並んでいた。一本一本僅かに形が違う。どれも、銀色に輝いていた。行灯《あんどん》の淡い光にさえ煌《きら》めいている。

「阿蘭陀のメスです」

と十斗が言った。うむと松庵が頷く。おいちは、やはり動けなかった。

何と美しい小刀《こがたな》だろう。痺《しび》れるようにそう感じた。

「ふむ。これなら、江戸でも十分に作れそうだな」

松庵の声音《こわね》はやや低いものの、いつも通り落ち着いていた。おいちと違い、とりたててどこも痺れていないようだ。

「ええ、作れるでしょう。日《ひ》の本《もと》の職人の技《わざ》なら、そう難しくはないはずです」

「要はどう使うか。使い手の力量が問われるわけだ」

「まさに。我が国の外科治療は、まだまだこれから。緒《ちょ》に就《つ》いたばかりです」

「その、これからの技を田澄さんは自分のものにしてきたわけだ」

十斗の頰《ほお》が微《かす》かに赤らんだ。その顔を横に振り、「いいえ」と若い医者は答えた。

「そう言い切れるところまで届いてはいません。ただ、学んだだけです」

「なるほど、学んだことを実際に生かすのはこれから、ですか」

「そうです。そのために、江戸に戻ってきました。長崎で得たことを現《うつつ》の世で生かしたい。わたしの医術がほんとうに人のためになるのかどうか、試《ため》したいのです」

うんうんと、松庵は何度も首肯《しゅこう》する。十斗に向けた眼差しは、頼もしい息子に満足する父親のそれに近い。

胸の奥が疼《うず》いて、苦しい。おいちは奥歯を強く嚙《か》み締《し》めた。

「たしかにな。学んだだけでは、それがどれほど優《すぐ》れたものであっても役には立たない。現に使ってこそ、使えてこその医術だからな。田澄さん、こう言っては何だが、偉《えら》そうに聞こえたら勘弁《かんべん》してもらいたい」

そこで松庵はにやりと笑い、口調と姿勢を崩《くず》した。

「おまえさん、人としてもずい分とでっかくなったじゃないか。うん、実に将来《さき》が楽しみだ。本物の見識《けんしき》と技、それに気概《きがい》を持った医者におまえさんならなれる。いや、もう半分ぐらいはなっているようだな」

十斗の頰の赤みが増す。

「松庵先生、ほんとうにそう思っていただけますか」

「おれは、おべんちゃらは言わん。そりゃあ、たまに……たまには歯に衣着《きぬき》せることはあるが、本心を伝えるべきときには、ちゃんと伝える。正直、おまえさんはまだ若い。この世の様々な病人、怪我人、患者たちの姿に触れるのはここから先の話だ。現《うつつ》はときに知見を蹴《け》り飛ばしてしまう。学んだことから大きく外《はず》れる患者が次々と現れる。それが現ってもんだ。おれも、嫌《いや》になるぐらい右往左往《うおうさおう》させられたもんだ。正直に打ち明ければ、自分の治療が正しいのか間違っているのか、それさえわからなくなって頭を抱えたこと、逃げ出そうとしたこと、己が情けなくて泣いたことが何度もある。うむ、両手の指では足らんぐらいだなあ」

おいちと十斗は顔を見合わせていた。

「先生にもそんなときがあったのですか」

「父さん、そんなに殊勝《しゅしょう》だったの。信じられない」

二人の声が重なる。松庵は唇を心持ち尖らせた。

「おいち。何だその言い草は。おれだって若いときも、殊勝なときもあったさ。いや、今でも十分、若いし健気《けなげ》に頑張《がんば》ってるだろうが」

「それはちょっと無理があるなあ」

「おまえはどうしてそう、ずけずけものを言うんだ。だんだん、義姉《ねえ》さんに似てきたんじゃないのか。義姉さんが二人……。おお怖っ。考えただけで寒気《さむけ》がする」

あながち全部が冗談ではないのか、松庵は真顔《まがお》で身体を震わせた。

「いやぁ、先生でも右往左往しながらここまでこられたんですね。それを聞くと、気が楽になるというか力《りき》みが消えるような気がします。やらねばという気持ちで心身が張り詰めていたのだと、今さらながら気が付きました」

「前向きなのはいい。気が張って当然だ。しかし、力みはときとして目を曇《くも》らせるし、焦りや逸りに変わる。力を込めるときは込め、抜くときは抜く。医の道だけに限らず人の生きていく上でのコツかもしれん。まっ、言うは易《やす》く行うは難《かた》しだ。おれなんかも、まだまだ塩梅《あんばい》がわからん」

「塩梅、ですか」

「そう、物事の程合いってやつだ。こればっかりは何十年生きてもなかなか摑めない。厄介なもんだ。そしてな、田澄さん」

松庵の口調がすっと引き締まる。十斗が釣られたように前のめりになった。

「これは、一介の町医者の戯言《ざれごと》と聞き流してくれていい。実際、戯言かもしれん。真《ま》っ直《す》ぐに医の道を歩もうとしているおまえさんを見ていたら、どうしても言いたくなってしまってな。些か口幅ったくはあるが……」

「聞かせてください」

十斗が松庵ににじり寄る。真剣な眼つきだった。おいちも居住《いず》まいを正す。張り詰めているとわかる視線を父に向ける。

松庵が少し慌《あわ》てた風に手を横に振る。それから、軽く咳《せき》ばらいをした。

「いや、二人ともそんなに畏《かしこ》まってもらうほどの話じゃないんだがな……、えっと、だからな、塩梅の話なんだ。医術の塩梅、治療の塩梅だ」

十斗の眉《まゆ》が僅かに寄った。松庵の言う〝塩梅〟の意味が解《げ》せなかったのだ。むろん、おいちにもわからない。いつもなら「父さん、もったいぶらないで、もっとわかり易く話してよ」と文句《もんく》も注文も付けるのだが、今はただ黙って待つ。松庵の、父の話を聞きたいと本心から思うからだ。一言一句《いちごんいっく》を聞き逃《のが》すまいとおいちは耳を澄まし、気息を整え、唇を結ぶ。

こほん。もう一度空咳《からぜき》をして、松庵は続けた。

「田澄さんは優れた蘭方を学んで帰ってきた。それはすごいことだ。江戸の医術にとっても患者にとっても光明《こうみょう》になるだろう。しかしな、おれが思うに、町医者として細々《ほそぼそ》とやってきた身からすればな、偏《かたよ》っちゃならん、偏ったものは弱くなるってことなんだ」

頭の後ろをがりがりと掻《か》いて、松庵は苦笑した。

「うーん、どうも上手《うま》く言えんがなあ」

「それはつまり、蘭方だけに偏った治療をしては駄目だという意味でしょうか」

十斗が遠慮がちに問うた。戸惑《とまど》いが微かに滲む。

「うん、有体《ありてい》に言えばそうなる。蘭方というのは確かに優れた医術だ。しかし、だからといって漢方《かんぽう》、さらには和方《わほう》が劣《おと》っているわけじゃない。症状、患者の体質や気質、病《やまい》の進み具合、そういうものによって治療は様々に変わる。蘭方が加わったことで治療の幅が広がれば、患者にとっては何よりじゃないか。優劣をつけて、どちらかを貶《おとし》めたりありがたがったりするのではなく、互いに補《おぎな》い合って、少しでも病に打ち勝つ治療を施《ほどこ》していく。それが、一番望ましい医術の在《あ》り方じゃないかと、おれは思うんだ」

「なるほど、それが〝塩梅〟ですね。漢蘭折衷《かんらんせっちゅう》、どちらも学び、知り、生かしていく」

「うむ。患者にとって蘭方だの漢方だのってのはどうでもいいことだ。病が、怪我が一刻《いっこく》も早く治《なお》る。あるいは、苦痛が少しでも和《やわ》らぐ。そこが肝要《かんよう》なんだからな。だろ、おいち」

松庵の視線がぶつかってくる。十斗もおいちに顔を向けた。ここで、見詰められ

ると も意見を求められるとも思っていなかった。けれど、嬉しい。父は十斗だけに語っていたわけではなかった。おいちがここにいることを忘れてはいなかったのだ。

「ええ、肝要なのはそこだけの気がします。患者さんと共に病や怪我と闘《たたか》うのなら、武器はたくさんあった方がいいとも思います。蘭方の治療法、漢方の手当て、和方の見識、どれもしっかり身につければ、えっと、何て言うのかな。鬼に金棒……とはちょっと違うかもしれませんが、えっと、ともかく、患者さんにとって一番有効な手立てを講じられるのがいいお医者さま……、あの、だから名医というものじゃないでしょうか」

たどたどしい物言《ものい》いが恥ずかしい。しかし、十斗は、「まさに」と、大きく首肯《しゅこう》してくれた。

「まさにその通りです。松庵先生、おいちさん、わたしはまさにそういう医者になりたい。その想いでここに来ました。正直、お二人に会うまでは、これからの医は蘭方が主流になる、なって当然だと考えておりました」

——今までの旧弊《きゅうへい》なやり方を打ち砕《くだ》き、新しい道を作り上げる。それが、わたしに課せられた使命だと思っています。

長崎に発つ前、十斗はそう言い切った。

気負いと決意と思い込みが混ざり合っていた。おいちは自分と医術の行く末を見詰める十斗の言葉が羨《うらや》ましくもあり、眩《まぶ》しくもあった。けれど、微かな違和もまた覚えたのだ。

蘭方のみを是《ぜ》とし、漢方や和方ことごとくを否《ひ》とする。

とても乱暴で性急だと感じたのだ。しかし、今、目の前にいる十斗には、あのときの激しさはない。使命を背負った者の気負いと決意が十分に伝わってはくるが。

「お二人に会って、その考えが間違っていると思い知らされました。わたしは、医方にばかり気を取られ、もっとも大切な、人を、患者を見ようとしていなかったと。我ながら何とも思い上がった小僧《こぞう》だったのです。今でも、まだ、そういう面《おもむ》を拭《ぬぐ》い去れたわけではありませんが。でも、己の思案の狭《せま》さを知った上で長崎に赴けたのは、わたしにとって何よりの幸運でした。医者としてどう生きるかを、ずっと考え続けるきっかけになりましたから」

松庵が頷き、微笑《ほほえ》む。嬉しげな笑《え》みだった。

「頼もしい、実に頼もしい台詞《せりふ》だ。田澄さん、そうなのだ。どんなときも思案を忘れちゃならんのだ。医者に限らず、何か道を究《きわ》めようとすれば、迷い、思案し、試《こころ》みる。また、迷い、思案し……その繰り返しだ。わかったつもり、覚《さと》ったつもりになれば人は前に進めなくなる」

「はい。わたしはそれを長崎でなく江戸で学んだのです。ここで、松庵先生の医者としての生き方を知り、おいちさんの言葉に触れ、自分の来《こ》し方《かた》が見えてきました」

「いやいや、そこまで言われると照れる、照れる。ははは、やめてくれよ。そんな、大層な生き方なんぞしてないから面映《おもは》ゆくて、笑うしかないじゃないか。ははははは」

ほんとうに照れているらしく、松庵は頬を染《そ》めていた。十斗は、生真面目《きまじめ》な表情を崩さない。むしろ、さらに口元、目元を引き締める。

「わたしがまだまだ未熟なことは百も承知です。いや、未熟だからこそ、お願いに上がりました。先生、どうか、わたしをここで修業させてください」

「はあ？」

松庵がやけに間の抜けた声を出した。

「修業だって」

「そうです。どうか先生の許《もと》で働かせてください。この通り、お願いいたします」

十斗は平伏《へいふく》した。松庵の方は、

「はぁ」

前よりさらに締まりのない返事をしただけだ。返事なのか吐息なのかさえ、はっきりしない。口が半開きになって瞬《まばた》きを繰り返す。顔つきも口調同様、まるで締まりがない。

「お願いします。長崎を発つときから、いや、そのずっと前から心に決めてまいりました。江戸に帰ったら、松庵先生に弟子《でし》入りし、本物の医者になるために研鑽《けんさん》を積もうと」

「は……え、いや、待て。ちょっと待ってくれ。田澄さん、あんた、何を言ってるんだ。うわっ、あちち」

「きゃ、やだ。父さん、落ち着いてよ」

松庵がひっくり返した湯呑《ゆのみ》を拾い上げ、零《こぼ》れた茶を手早く拭《ふ》く。落ち着けと言ったけれど、おいちの鼓動も乱れている。

田澄さまが弟子入りを望んで、ここに来られたなんて。

それが気紛《きまぐ》れや戯言《ざれごと》ではないと、わかる。十斗は心底《しんそこ》から、藍野松庵に弟子入りを乞《こ》うているのだ。絞り出すような声が、必死の面持《おもも》ちがその本気を伝えていた。

「あちち。すまん、すまん。言い訳じゃないが、田澄さんが笑えない冗談を言うもんだからつい慌てちまった」

「冗談ではありません。わたしは本心から先生に弟子入りをお願いしております」

十斗がもう一度、額《ひたい》を擦《こす》り付けるように低頭《ていとう》する。

「いや、冗談だろう。どうして、おまえさんがおれの弟子なんかになるんだ」

「真の医の道を究めたいからです。医者としての生涯を全《まっと》うしたいからです。先生、お願いいたします。是非《ぜひ》に、是非に弟子の一人に加えてください」

「加えるもなにも、おれに弟子なんか一人もいない。娘がいるだけだ」

「では、わたしを初めての弟子としていただけませんか」

「いや、いやいやいや、田澄さん、いったいどうしたというんだ。おまえさんは長崎遊学から帰ってきたんだぞ。まさにこれからのこの国の医術を切り拓《ひら》いていく人物じゃないか。いいか、この国の医術を高めるために学んできたんだぞ。わかっているな」

「むろんです」

躊躇《ためら》う風もなく、十斗が答える。

長崎にしろ京にしろ大坂《おおさか》にしろ、遊学には金がかかる。それゆえ、人材を育てるために公儀《こうぎ》なり大名なりが後ろ盾《だて》になり、遊学地での暮らしと勉学を支える。逆に言えば、後ろ盾がなければ、あるいはよほどの財力の持ち主でない限りは、遊学は無理なのだ。

十斗は公儀の試験に登第《とうだい》し、長崎遊学の機会を得た。が、当時、師事していた高名な医者が欲と金に目が眩《くら》み、とんでもない不祥事《ふしょうじ》を引き起こしたのだ。その事件に巻き込まれ、おいちも十斗も危うく命を落としかけた。とある屋敷の物置小屋に閉じ込められ、外から火をかけられたのだ。煙に巻かれながら、おいちは半《なか》ば死を覚悟したのだった。駆けつけた新吉《しんきち》が戸を蹴破り、助け出してくれなければ、おいちも十斗も今、ここに座ってはいない。

大切な友人の死が発端《ほったん》となったこの事件を、おいちはむろん忘れてはいない。忘れることなど、できなかった。儚《はかな》く亡くなった友、おふねの面影《おもかげ》とともに一生、覚えている。

その事件が曲がりなりにも落着した後、十斗は旅立っていった。師が大層な事件を起こしても、長崎遊学は取り消されなかったのだ。十斗が優れた人材とみなされている証《あかし》だろう。しかし、受けた支援は返さねばならない。十斗には当然、果たすべき役目が言い渡される。勝手に弟子入りなどできるわけがない……はずだ。

「わたしは試験に登第したさい、幕府の表御番医《おもてごばんい》・法印《ほういん》三笠西遠《みかさせいえん》先生から直々《じきじき》に遊学の便宜《べんぎ》をはかっていただきました」

「ほう、それは大物だ。なるほど、それなら、あれだけのごたごたがあっても無事に長崎に行けたのも頷けるな。ご法印がついているとなると、将来は約束されているじゃないか。御目見医《おめみえい》の席が待っているわけだな。羨ましいこった」

十斗の双眸《そうぼう》が一瞬だがぎらついた。

「ほんとうですか」

「うん？　ほんとうにわたしを羨ましいと思うておられますか」

「松庵先生は、ほんとうとは」

真正面から問われ、松庵は小さく唸った。何か呟いたようだが、おいちには「むむ」としか聞こえない。

「先生もその気さえあれば御目見医になることはできた。実際、さる大名から御《お》抱《かかえ》医《い》にと望まれたこともあったのでしょう」

「……あ、うむ、まあ、若いころだがな」

「けれど、先生はその申し出を断り、町医者として生きることを選んだ」

「いや、あのな田澄さん。変に思い違いをしないでくれ。おれは立派な志《こころざし》があって、あえて御抱医の地位を遠ざけたわけじゃないんだ。今のこの暮らし、一介の町医者としての生き方が性《しょう》に合っていると早くからわかった。それだけのことなんだからな。御目見医にしても御抱医にしても、診るのは雲上《うんじょう》のお偉い方々だ。診療をするたびに『お脈を取らせていただきます』だの『恐れながら、お身体に触れさせていただきます』だの一々、畏まらなきゃならん。そんなの真《ま》っ平《ぴら》だと思ったのさ。そこにいくと、ここでは素《す》でいられる。大声で笑おうが泣こうが喚こうが、お構いなしだ。ときには患者と喧嘩《けんか》もするし、とりとめのない馬鹿話《ばかばなし》もできる。うん、性に合ってる。おれのいいかげんな性分だと、あらあらかしこと恐れ入りながらの仕事なんてどだい無理なんだ。おまえだってそうだろう。おいち」

「え、あたし？」

「そうだ。おれが御典医《ごてんい》なら、おまえは御典医さまのお嬢さまだぞ。やれ、傷を縫《ぬ》うだの、やれ小水《しょうすい》の色がどうだの、便通の具合はどうだのなんて口にできないし、これくらいの怪我でぎゃあぎゃあ騒ぐなと患者を怒鳴《どな》りつけたりもできない。振袖《ふりそで》を着て、裾《すそ》を引いて、お供《とも》なしじゃ外を出歩けもしないんだ。そういう暮らしが自分に向いてると思うか」

「父さん、あたし、患者さんを怒鳴りつけたりしません。失礼しちゃうわ」

わざとむくれてみせる。むくれながら、確かにそんなの真っ平だと心の内で呟く。

どれほど財を蓄《たくわ》えていようが、どれほど高位の方であろうが、人は病からは逃げられない。老いや死からも、だ。いずれ捕《つか》まる。誰もが限りある命を生きる。

おもしろい。

人の世には人が作った身分がある。言葉も所作《しょさ》も生き方もあらかじめ決められて、決して越えられない線が幾本《いくほん》も幾本も引かれている。けれど、病や老い、死にはそんなもの通用しない。軽々《かるがる》と跳《と》び越えてしまう。

天子《てんし》さまであろうと公方《くぼう》さまであろうと、裏長屋の住人であろうと分け隔《へだ》てなく訪れる。

だから人はみな同じだと、おいちは感じてしまう。口にはしないけれど、感じるのだ。だったら、ちょっとした熱や咳、軽い怪我ぐらいで呼び出され、脈を診るため寸口《すんこう》に指を置くのにも、舌の色を確かめるのにも、傷を洗うのにも一々「恐れながら」と畏まらなければならないなんて窮屈《きゅうくつ》過ぎる。御免《ごめん》こうむりたい。

町方《まちかた》の貧しい人々はぎりぎりまで医者にかからない。薬礼《やくれい》が払えないからだ。だから、運び込まれてきたとき、病がかなり進んでいることや傷が膿《う》んでしまっているなんて、しょっちゅうだ。「馬鹿者。何でもっと早く来なかったんだ」と、松庵に怒鳴られ、うなだれる患者たちを何人も何十人も見てきた。

怒鳴りながらも、松庵は懸命に治療する。力及ばず患者を救えないときもある。何とか快癒《かいゆ》まで導けるときもある。ともかく、患者と共に闘い、死を遠ざける。あるいは、できる限り安らかに逝《い》けるよう死を宥《なだ》める。痛みを少しでも取り除き、苦しみを僅かでも減らすよう力を尽くす。

医者とはそういうものだ。患者を尊《たっと》びはするが、畏まったりはしない。

松庵の傍《かたわ》らで、そう学んだ。むろん、医者も様々だ。様々な生き方があり、考え方があり、職への向き合い方がある。貴人、分限者《ぶげんしゃ》、高位の方。そういう人たちのみを相手にするのも一つの道かもしれない。松庵はその道を選ばなかったし、おいちも選ぶ気はない。

　それだけのことだ。

「よい修業になると言われました」

　おいちのとりとめのない思案を断ち切るように、十斗の声が響《ひび》く。さほど大きくないのに耳の奥まで届いてきた。

「わたしが松庵先生の許で働きたいと打ち明けたとき、『それは、この上ない修業になる。受け入れてもらえるのなら、是非にやってみろ』と」

　背筋を伸ばし、十斗が松庵を見据《みす》える。

「三笠先生から言われました」

「三笠が……」

「はい。お二人は共に長崎で学んだ友。松庵先生が町医者の道を選ばれたとき、驚きはしたが、藍野らしい生き方だと納得《なっとく》もできたと、三笠先生は仰《おつしや》いました。『おれの許にいては学べぬことを、藍野なら教えてくれるかもしれん』とも、です」

　松庵の口元が妙な具合に曲がった。

「三笠のやつめ、おれを持ち上げてどうしようってんだ。全《まつた》く」

「先生、お願いします。どうか、先生のお傍《そば》で学ばせてください。わたしは……わたしは本物の医者になりたい。一人でも多くの患者を救える医者になりたいのです。そのために学ばねばなりません。薬を与えるだけが、傷の手当てをするだけが医者の仕事ではない。そうわかってはいるのです。では、医者の仕事には何が含まれるのか。まだ摑めない。だから、学びたいのです。そのためには、日々、多くの患者と接し、患者と共に生きて、そこから学ぶしか手立てはない。そして、それを学ぶ場はここしかない」

「いやあ、そんなに買い被《かぶ》られてもなぁ……。かえって困るというか、荷が重いというか。うん、まあ、確かに患者は多いかもしれん。忙しいときはやたら忙しい。けど、儲《もう》かってるわけじゃないしな。文字通り貧乏暇《ひま》なしなんだが……。うーん、駄目だ。田澄さん、悪いが諦《あきら》めてくれ。うちじゃ、おまえさんに給金を払うなんてとても無理だ」

「そんなものは要《い》りません。弟子入りするのです。無給で結構です」

「いやあ、そういうわけにはいかんだろう。おまえさんだって、霞《かすみ》を食って暮らしていくわけじゃなかろう。働きに見合った給金は入《い》り用だ。どんな仕事にも、な」

「大丈夫です。二年や三年、何とかなるだけの蓄えはあります。ええ、何とでもなります。ですから、是非、ここに通わせてください」

「いやあ、でもなあ」

珍しく松庵が煮え切らない。

「一年、二年だけで構いません。それが無理なら、せめて一年、わたしに修業の機会を与えていただけませんか。先生、お願いします」

「うむむむ……。いくら頼まれても、こればかりは」

「お給金なら何とかなるわよ」

そう言ってから、おいちは口元を押さえた。父と十斗との間に割って入る気はさらさらなかった。十斗は松庵に弟子入りを乞うているのだ。答えるのは松庵しかいない。けれど、困り果てた父と必死に食い下がる兄を見ているうちに、我知らず口を挟んでいた。

松庵がおいちに視線を向ける。

「何とかなるって、どうなるんだ」

「うちだって、そこそこの蓄えぐらいあります」

「蓄え？　うちにか？　そんな見え透《す》いた嘘をつくな」

「嘘じゃありません。ここ一、二年だけど薬礼をすんなり払ってくれる患者さんが増えたの。それで、少しばかり余裕ができて、その分を蓄えてたの」

「おまえ、そんなこと一言《ひとこと》も言わなかったじゃないか」

「父さんに教えると、『じゃあ、長屋のみんなに美味《うま》い物でも振る舞おう』なんて言い出しかねないもの。『金はぱっと使ってこその金だ』なんて、ね」

「う、図星《ずぼし》だ。おまえ、母さんに似て、どんどんしっかり者になっていくな」

「あたしがしっかりしなくちゃ、暮らしが立ち行かなくなるもの」

「……確かに、そうだが」

叱られた童《わらべ》のように、松庵が首を竦《すく》める。

「父さん、父さんは田澄さまを無給で働かせたくないんでしょ」

「うむ。田澄さんは弟子だなんて言うが、長崎で学んできたんだ。医者の腕前は一人前だろう。弟子扱いはできんさ。かといって、うちの蓄えでどこまで給金を払い続けられるか、はなはだ心許《こころもと》ない。それはやっぱり……」

松庵の口元がさらに歪む。口の中で、言葉がもやもやと消えていく。

父さんは田澄さまの申し出を受けたいんだ。

おいちは膝の上に手を重ねた。

目の前の若い医者の力量を見てみたいと、その力が本物なら育ててみたいと思っている。

おいちには、父の心中がわかる。密《ひそ》やかにだが、伝わってくるのだ。

「田澄さまが診療してくださったら、今みたいに患者さんに待ってもらわなくて済むんじゃない。つまり、たくさんの患者さんを診ることができる。そしたら、薬礼も増えるんじゃなくて。そりゃあ、どっさりってわけにはいかないけど。でも、少しは増えると思うの。その分を田澄さまにお渡ししたらどうかしらね」

「しかし、知れてるだろう。うちの患者は大半が貧乏人だ。薬礼なんて雀《すずめ》の涙にも足らんぞ」

十斗が「おお」と声を張り上げた。

「先生、おいちさん、お心遣い、まことにありがたく存じます。どうかどうか、よろしくお願いいたします。早速、明日から通わせていただいて構いませんか」

身を乗り出す。勢いをつけて、無理にでも松庵を承服させようとしているみたいだ。

「え、あ、いや、田澄さん、ちょっと待ってくれ。早まるなよ。もう一度、お頭《つむ》を冷やして……」

「明朝から通わせてもらいます。明六《あけむ》つ（午前六時）あたりに伺《うかが》えばよろしいですか」

「明六つ？　おいおい、やっと木戸が開いたばかりじゃないか。魚河岸《うおがし》じゃあるまいし、朝五つ（午前八時）で十分だ。そのかわり、お終いは何刻《なんどき》になるかわからん。患者しだいなんでな」

「なるほど。当然です」

「飯《めし》も、いつ食べられるか見当がつかん。昼抜き、夜抜き、夜半にやっと握《にぎ》り飯を頬張れたなんてことも、ざらだ」

「承知しております」

「そのかわりじゃないが、ぽっかり暇ができたりもする。妙にのんびりした一時《いっとき》があるんだ。そういうときは、おいちが美味いお茶を淹《い》れてくれて、あればお八《や》つを出してくれる。あれば、だがな。まあ、饅頭《まんじゅう》や羊羹《ようかん》はなくても漬物とか佃煮《つくだに》ぐらいは出てくるからな」

「楽しみです」

松庵と十斗のやりとりを聞きながら、おいちは指を握り込んだ。爪《つめ》は短く切りそろえてあるから、手のひらに食い込んだりはしない。それでも薄く跡が残るほどには強く、力を込めていた。十斗が通うようになれば、長崎で十斗が修得した技を目《ま》の当たりにできる。願ってもないことだ。掛け値なしに嬉しい。

でも、あたしはもう要らなくなる？

いつもより饒舌《じょうぜつ》な父を見ながら、心が翳《かげ》る。

十斗という強力な助手《すけて》がいるなら、おいちにできることは何もないのではないか。診察、治療の様子を傍らで見ていることしかできないとしたら。

それはやはり、辛い。

己の狭量《きょうりょう》が、妬心《としん》が、焦燥《しょうそう》が恥ずかしい。でも、突き上げてくる情動をどうしようもない。面《おもて》に出さぬよう、懸命に抑《おさ》える。奥歯を噛み締める。

「さて、それでは」

十斗が帳面を包み直す。それを、おいちの前に置いた。

「これは、おいちさんへの土産《みやげ》です」

「え……」

「おいちさん、本気で医学を学びませんか」

「え……」

「おいちさんは、ずっと松庵先生の許で医の道を歩いてきた。一人前の医者としての力を身に付けている。きちんと学ぶことで、その力をさらに磨《みが》くべきです」

おいちは唾《つば》を呑み込んだ。喉の奥が微かに震えている。

「田澄さまのように長崎に遊学しろと仰っているのですか」

十斗がかぶりを振る。

「いえ、そうではない。長崎ではなくここで、この江戸で学ぶのです。ここには京や長崎に勝《まさ》るとも劣らぬ学びの場がある。そこで学び、研鑽を積み、医者になるのですよ。この国で初めての女人《にょにん》の医者になるんです」

野中婉《のなかえん》、度会園女《わたらいそのめ》、森崎保佑《もりさきほゆう》……。おいちが生まれる前から、女医者としての働きをする者はいた。しかし、正式に蘭方を修得し外科も含めて医業をなす女は、まだ、現れていない。少なくとも、おいちは知らなかった。

「蘭方だけではない」

十斗がおいちを見据えてくる。真正面から、視線がぶつかってくる。

「これからは和蘭医術だけではなく、西洋医学も入ってくる。ただ、さっき松庵先生が仰ったように、患者には蘭も漢も洋もない。治療のためにあらゆる手が打てる医者が入り用なだけだ。わたしはそういう医者になりたい。おいちさんも……」

「人を救える医者になりたいです」

人を救える医者になりたい。それだけが望みだ。

喉の奥の震えはまだ、治まらない。

「おいちさんに会わせたい人がいるのです」

十斗がすっと息を吸った。それを静かに吐いてから、続ける。

「長崎で知り合いました。その人は医者という仕事に男も女もない。この先、必ず女の医者は増えていく。増えなければならない。女のためにも、そうならなければと語っておいででした」

何と力強い言葉だろうと、おいちは胸に手を置いた。見も知らぬ人の強靱《きょうじん》さが、漣《さざなみ》となって伝わってくるようだ。

「もしかして、その方は女人でいらっしゃるのですか」

「そうです。石渡明乃《いしわたあきの》先生と仰います」

「お医者さまなのですか」

長崎で開業している医師なのだろうか。

「既《すで》に亡くなられてしまったが、長崎一の名医として名高かった石渡乃武夫《のぶお》先生の奥方だ。夫君《ふくん》から医術を学び、石渡先生をして『もはや、わしが明乃に教えられることはない』とまで言わしめた才媛《さいえん》だと聞いている。乃武夫先生には、おれも長崎で何度か講義を受けたことがあったな。そうか、奥方は江戸におられるのか」

松庵の声音が僅かだが若やいだ。青年医師であったころの昂《たか》ぶりがよみがえったようだ。

はいと、十斗が頷いた。

「そういえば、乃武夫先生も奥方も江戸の生まれ、育《そだ》ちだったな」

「そうです。乃武夫先生は長崎で亡くなられ、墓も平戸《ひらど》にあります。しかし、明乃先生は江戸に帰る決意をなさり、わたしより数日早く長崎を発たれたのです。今は、遠縁にあたる『新海屋《しんかいや》』という商家に身を寄せておられます」

新海屋？　どこかで聞いた名前だ。

寸の間考え、おいちは「あっ」と声をあげた。十斗が僅かばかり首を傾げる。

「どうしました？　もしかして、『新海屋』をご存じなのですか」

「あ……いえ、はあ、まあ、その大きなお店ですから、知っていると言えば知っているような、知らないと言ってしまえば知らないかもしれないような……」

「おいち、おまえ、何を言ってるんだ。わけがわからんじゃないか」

「あ、うん。まあ、そうなんだけど……」

『新海屋』はおキネを転ばせた荷車の主《ぬし》だ。そのことを松庵には伝えていない。治療とは直截《ちょくせつ》な関わりはないからだ。まさか、十斗の口から店名が出てくるとは思いもしなかった。

「明乃先生は暫く『新海屋』に寄宿され、江戸で塾を開く用意をされるおつもりです」

「塾を。それは、医学塾なのですね」

「むろん、そうです。女人を受け入れるための塾です」

「まあ」

江戸にも高名な医学塾はある。各藩から選び抜かれた秀才が集《つど》い、そこからさらに長崎遊学に旅立つ者も大勢いた。武士の子弟も多かったが、十斗のように町人身分でありながらその才を認められた者も珍しくはないと聞く。この世に高くそびえている身分の壁《かべ》が学びの場にはない……とは、さすがに言い切れない。ないわけがない。しかし、己の才覚を恃《たの》みとしてよじ登れるほどには低くなっている。

けれど、女という壁はそびえ立ったままだ。女が本気で、男と等しく学ぶことは許されない。壁には足場も手掛かりもついていないのだ。

石渡明乃という女人は、その壁に穴を穿《うが》つつもりなのだろうか。足場を作り、手掛かりを刻《きざ》むつもりなのだろうか。だとしたら、だとしたら、すごい。

おいちの頭から、おキネの姿が掻き消える。行方知れずの老女のことを忘れてしまう。『新海屋』とのちょっとした、しかし、不思議な繋がりが思案から零れていく。頬に血が上り、心《しん》の臓《ぞう》が激しく鼓動を刻む。

とっく、とっく、とっく。

「おいちさん、ぜひ、明乃先生に入門なさい。そこで、力の限り学ぶのです。あなたなら、できる。必ず、本物の女医者になれる」

「でも、でも、あの……」

「入塾の費《つい》えなら心配するな」

背中にとんと父の声がぶつかってきた。

「おまえを塾に通わすぐらいの臍繰《へそく》り金、おれだって持ってるさ」

「父さん、ほんとに？　さっきの話と違うじゃない。いつの間に臍繰りなんかしてたの」

「ふふん、こういうときのために貯《た》めてたんだ。少しは見直したか」

「父さん……、ほんとに、ほんとに、あたし塾に行けるの」

「行けるとも。おまえなら、明乃先生のお眼鏡《めがね》にもかなうさ。なあ、田澄さん」

十斗は首肯し、口元を引き締めた。

「間違いありません。おいちさんの才覚と意気、明乃先生に通じないわけがない。入門の手筈《てはず》は、わたしが整えます。少し刻《とき》がかかるかもしれないが入塾できるように尽力《じんりょく》するつもりです。そのためにも明乃先生に一度、会ってもらわねばなりません。おいちさん、いや、おいち。それが兄として妹に手渡せるたった一つの音物《いんぶつ》なのです」

息が詰まった。まじまじと十斗を見詰める。

「田澄さま……、知っておられたのですか……」

問うた声は、おかしいほど掠《かす》れていた。

「もしやという思いがあって、長崎から松庵先生に文《ふみ》を書きました。おいちさんはわたしの妹ではないのかと、直截にお尋ねしたのです」

松庵が背筋を伸ばした。おいちと目を合わせる。

「その通りだと返事を書いた。おいちは田澄十斗の妹だと、な。そして、藍野松庵の娘だとも書き添えた」

「……父さん」

正直、十斗を兄だとみなせない。ずっと父と二人で暮らしてきた。〝兄〟とはどういう者なのか、兄妹とはどういう関わりなのか、思いが及ばないのだ。

十斗が目を細める。

「わたしは嬉しかった。二親と死に別れてからずっと一人だと思っていたから、ときに一人であることの淋《さび》しさに潰《つぶ》されそうになっていたから……。だから、妹が、あなたのような妹がいて、この世に共に生きている。そう知っただけでどれほど嬉しかったか」

「田澄さま、でも……」

「わかっています。人には心がある。あなたとわたしは、ずっと離れ離れで生きてきた。急に兄と妹になれるわけがない。頭が受け入れても心は拒《こば》むでしょう。だから、初めから出発したいのです。初めて出会ったときから一歩を踏み出して、ゆっくり心を慣らしていきたい」

「……はい」

ゆっくり心を慣らす。優しい言葉だ。ほっと息が吐《つ》ける。

「それと、さっきは兄から妹への音物だなどと申し上げたが、今回の入塾のこと、妹だから勧《すす》めたわけじゃない。おいちさんなら、やれる。迷わず医の道を歩けるとわたしなりに考えた末のことなんです。さっきは……その、上手く兄と名乗りたくて、格好つけ過ぎました。口にしてしまってから、恥ずかしくなった」

十斗が肩を窄《すぼ》める。松庵が軽い笑い声を立てた。

「そこまで見込まれたんだ。おいち、おまえは果報者《かほうもの》だな」

「はい」

果報者だ。人に恵まれ、運に恵まれ、機会に恵まれた。この上ない果報者ではないか。

胸が震える。泣きそうになる。

「あ、田澄さんへの文にはちゃんと義姉さんのことも書いたからな。『香西屋《こうさいや》』の内儀《おかみ》うたの姪《めい》だ、とな。そこのところ、何かあったらちゃんと話してくれよ。でないと、義姉さんがどれほど騒ぐか知れたものじゃない」

「ああ、あの内儀ですか。綺麗《きれい》な方だが、確かに騒がしくはありますね」

「騒がしいなんてもんじゃない。犬と猿を同じ檻《おり》に入れたって、あそこまでうるさくはないぞ。騒がし過ぎで、おまけに、太り過ぎだ」

「父さん、そこまで言っちゃ駄目。伯母《おば》さんのことだから、どこかで聞いてるかもしれないわよ」

「うへっ、勘弁してくれよ。おれは、幽霊《ゆうれい》より化《ば》け物《もの》より義姉さんが怖いんだ」

松庵が真顔で身を竦ませる。

おかしい。おいちは吹き出した。笑いながら、目尻《めじり》の涙を拭いた。

楽しいことばかりじゃない。嬉しいことばかりでもない。ここから先は、笑うより泣く方が多い日々かもしれない。己の非力を無知を未熟を思い知る月日が待っているはずだ。

だからこそ、進みたい。

胸が熱くなる。高揚《こうよう》する。おいちは心を静めるためにゆっくりと息を吸い込み、さらにゆっくりと吐き出した。

ちかっ。

頭の隅《すみ》で光が瞬《また》いた。

え？　なに？

瞬きは仄《ほの》かな光にかわり、青白い顔を照らし出す。

おキネさん。

おキネだった。唇が微かに動く。

お助けを。

怯《おび》えた眼差しが上に向けられている。誰かを見上げているのだろうか。

お助けを。

「おキネさん！」

叫び、立ち上がる。おキネの姿は消えて、松庵と十斗が座ったままおいちを見詰めている。

「おキネさんだと？　おい、おいち。まさか」

松庵が生唾を呑み込んだ。

夢の色合い

「うむ」と言ったきり、仙五朗《せんごろう》は黙《だま》り込んだ。

この名うての岡《おか》っ引《ぴき》は、松庵《しょうあん》のようにやたら唸《うな》ることはない。頭を抱《かか》え込むことも、弱音《よわね》や愚痴《ぐち》を零《こぼ》すこともない。ただ、腕を組んで黙り込むことは、よくあった。そうなると、仙五朗は血の通った人というより、人の形《なり》をした石像のように見えもする。息さえしていないみたいだ。もっとも、その頭の中は石像どころか、休むことなく止まることなく思案が巡《めぐ》っている。

おいちは膝《ひざ》の上に手を重ねたまま、やや前屈《まえかが》みになった仙五朗の肩越しに庭の方へ目を向けた。いつだったか仙五朗が、

「猫といっても、生まれたての子猫の額《ひたい》ほどでござんすよ」

と、苦笑《にがわら》いした庭は確かに広くはないが、座敷と同じように掃除《そうじ》が行き届き、雑草一本生《は》えていない。庭の隅《すみ》に躑躅《つつじ》の小さな植込みがあって紅色《べにいろ》の花が幾《いく》つも付い

ている。さっきから黒い翅《はね》の蝶々《ちょうちょう》が、花の上で舞っていた。

相生町《あいおいちょう》の髪結床《かみゆいどこ》『ゆな床《どこ》』の裏座敷だ。表からは店の賑《にぎ》やかな気配《けはい》が伝わってくる。仙五朗はもともとは髪結いを生業《なりわい》とする。名目《めいもく》上はこの店の主《あるじ》だ。ただ、名目は名目に過ぎず、岡っ引稼業に身を入れ過ぎて、店どころか家にいることさえ稀《まれ》だと聞いた。

「ほんとうのところ、切り盛りはみんな嬶《かかあ》がやってんでやす。とっくに諦《あきら》めてるのか呆《あき》れ果てているのか、文句一つ言やあしやせん。手下《てか》の面倒《めんどう》までみてくれてねえ。だから、嬶にだけは頭が上がらねえんで。家じゃあ何でも言いなりでさあ。山の神に口答えなんてできやしませんからね。借りてきた猫よりおとなしくしてやす」

冗談《じょうだん》交《ま》じりに仙五朗は時折、そんなことを言った。半分は冗談でも残り半分は本音《ほんね》だろう。江戸の裏も闇《やみ》も知り尽くし、ごろつきやならず者から恐れられる〝剃刀《かみそり》の仙《せん》〟の別の一面だ。

「そうでやすか」

仙五朗が息を吐《は》き出した。

「おキネが見えやしたか」

「はい。短い間でしたけど、間違いなくおキネさんでした」

「おキネは助けを求めていたんでやすね」

「ええ。求めていたというか……、近くにいる誰かに助けを乞《こ》うていたような気がしたんです」

そのあたりは、はっきりしない。

眼差《まなざ》しが怯《おび》えていたとは感じたけれど、それも確かではなかった。なにしろ、花火に似た一瞬の光で見た、見えたに過ぎないのだ。正直、仙五朗に伝えるべきなのか迷ったほどだ。しかし、こうして相生町まで出かけてきたのは、おキネが怯えていたなら、助けを乞うていたなら、一刻《いっこく》も早く手を打たねばと焦《あせ》ったからだ。

行く先、帰り路を見失って迷子になっているのではなく、誰かにかどわかされたとしたら。昨日もそういう話をした。もしおキネがかどわかされたとしたら、なぜ？　とも考えた。裏長屋住まいの子ども返りした老女をさらう、どんな訳《わけ》があるだろうか、と。身代金《みのしろきん》が目当てではない。売り飛ばすためでもない。怨《うら》みだとも考えにくい。かといって足を滑《すべ》らせて川に落ちたわけでも、目眩《めまい》や悪心《おしん》で動けなくなっているわけでもなさそうだ。

見当がつかない。

それが不気味《ぶきみ》だった。怖《こわ》くもある。

「やはり、どこかに閉じ込められて、帰るに帰れないってわけか」

仙五朗がこぶしで軽く額を叩《たた》く。

「しかし、そのどこかが摑《つか》めねえ。摑めねえことには動きようがねえ……か。それに……」

仙五朗の面《おもて》が曇《くも》る。心なしか顔色が悪いようだ。

「あ、親分さん、もしかしたら、具合がよくないんですか」

「へ？　あっしがですか。いや別にそんなこたぁありやせんよ。どうしてでやす」

「お顔の色がすぐれないようですし、お家《うち》におられましたから」

相生町に足を向けたとき、すんなり仙五朗に会えるとは思っていなかった。深川《ふかがわ》中を飛び回っている岡っ引が昼日中《ひるひなか》に家にいるとは考え難い。だから、託《こと》けだけで帰るつもりだった。会いたい旨《むね》を告げれば、仙五朗の方から出向いてくれる。今まででもそうやってきた。だから、「うちの人ですか。ええ、おりますよ」とあっさり座敷に通されたときは驚いたし、些《いささ》か訝《いぶか》しくもあった。

太陽は西に傾《かたむ》いたとはいえ、まだ、十分に明るい。これからの季節、昼は延び夜は縮《ちぢ》む。燦々《さんさん》と降り注《そそ》ぐ光を避《さ》けて、仙五朗が住処《すみか》に引っ込んでいるとは思ってもいなかった。それこそ、何か訳があるのか。

もしかしたら、身体《からだ》の不調かもしれない。疲れていても、痛くても、息が苦しくても、怠《だる》くても人の動きは鈍《にぶ》くなる。傷を負った獣《けもの》は癒《い》えるまで巣穴《すあな》にこもるという。人も同じだ。動き回らず、余計な力を使わず、じっと蹲《うずくま》ることで病《やまい》や怪我《けが》をやり過ごそうとする。それは生き物が本来身の内に持っている治癒《ちゆ》の力を引き出すための、手立てだった。

「ちょっと失礼いたします」

にじり寄り、手を伸ばして仙五朗の下瞼《したまぶた》を引き下げる。

「あ、おいちさん、な、何をしなさるんで」

「いいから、黙って。ふーん、貧血はないわね。はい、舌《した》を診《み》ますよ」

観念したのか、仙五朗はおとなしく舌を出した。

「あら、少し荒れてますね。胃の腑《ふ》がむかついたりしませんか」

「別に、ございやせんが」

「お酒は飲むけど、ご飯はちゃんと食べてないなんてことは、ありませんね」

「あ、へえ。そんなことは、ないとは言えないようでもないことはなくて……」

「どっちです」

「へ、へえ。言われてみたら、その通りで……」

「まあ、親分さん。駄目《だめ》ですよ。食は身体を作ります。お酒じゃ食事になりませんからね。食を疎《おろそ》かにしてたら、いつか身体を悪くします。舌が荒れているのは、胃や腸が弱ってるからかもしれません。煙草《タバコ》とお酒は暫《しばら》く控《ひか》えてくださいね」

「……へい、わかりやした。あまり深くも考えてやせんでしたが、確かにこのところ、食気《くいけ》があまり起こらなくて酒と肴《さかな》で誤魔化《ごまか》すことが多かった気がしやす。何というか、どうにも気持ちがすっきりしなくてねえ。ついつい、酒に手が伸びちまってたんでやすよ」

仙五朗が口元を歪《ゆが》めて笑った。「おれも、まだまだだな」と。

「すっきりしないというのは、おキネさんのことが引っ掛かっていてということですか」

「それもありやす。けど……」

仙五朗の黒目が動き、ちらりとおいちを見た。岡っ引の眼差しだ。鋭《するど》く、したたかで、見詰《みつ》められるだけで心身が強張《こわば》る。

「もしかしたら、大変《てえへん》なことが起ころうとしている、いや、起こっているのかもしれやせん」

「大変なこと?」

「まだ、わかりやせん。霧《きり》の向こうにぼうっと浮かんでいる。そんなとこなんでね、どんな姿なのかほとんど見えねえんです。けど、あっしはそいつが化《ば》け物みてえな形《なり》をしている気がしやすよ。おぞましい化け物の形をね」

「親分さん、何の話をしていらっしゃるんですか」

暫く黙り、仙五朗は大きく息を吐き出した。真正面《ましょうめん》からおいちの目を覗《のぞ》き込む。

「おキネだけじゃねえんですよ」

「え？」

「行方《ゆくえ》知れずになっているのは、おキネだけじゃねえんです」

仙五朗の指が三本、おいちの目の前に立った。

「三人？　え……三人も行方知れずになってるんですか」

「さいでやす。おキネを入れねえで、三人でやすよ」

「そんな、そんな馬鹿《ばか》な」

思わず腰を浮かしていた。そんな馬鹿なことがあるだろうか。

「三人も人が行方知れずになっているなら、もう少し、騒ぎになるはずです。だって、大変なことじゃないですか。親分さんが言われるように大変なことです」

「で、やすよね。このお江戸で人が三人、次々に姿を消したんでやすから。しかも三人とも、あっしの縄張《シマ》りの中に暮らしていた。それが消えちまったんでやす」

「けど、あたし、何にも聞いてませんよ。親分さんの縄張《なわば》りということは、本所深《ほんじょ》川のあたりなのでしょう。それなのに、そんな話、噂《うわさ》としても耳に入ってきませんでした」

六間堀町《ろっけんぼりちょう》の内だけでなく、ちょっと変わった、普段とは違う出来事があれば長屋のおかみさん連中が知らないはずがない。しゃべらないはずがない。奇々怪々《ききかいかい》の事件でなくても、どこそこの娘がどこそこの家に嫁《とつ》ぐだの、どこそこの隠居が餅《もち》を喉《のど》に詰まらせただの、どこそこの旦那《だんな》がどこそこに妾《めかけ》を囲っただの、そんなどうでもいいような噂話が毎日のように飛び交《か》っているのだ。三人もの人間が行方知れずになっていたら、話の種にならないわけがない。読売《よみうり》にだって書き立てられるはずだ。そういう騒ぎはまだ、おいちの身辺では起こっていなかった。

「へえ、おいちさんは知らねえでやしょう。おいちさんだけじゃねえ。お江戸のたいていの者は知らねえ、というより、気が付いてないんでやす」

「人がいなくなったのに、誰も気が付かないってことですか。そんな馬鹿な。身内の人だって、隣近所の人だっているわけでしょう。気が付かないわけありません」

おキネのために、与平店《よへいだな》の住人は走り回ったではないか。松庵も十斗《じっと》も、仙五朗自身も疲れ切るまで捜《さが》したではないか。人が動いたのだ。それを騒ぎと呼ぶのは憚《はばか》られるけれど、音となり声となり伝わっていくのは事実だ。今では菖蒲《しょうぶ》長屋の誰もが、おキネが行方知れずになったと知っている。お美津《みつ》を気の毒がる者も、捜す手伝いを申し出る者もいた。

「気が付かねえんですよ」

仙五朗がおいちから視線を外《はず》した。庭を黒揚羽《くろあげは》がふわふわと漂《ただよ》う。漆黒《しっこく》の翅《はね》が日の光を弾《はじ》いて、艶《なま》めかしく輝いた。

おいちは口を閉じる。口の中の唾《つば》を呑《の》み下す。

ある日不意にいなくなっても、消えてしまっても、気付かれない者。

もしかしたら……。

知らぬ間にこぶしで胸を押さえていた。仙五朗がゆっくりと頷《うなず》いた。

「そうでやす。いなくなったのは、御薦《おこも》たちなんで」

菖蒲長屋にも御薦は、ときたまだがやってくる。一人のときも、二、三人連れのときもある。男も子どもの手を引いた老女もいた。その呼び名の通り、薦をかぶって施《ほどこ》しを求める。

「あたしたちだって、明日、おまんまにありつけるかどうか怪《あや》しいもんなんだよ」

「そうさ。こんな、貧乏長屋じゃなくて、もっと羽振《はぶ》りのいいとこに行きゃあいいのに」

文句を言いながらも、おかみさんたちは、なけなしの銭《ぜに》だの煮つけた芋《いも》だの僅《わず》かな米だのを施す。助けられるのなら助ける。求められるのなら与える。自分たちにできることを惜《お》しまない。細くても薄くても人と結び付く。それが、力も金も持たない者が江戸で生きていく手立てだからだ。

御薦たちの中に、仙人と呼ばれる老人がいた。白く長い髭《ひげ》を蓄《たくわ》えた風貌《ふうぼう》からの渾《あだ》名《な》だ。実名を知る者はいない。本人に問うても、黙って頭を横に振るばかりだ。施しをすると、髭の先が地面につくほど深くお辞儀をした。その所作《しょさ》が妙に優雅だったりするから、おかみさんたちは没落したお大尽《だいじん》だとか、お公家《くげ》の末裔《まつえい》だとか、勝手に話を作り上げて楽しんでいた。その老人が一年ほど前からぱたりと姿を見せなくなった。

「仙人さん、山に帰っちまったかね」

「天に昇っちまったんじゃないかい。ずい分な年だっただろう」

「じゃなくて、ほんとに生国《しょうごく》に帰ったんじゃないのかね」

「生国ってどこさ」

「あたしが知ってるわけないだろ」

と、口の端《は》に上りもしたがそれっきりだった。それっきり、仙人に似た御薦のことを心配する者も、ずっと気に掛ける者もいなかった。おいちもそうだ。姿を見せなくなって間もなくは、時折《ときおり》思い出しもしたが、次第に記憶は薄れ、ほとんど忘れ去っていた。

「御薦にもちゃんと元締《もとじ》めっていうのか、それなりの纏《まと》め役がいやしてね。本所深川あたりを仕切ってるのは仁吉《にきち》ってやつです。まあ、本名じゃねえでしょうがね。知り合って、かれこれ十年近くが経《た》ちやした」

「親分さんは、御薦さんの元締めとお知り合いなんですか」

「へい。いろいろ、重宝《ちょうほう》に使ってやすよ。巷《ちまた》の噂なら、長屋のおかみさん連中に聞けば事足りやすがね。そっちは使い勝手が悪過ぎまさぁな。で、仁吉たちはあまり尾鰭《おひれ》の付いてねえ話を集めたり、気になる人や場所に探《さぐ》りを入れるのにけっこう役立ってくれるんで」

なるほど、御薦なら江戸中に散らばっている。道に蹲《うずくま》っていても、路地にしゃがんでいても訝《いぶか》しがられたりはしない。

「ですから、仁吉とは腐《くさ》れ縁《えん》ってやつでやすよ。まあ、元締めなんていってもきっちり纏め上げてるわけじゃねえ。ふらりと寄り付くやつも、ふらりといなくなるやつもたんといるそうです。特に、凍《こご》える季節はねえ、このところ顔を見ないなと思ったら、神社や寺の床下《ゆかした》で冷たくなってたなんてこともざらなんでやすよ」

「……わかります」

酷暑《こくしょ》は徐々に人を弱らせるけれど、凍てつき《い》はただ一夜で命を奪う。暖《あたた》かなねぐらを持たない者にとって真冬の寒さは死神《しにがみ》に等しい。患者なら何とかする。何とかできることもある。夜具《やぐ》で包んだり、薬を処方《しょほう》したり、白湯《さゆ》を飲ませたり、死から守る手立てがそれなりにあるのだ。それで、全《すべ》てが救えるわけではないけれど、幾《いく》つかの命は死神から奪い返せるかもしれない。けれど、御薦たちは決して松庵やおいちの許《もと》を訪れない。どんなに熱が高くても、息が苦しくても、傷が膿《う》んで腫《は》れあがっていても、凍え死ぬとわかっていても来ない。薬礼《やくれい》が払えないからでもあるだろうが、それだけではないと思える。人として生きていくことを諦めている。病《や》めば、傷つけば、それが重ければ重いほど人は手当てを求めて医者の許に駆《か》け込んでくる。御鷹たちはそういう手当てを受けてはならないと、自分たちに戒《いまし》めているのではないだろうか。堅気《かたぎ》の人と同じに暮らすわけにはいかないのだと。

「けど、今度はちっと様子が違うと、仁吉が言うんでやすよ。つまり」

仙五朗が僅かに身を乗り出した。

「いなくなるはずのねえやつが消えちまった、と」

おいちは顔を上げ、仙五朗と視線を絡《から》ませた。

「仁吉の言うには、そいつはタビと呼ばれてた、まぁそこそこ若いやつだったそうでやすよ。もとは足袋《たび》職人だったのを酒と博打《ばくち》に溺《おぼ》れて、身を持ち崩《くず》したそうなんで。珍《めずら》しくもねえ堕《お》ち方でやすが、こいつ、職人としての腕前だけは上等だったようでね。通い職人だったころの親方が迎えに来てくれたんでやすよ。いえ、わざわざじゃありやせん。吾妻橋《あづまばし》の袂《たもと》に蹲っていて親方と行き合わせたんだそうで。で、『あれだけの腕が朽《く》ち果てるのはなんとも惜《お》しい。もう一度、やり直す気があるならうちで雇《やと》ってやる』とまで言ってもらえた。タビは泣きながら、仁吉にもう一度、足袋職人としてやり直すと告げたってことでやす」

仙五朗の口調《くちょう》は重い。そして、暗い。

酒、博打、ちょっとした過《あやま》ち、出来心《できごころ》、不運、貧しさ……。人の一生のあちこちには、幾つもの穴が口を開けている。それに足をすくわれ、躓《つまず》いて堕ちていく者は多い。けれど、這《は》い上がれる者は僅かだ。それに足をすくわれ、躓いて堕ちていく者は多い。けれど、這い上がれる者は僅かだ。タビという男は親方に助けられ、運に助けられ、その僅かな者の一人になれる寸前《すんぜん》だったのだ。

でも、なれなかった。

「消えちまいやした」

重く暗い口調のまま、仙五朗は続ける。

「仁吉に告げたその翌日から、姿が見えなくなっちまったんでやすよ」

「でもそれは、親方の許に帰ったからじゃないんですか」

「あっしもそうじゃねえかと思いやした。けど、仁吉は違うと言うんでやす。御鷹には御鷹の仁義ってのがあるそうで、仲間内に入るのも出ていくのも勝手だし、さっき言ったように不意にいなくなることもままありやす。けど行く末が決まって、堅気《かたぎ》に戻れるときには、その挨拶《あいさつ》だけはしなきゃならねえって仁義がね。筋《すじ》を通さねえ者は許されねえんですよ。堅気に戻っても、御鷹たちに付きまとわれたり、押しかけられたり、ときには袋叩《ふくろだた》きに遭《あ》ったりもするんで。逆に筋さえ通せば、僅かばかりでも祝儀《しゅうぎ》を渡し門出《かどで》を祝ったりもするって話です。タビはそこのところをよく心得《こころえ》ていたし、仁義を蔑《ないがし》ろにするような性分《しょうぶん》でもなかった。そこが気になって仁吉は浅草寺《せんそうじ》近くにある親方の店《たな》まで様子を見に行ったそうでやす。けど、タビはいなかった。一度も顔を見せてなかったんでやすね。せっかくの親心を踏みにじったと親方はかなり腹を立てていたらしいんで」

「じゃあ、あの、どこかで亡くなっているのでしょうか」

おいちの問いに、仙五朗は微《かす》かにかぶりを振った。

「タビはまだ若かったし、身体を悪くしていた風もなかった。凍え死ぬような時候でもござんせんしねえ。それに、死んでたらわかりやすよ。死体は自分じゃ動けやせん。この界隈《かいわい》なら必ず御薦たちの目に留《と》まりやす。留まったからといって何がどうできるわけでもありやせんが、無縁仏《むえんぼとけ》として葬《ほうむ》られる仲間に手を合わせるぐらいのこたぁできやすよ」

そうか、独《ひと》りではなかったんだ。

おいちは束《つか》の間、身体の力を抜いた。

家も家族も縁者もいない。いても縁《えにし》は断たれている。この世から消えてしまっても気に掛ける者はいない。人らしく生きることさえ諦めている、気の毒な人たち。

自分の心の片隅に、そんな憐憫《れんびん》を抱えていた。けれど、違った。御薦たちはそれなりに繋《つな》がり、逞《たくま》しく生きている。仙五朗のようにその力を見抜いている者もいるのだ。

表に現れた姿しか見ようとせず、ただ憐《あわ》れんでいただけの自分を恥じる。仙五朗といると松庵とは全《まった》く別の意味で学べる。己《おのれ》の傲慢《ごうまん》さや心の浅さを痛いほど思い知らされるのだ。いや、今は己の非に恥じ入っている場合じゃない。

「確かに、タビさんは消えるわけがないのに消えた、と思えますね」

「へえ、そうなんで。やり直す機会が手に入った。本人もその気になっている。凍え死んだわけでも飢《う》え死《じ》にしたわけでもねえらしい。それが、ふいっといなくなっちまった」

「親分さん、さっき三人が消えたと仰《おつしや》いましたよね。あとの二人は？」

「へえ、仁吉からタビの話を聞いて何とも気持ちに引っ掛かりやしてね。それで、他にもおかしな消え方をしたやつはいねえか、調べてみろと言ったんでやすよ。そしたら、案の定《じよう》、いやした」

仙五朗は右手の指を一本、ゆっくりと折った。

「まずはデワという男、おそらく五十絡みだろうって話でやしたね。食い詰めて、出羽《でわ》の国から出てきたというより他は詳《くわ》しいことはわかりやせん」

「それでデワと呼ばれてたんですか」

「さいでやす。で、もう一人は」

指がもう一本、折り込まれる。仙五朗は残りの指も握り、固いこぶしを作った。

「イワシって通り名の年寄りでやす。何でも額にイワシみてえな細長い痣《あざ》があるんだとか。どれくれえの年なのか仁吉にもわからねえそうで。こっちは西国《さいごく》のどこかから流れてきたらしいんでやすが、生国について聞いた者は誰もいねえようでした」

来《こ》し方《かた》について誰も知らないというわけなのか。ほんとうの名前もこれまで生きてきた道も捨てたのか、捨てるしかなかったのか。

「この二人、タビがいなくなるちょいと前から姿が見えなくなったってことが、わかりやしてね。江戸から離れた風もなく、骸《むくろ》も出てきやせん。タビと一緒でやすよ。タビの一件がなかったらもう暫くは気が付かねえままだったでしょうがね」

「気が付かれないまま、続けて三人の御薦さんがいなくなった……」

「へえ、死んだんじゃねえ。消えちまったんです。これが人別帳《にんべつちょう》に載《の》ってるような庶人《しょじん》なら、お大尽じゃなくても、あっしたちみてえな貧乏人であっても騒ぎにはなるし、届け出もするでしょうが、御薦じゃそうもいかねえ。届け出たって相手にしてもらえねえのはわかってる。気にはなるがしかたないと仁吉は諦めてやした」

「でも、親分さんは諦めないいんですね」

また、仙五朗と視線が絡む。仙五朗の口元が少しばかり歪んで、苦笑いを作った。

「そうでやすねえ。人情とか義理とかじゃなくて引っ掛かるんでやすよ。三人……立て続けに三人でやすからねえ。デワやイワシはともかく、タビは立ち直るきっかけを掴んでた。元の真《ま》っ当《とう》な暮らしに戻れるきっかけをね。本人もそれを泣くほど喜んでいた。にもかかわらず、姿をくらましちまった。おいちさん、おかしいと思いやせんか」

「思います。かどわかしに遭ったとしか考えられません」

おいちはそこで息を詰めた。口の中が急に渇《かわ》いて、ひりつく。

──おキネだけじゃねえんですよ。

さっき聞いたばかりの仙五朗の言葉が蚊《か》の羽音のように、耳奥で唸る。

「四人、人が消えた」

呟いてみると背筋がぞくりと震《ふる》えた。身体の熱がすっと引いて、指の先まで冷えていく。

四人、人が消えた。何の前触れもなく、跡も残さず消えてしまった。

たまたま？　そんなこと、あるわけがない。だとしたら、なぜ？　なぜ、どこに消えた？

「正直、考えあぐねてやした」

仙五朗が腕を組み、天井《てんじょう》を見上げた。一匹の黒揚羽が迷い込んできた。狼狽《うろた》えたようにあちこち飛び回ってはいるが、仙五朗はむろん、それを見ているわけではない。

「おキネと御薦の件、分けるべきなのか一つに纏めて考えるべきなのか定めきれなくて、悩んじゃあいたんでやす」

「全く別の事件かもしれないと？」

「へえ、その見込みも捨てきれねえ。いや、捨てきれなかった。けど、おいちさんの話を聞いて九割方繋がっていると思えやしたよ。だからといって、探りを進める手立てが見えたわけじゃねえんですが」

「四人ともかどわかされたと？」

「今はそう考えてやす。そして、やたら胸の中が騒ぐんで。大変《てえへん》なことが起こっている、起ころうとしている。そんな気がしてならねえんでやす。これは、岡っ引の勘ってやつでしょうかね。おいちさんほど確かじゃねえが、わりに当たりやす。悪い方に限って、でやすけどね」

「あたしも確かってわけじゃありません。でも、見誤《みあやま》ってはいないはずです」

おキネのあの顔を、あの怯えを見誤ってはいない。今、このときもおキネは恐れおののいているかも、誰かに命乞いをしているかもしれないのだ。それは三人の御薦たちも同じではないだろうか。

「何とかしなきゃならねえんだ。次にまた、誰かが消えちまうって見込みも十分にありやす。その前に何とかしなきゃならねえって、わかっちゃいるんでやすよ。けど、どうにも手詰まりでやしてね。手下たちにあちこち聞き込ませちゃあいるんでやすが、はかばかしい手掛かりは一つも出てきやせん」

仙五朗が珍しく弱音を吐いた。障子《しょうじ》の桟《さん》に止まっていた黒い蝶々が、急《せ》かされるように翅を動かし庭へと出ていく。おいちは膝を進めた。

「親分さん、仁吉さんに会わせていただけませんか」

「へ？　おいちさんを仁吉に？」

「そうです。明日にでも会えないでしょうか」

「会って、どうなさるんで」

「わかりません」

仙五朗が顎《あご》を引いた。黒目が僅かばかり宙《ちゅう》を泳ぐ。咎《とが》める気色《けしき》は一切《いっさい》ないのに、おいちは身体を縮めていた。

仁吉という御薦の元締めに会ってどうしようというのか。「わかりません」としか答えられない。でも、会わなければと思うのだ。会った方がいいと感じるのだ。それこそ、ただの勘だった。岡っ引の勘ほど鋭くはなくても、的外《まとはず》れではない気がする。

「わかりやした。上手《うま》く会えるかどうか約束はできやせんが、仁吉の縄張り《シマ》を捜してみやしょう」

「お願いします。すみません、我儘《わがまま》を言ってしまって」

「我儘だなんて思っちゃいやせんよ。おいちさんの力を借りられるならありがてえ。それが、あっしの本音でやす。正直、八方塞《はっぽうふさ》がり、身動きがとれねえってとこまで追い詰められてやすからねえ。けど、おいちさん、深入りしちゃあいけやせんよ。ちっとでも剣呑《けんのん》な気配がしたら、すぐに身を引いてくだせえ。いや、無理にでも引かせやすぜ」

仙五朗の物言《ものい》いが低く、張り詰める。

「それは、仁吉さんたちがあたしに危害を加えるかもしれないってことですか」

「違《ちげ》えやす」

仙五朗はゆっくりとかぶりを振った。

「仁吉たちは、おいちさんに限らず誰かを危《あや》うくするような真似《まね》はしやしませんよ。自分たちが他人《ひと》の情けに縋《すが》って生きているってこと、よぉくわかってやすからね。悪さをすることも、物を壊《こわ》すことも、物を盗《ぬす》むこともありやせん。仁吉たちに比べたら、気が立った猫の方がよほどおっかねえはずでやす。仁吉たちじゃねえんで、おいちさん」

仙五朗の眉《まゆ》が寄る。きゅっと音が聞こえそうなほど強く顰《しか》められる。

「これは、間違《まちげ》えなく事件でやすよ」

おいちも唇《くちびる》を結んだ。どくん。心《しん》の臓《ぞう》が鳴る。手のひらに汗が滲《にじ》んだ。

「三人の男と一人の女が消えた。そういう事件でやす。えらく剣呑だと感じやせんか。あっしは、鳥肌《とりはだ》が立つほど感じやすよ。白刃《しらは》のように冷たくて、危《あぶ》ねえ気配をね。そんなところに、おいちさんを近づけるわけにはいきやせん。松庵先生や新吉《しんきち》に死ぬほど殴《なぐ》られちまいます」

「どうして、ここで新吉さんが出てくるんです。関《かか》わりないでしょ」

「大いにありますさあ。あいつは、おいちさんに惚《ほ》れてやすからね。そういやあ、あいつ、ますます腕をあげたって評判でやすよ。『菱源《ひしげん》』の親方が褒《ほ》めてやしたねえ。『菱源』の店を譲るのもそう遠くねえ感じでやしたがね」

「そうですか。知りませんけど」

わざとそっけなく答える。ほんとうは知っていた。松庵がどこからか聞いてきたのだ。新吉が店を持てたら、自分が音頭《おんど》を取って祝いの席を設《もう》けたい。松庵はそこまで口にした。

「そんなお金と暇《ひま》、どこから出てくるのよ」と、その時もすげなく応じたけれど、本心は嬉《うれ》しかった。

心から新吉の行く末を言祝《ことほ》ぎたかった。幼くして二親《ふたおや》を失い、苦労を重ねながら、一等の飾《かざ》り職人になった。そんな男を見事だと思う。見事な生き方だ。

「あっしの見るところ、あいつ、暮らしの目処《めど》が立ったらおいちさんに」

「親分さん！」

「へいっ」

「余計なこと言わなくていいです。ともかく、仁吉さんのこと、お願いします。それと、あたし、剣呑な気配がしたらすぐに逃げます。危ないところに鼻を突っ込んだりしません。それは、信用してくださって大丈夫です」

「そこが、信用できねえんで」

仙五朗がひょいと肩を窄《すぼ》める。そして、横目でおいちを見る。

「いやぁ、おいちさん、失礼ながらちょいと無鉄砲《むてっぽう》なとこがおありでやしょ。度《ど》胸《きょう》もある。誰かを助けるために危地に飛び込むなんてのも、今まで何度かありやしたしねえ。それをやられちまうと、あっしが松庵先生と新吉に殴られる羽目《はめ》になりかねねえんで」

「そ、そんなこと……」

ありませんと断言できないのが、辛《つら》い。なぜだか、おうたの苦《にが》り切った顔が浮かんだ。

「いいですね。この件についてはあっしに従ってくだせえ。一人で動き回るのも許しやせん。それを約束できないなら、仁吉と会う話はなしとしやす」

仙五朗が表情を引き締め、きっぱりと言い切った。


菖蒲長屋の木戸を潜《くぐ》る。今日から十斗が通ってきていた。それで、仙五朗をおとなう暇もできたのだ。十斗の手並みはすばらしかった。傷の手当ても病の診立《みた》ても、淀《よど》みなくこなし、躊躇《ためら》うということがない。白衣を身につけ、きりきりと立ち働く姿は我が兄ながら頼《たの》もしかった。学びにもなる。十斗がそれとなく伝えてくれる知識や技《わざ》が心身に染《し》みてきて、おいちは何度も胸が高鳴った。石渡明乃《いしわたあきの》という女医の許でさらに学べるのなら、この上ない幸運だ。夢だったものが現《うつつ》になる。この指で摑める現になる。

おいちは足を止めた。

おキネのことも三人の御薦のことも忘れていた自分に気づく。おキネのあの怯えた顔を忘れていたのだ。

忘れちゃいけない。おキネさんたちを捜し出す。今はそれが一番、大切なんだ。

胸を軽く叩き、奥歯を嚙《か》み締《し》めたとき、咆哮《ほうこう》が聞こえた。

獣が猛《たけ》り吠《ほ》えているような、この声は。

とっさに身体が動いた。細紐《ほそひも》を取り出し、袖《そで》を括《くく》る。と、同時に腰高《こしだか》障子が音を立てて路地に倒れた。井戸端《いどばた》にいたおかみさん連中が叫《さけ》び声をあげる。

「田澄《たずみ》さま」

おいちも叫んでいた。

障子と一緒に路地に転《ころ》がり出た十斗が身体を丸め、小さく呻《うめ》いた。

「田澄さま、大丈夫ですか」

駆け寄ると、十斗が顔を上げおいちを見た。口元が歪み、額に汗が滲んでいる。

「おいちさん、面目《めんぼく》ない。か、患者に蹴飛《けと》ばされてしまって……」

十斗が言い終わらないうちに、さっきの咆哮がまた響《ひび》いた。

「失礼いたします」

十斗を跳《と》び越えるようにして、中に入る。

長年、父と共に治療場にしてきた部屋は、酷《ひど》い有り様になっていた。

数人の男たちがひしめいて、それでなくとも狭《せま》い部屋をさらに狭くしている。草履《ぞうり》、割れた器《うつわ》の欠片《かけら》、箒《ほうき》、鍋《なべ》、巻いた晒《さらし》、干した薬草の束《たば》、帳面や筆《ふで》。あらゆる物が散らばって、足の踏み場もない。男たちの体臭、血と汗の臭《にお》い、そこに生薬《しょうやく》の青臭《あおくさ》さも混ざり、何とも言いようのない異臭が鼻を突いた。

喚《わめ》き声が一際《ひときわ》、高くなる。それを突き破るように、

「うるさい。騒いでも無駄だとわからんのか」

怒声《どせい》が響く。松庵のものだ。

「どいて、どいてください」

男たちを押しのけて、板の間に上がる。

「おう、おいち、帰ったか」

「はい」

「怪我人だ、頼む」

「はい」

「名は熊三《くまぞう》。壊し人足《にんそく》だ。古家の始末をしている最中《さなか》に家が崩れた。柱の下敷きになって、右腕と脇腹《わきばら》に大怪我を負っている」

「うおうっ、痛《いて》ぇーっ」

松庵の前に横たわっていた男、熊三が大声をほとばしらせる。いや、横たわっているのではなく、男たちに身体を押さえつけられているのだ。男たちも人足らしく、屈強な体軀《たいく》をしていた。しかし、熊三は、一瞥《いちべつ》しただけでその男たちより一回り大きく逞しいとわかる。その大男が額に脂汗《あぶらあせ》を浮かべ、もがき、暴《あば》れている。血に塗れ、顔を歪め、半裸《はんら》になっている。なるほど、おいちの腰ほどもありそうな太腿《ふともも》を見ると、十斗が蹴飛ばされたのも納得《なっとく》できる。納得している場合ではないけれど。

上《うわ》っ張《ぱ》りに手を通し、手拭《てぬぐ》いで頭を覆《おお》う。口覆いを付け、松庵に尋《たず》ねる。

「臓腑《ぞうふ》は」

「おそらく無事だ。しかし、腕が」

松庵が顎をしゃくる。そこには、人の腕というより、かつては人の腕だったと思《おぼ》しきものがあった。ひくひくと震えていた。

潰《つぶ》れている。

肉が割れ、骨が飛び出し、赤黒い血肉《ちにく》の塊《かたまり》と化している。男たちは誰もが目を背《そむ》け、あるいは瞼《まぶた》を固く閉じて、それでも熊三を押さえ込んでいた。

「父さん、これは」

「切り落とす。それしかない」

「はい」

それしかない。熊三の腹の傷《きず》が臓腑にまで達していないのなら、助かる見込みはある。傷が腹の膜《まく》を突き破ってしまえば、松庵にもおいちにも手立てはないのだ。

手立てはある。まだ、諦めなくていい。

「うおおおっ、助けてくれーっ。死にたくない。痛い、痛い、助けてくれえっ。うおおぅ」

熊三が身を捩《よじ》る。男の一人が、尻《しり》もちをつきそうになった。

「手を放さないで。しっかり、押さえていてください」

おいちは屈《かが》み込むと、熊三の頬《ほお》を両手で挟《はさ》み込んだ。痛みで朦朧《もうろう》としている眼《まなこ》を覗き込む。手のひらが濡《ぬ》れるほど汗が噴《ふ》き出ていた。分厚《ぶあつ》い唇から荒い息が漏《も》れ、胸が激しく上下している。

「必ず助けてあげます。もう少しの辛抱《しんぼう》ですよ。もう少しだけです」

熊三が大きく目を見開く。真《ま》っ直《す》ぐにおいちを見詰める。

「しにたく……ない。せんせい……たすけ……たすけて。む、むすめが……かかあが……おる。しぬわけには……いかねえんだ」

喘《あえ》ぎながら声を絞《しぼ》り出す。目の端《はし》から溢《あふ》れた涙が汗と混ざり合い、太い筋となって流れた。

「死んだりしません。死んだりさせませんよ。必ず助けます。だから、辛抱して」

熊三が微かに頷いた。噴き出し、全身をしとどに濡らしている汗を手早く拭《ふ》きとる。真新しい晒を熊三に嚙ませ、おいちはもう一度、患者の眼を覗いた。

「舌《した》を嚙まないための晒です。いいですね、あたしたちがいます。ここにいますからね」

熊三がまた頷く。さっきより、幾分深い。その身体が激しく震えた。

「うう、ぐぐっ」

呻きながら、引きちぎれるかと思うほど強く唇を噛む。

「痛みを鈍磨《どんま》させる薬も飲ませたし、鍼《はり》も打った。しかし、あまり効《き》かんのだ」

鍼を経穴《けいけつ》に刺《さ》すことで痛みを減じさせる。その方法も松庵の調合した薬も効目《ききめ》が表れないというのだ。鍼も薬も人によって効能にかなりの差が出る。誰にも有効というわけにはいかない。

「どうするの、父さん」

「やるしかない」

このまま、肘《ひじ》から下を落とす。松庵はそう言ったのだ。おいちは胸に手を置いた。心の臓の鼓動《こどう》がはっきりと手のひらに伝わってくる。いつもよりかなり速い。

「おいち、すぐに取り掛かる。用意を」

「はい」

「わ、わたしにも手伝わせてください」

十斗が血の気《け》のない顔で、松庵の傍《かたわ》らに座った。

「よし。始めよう。みんな、しっかり押さえていてくれ」

誰もが固唾《かたず》を呑み、静まり返った部屋に松庵の声だけが響いた。

いつの間にか、夜が訪れていた。

行灯《あんどん》つけなくちゃ。夕餉《ゆうげ》を拵《こしら》えなくちゃ。

そうは思うものの身体が動かない。疲れて、怠《だる》く、ひたすら重い。

おいちと十斗は壁《かべ》にもたれかかったまま、どこを見るでもなく見ていた。松庵は隣の治療場で熊三についている。痛みに呻く熊三の声が、薄い壁を突き抜けて耳に届く。

おいちが何とか立ち上がり、行灯を灯《とも》したとき、腰高障子が音を立てて開いた。

「おいち先生」

行灯の薄明《うすあ》かりに、お蔦《つた》の顔が浮き上がる。菖蒲長屋のおかみさんの一人だ。しゃべり好きで、誰より早く噂話を仕入れては井戸端でせっせと披露《ひろう》している。

「お腹空《なかす》いてないかい。握り飯《めし》と漬物《つけもの》、持ってきたんだけど」

「まあ、嬉しい。ご飯を作る気にならなくて、どうしようかって思案してたの」

「だろ？　そりゃあ、あんな大事《おおごと》があった後だもん、ご飯どころじゃないよねえ。豆腐《とうふ》のおつけもあるよ。これは、おしんさんから。およね婆《ばあ》ちゃんからは佃煮《つくだに》だ。ここ、置いとくね」

「お蔦さん、ほんと、ありがとうね」

「いいんだよ。お礼なんて。松庵先生の膳《ぜん》はあたしが調《ととの》えるからさ。おいち先生は少しでも休みなよ。湯に行ってもいいんじゃないかい」

「ええ……」

正直、何かを口に入れたいとも湯に浸《つ》かりたいとも感じない。壁の向こうに、腕を一本失った男が横たわっている。地獄の責め苦に近い痛みに苛《さいな》まれ、喘いでいる。

助かるだろうか。

相当な血が流れた。傷口が膿むかもしれない。痛みに心の臓が耐えきれなくなることも考えられる。死神は舌なめずりをしながら、すぐ近くをうろついている。

「おかみさん、ずっと泣いてたねえ」

お蔦がため息を吐《つ》いた。熊三の女房はおつてと名乗った。術後、晒でぐるぐる巻きにされ、血の臭いをさせる亭主に一瞬絶句し、その場に泣き伏したのだ。

「これから先、どうなるのかねえ。命が助かっても、もう人足は続けられないだろ。子どもをどうやって食わせていくんだかねえ」

「命が助かるのが一等、大切なのだ」

十斗が声を張り上げた。こぶしで床《ゆか》を叩く。

「人は生きねばならん。死んではならんのだ。命が助かってもなどと、言うな。もう二度と言うな。口が裂《さ》けても言ってはならん」

十斗の剣幕《けんまく》に、お蔦が後退《あとずさ》りする。

「も、申し訳ありませんね。口が滑っちまった。うちの亭主もしがない仏具職人だから、銭がない辛さは身に染みてんですよ。子どもを餓えさせるわけにはいかないしなんて考えたら、つい余計なことを……」

「余計なことなんかじゃないわ」

おいちは強くかぶりを振った。

「お蔦さんみたいに案じてくれる人がいる。それが支えになるんです。こうやって」

握り飯や佃煮の載った盆にそっと指を添える。

「気遣《きづか》ってもらえるだけで、すごく嬉しいし、助かる。おつてさんだって同じ。ちょっとした気遣いに励《はげ》まされることってあるはずよ」

嘘《うそ》ではない。その場しのぎの取り繕《つくろ》いでもない。

人は人に支えられ、励まされ、救われる。そっと差し伸べられた手や言葉に縋《すが》って、立ち上がる。そういう場に何度も居合《いあ》わせた。だから、今、目の前にある握り飯がどれほどの力になるかわかっている。ただ……。

人は人を支えきれない。それもまた、事実だ。周《まわ》りの善意だけでは、おつてたちを支え切れない。その日暮らしの人たちには、他人《ひと》を支え続ける余力などない。おいちも松庵もそうだ。薬礼はもらわないとしても、その後、おつてや娘の暮らしを助けるだけの力はなかった。そして、稼《かせ》ぎ手を失った一家がどんな悲惨に陥《おちい》るか、これも嫌《いや》になるほど目にしてきた。

どうしたらいいのか。

途方に暮れる。途方に暮れるしかない自分を責める気はないけれど、悔《くや》しくはある。悔しくてたまらない。

「すまん」

十斗がお蔦に頭を下げる。

「おいちさんの言う通りだ。つい、苛立《いらだ》ってしまって……。とんでもない八《や》つ当たりをしてしまった。申し訳ない」

「や、やだよ、やめてくださいよ。こっちは先生に謝《あやま》られるような上等な者《もん》じゃないんですからね。そりゃあ、くたくたに疲れてたら苛つくのも当たり前ってもんです。気にしない、気にしない。ともかく食べて、ちょっとでも休んで、元気になってくださいよ。じゃあ、また、何かできることがあったら言い付けてくださいな」

お蔦が出ていくと、蒸し暑さと静けさがじわりと染みてきた。

「八つ当たりだ。八つ当たりをして怒《ど》鳴《な》ってしまった。我ながらどうにも情けない」

十斗の口からため息が漏れた。

「田澄さま」

「疲れなんかじゃない。疲れて怒鳴ったわけじゃないんだ。おいちさん、わたしはわたしに苛立って、その気持ちをどうしようもなくて、他人にぶつけてしまった」

「ご自分に苛立つ？　え、どうしてですか」

十斗は松庵の助手を務めてくれた。初めこそもたもたしていたものの、中途からはさすがの手際《てぎわ》を見せてくれたのだ。

「おいちさん、実は、今日のような大怪我を治療するのは初めてなんだ。わたしにとって、初めてのことなんだよ」

「うちでも滅多《めった》にあることじゃないです。傷を縫《ぬ》うぐらいは日常茶飯事《さはんじ》ですけど」

十斗が微かに笑った。汗で貼《は》り付いた鬢《びん》の毛を掻《か》き上げる。

「怖かった」

「え？」

「あんなに苦しんで、あんなに喚く患者は初めてで……。正直、どう処していいか頭でわかっていても、手が動かなかった」

「そんな風には見えませんでした。田澄さま、とても落ち着いておられました。すごいって、心底《しんそこ》から驚嘆《きようたん》いたしました」

これも嘘ではない。嘘や上手《じようず》を口にする気力は、今のおいちにはない。十斗の技の確かさにおいちは二度も三度も目を見張《みは》ったのだ。落ち着いて、迷いなく、実に淡々と施術《せじゅつ》を進め、松庵を助けていた。少なくとも、おいちにはそう見えた。

あたしなら、ああはいかない。

十斗との差を改めて思い知ったのだ。けれど、意外なほど悔しさは湧《わ》いてこなかった。熊三の苦痛を少しでも軽くしようと、必死だったのだ。驚嘆より他のどんな情も感じなかった。

「松庵先生がずっと指図《さしず》してくれた。わたしは、それに従って動いただけだ。松庵先生がいなかったら、わたし一人だったら……とても、ああはいかなかった。腕を切り落とすなんて、とても無理だ。きっと為《な》す術《すべ》もなく、何もできず……患者を見殺しにしていた」

再びため息を漏らし、十斗が目を伏せる。自信に満ちた若い医者の面影《おもかげ》が薄れ、寄《よ》る辺《べ》ない子を思わせる暗みが表れる。ひどく淋《さび》しげだ。

「やだっ、そんなの当たり前じゃないですか」

おいちはわざと朗《ほが》らかに笑う。笑ったついでに、十斗の肩を思いきり叩いた。

「いてっ」と、十斗が顔を歪める。ほんとうに痛かったらしい。

「もう、田澄さまったら、初めっからそんなに上手《うま》くいくと思ってたんですか。やだぁ、そんなの無理、無理。無理に決まってます。できなくて当然でしょ」

「し、しかし、わたしは長崎で蘭方《らんぽう》を学び、新しい医術を究《きわ》めようと」

「頭でっかち！」

「うん？」

「学びと現《うつつ》は違いますよ。手引書やご本で学んだことを現に生かす。人の生身《なまみ》に生かす。そのために父の許にお出《い》でになった。田澄さまはそう仰ったじゃないですか。あれはその場だけの出まかせじゃありませんよね」

十斗の唇が僅かばかり尖《とが》った。

「出まかせなんかであるものか。松庵先生の下でほんとうに役立つ医術を修得したいと望んだからこそ、弟子《でし》入りをお願いした。わたしは本気だ」

「本気なのに、たった一度の施術で気弱になってしまうのですか。志《こころざし》はどうしました」

「う……」

「ご本からは、血の臭いもしなければ人の呻きも聞こえてきません。現の場でしか学べないことはたくさんあります」

ずい分と生意気《なまいき》な口を利《き》いている。重々《じゅうじゅう》、わかっていた。十斗を説《と》き伏せようとしているのではない。叱咤《しった》するつもりもなかった。ただ、もどかしくはあった。あれほどの技量を持ちながら、ぐずぐずと悩んだりしないでほしい。堂々と現に向き合ってもらいたい。

助けてもらいたい。

救える命を救ってもらいたい。

「熊三さん、助かるでしょうか」

心の内に蹲《うずくま》っていた想《おも》いが呟《つぶや》きになっていた。

「わからん」と十斗も呟く。おいちはその顔を覗き込んだ。

「どれほどの見込みがあると思いますか。熊三さんが生き延びられる見込み、です」

「五分《ぶ》、だろうか」

「五分……ですか」

「傷口が膿みさえしなければ、生き延びられるはずだ。しかし、膿んだとすれば、十中八九《じっちゅうはっく》助からない。おいちさんはどう思う」

おいちは唇を結《むす》んだ。生きるか死ぬか五分と五分。そうかもしれない。今までも、大怪我をして運び込まれた患者はいた。何人もいた。運び込まれてほどなく息を引き取った者も、運び込まれたとき既《すで》に心の臓が止まっていた者もいた。そして、施術そのものはうまくいったけれど命果《し》てた者、無事、完治して命長らえた者、その割合は五分と五分。いや、六分四分かもしれない。六割が助からなかった。助けられなかった。

「助けたいな」

十斗が行灯に顔を向ける。お蔦と一緒に入ってきたのか、白い羽虫《はむし》が飛び回っている。

炎《ほのお》が怖くはないのだろうか。

「何としても助けたい」

「はい」

「そのために、やれることは全てやらねばならん」

「はい。父も同じことを考えているはずです」

行灯の火が揺れた。油の匂《にお》いが漂う。

診察所の行灯には蠟燭《ろうそく》を用いる。菜種油《なたねあぶら》に比べて格段に明るいのだ。寝所《しんじょ》であるこちらの部屋では、そんな贅沢《ぜいたく》はしない。それでも以前は魚油《ぎょゆ》だったが、このごろは菜種油を使えるようになった。黄色味を帯びた炎が揺れて、羽虫がさらに忙《せわ》しなく舞い飛ぶ。

「おいちさん、今夜はここに泊めてもらえないだろうか」

「え、お泊まりに？」

「うむ。先生は患者に一晩、ついているおつもりだろう。できれば、途中で代わりたい」

「それなら、あたしが代わります」

「いや、おいちさんは家の仕事もあるだろう。少し、休まないと駄目《だめ》だ」

「でも、あたしより田澄さまの方が疲れておられます。あれだけの施術をなさった後ですもの。どうか、少しでも横になってくださいな」

殺すためではなく生かすために、人の腕を切り落とす。刃《やいば》ではなく、鋸《のこぎり》やメスを使いこなす。どう足掻《あが》いても、おいちには届かない技だ。一人では何もできなかったと、十斗は本音を吐露《とろ》した。確かにそうかもしれない。けれど、松庵の指図に従い、十斗が自分の仕事を為したのも事実だ。おいちにはできない仕事を為した。松庵はともかく十斗は疲れ切っている。この上、負担をかけるわけにはいかない。

十斗の目が僅かに細められる。

「おいちさんは、すごいな」

「え？」

「わたしは傷の大きさに尻込みし、腰が引けてしまったのに、おいちさんはまるで動じなかった。きりきり立ち働いて、見てたら自分の軟弱《なんじゃく》さが恥ずかしくなって、やらねばと自分に気合《きあい》を入れたわけだ。入れても、どうしていいやらまるで摑めなかったけれど、な」

それは田澄さまの思い過ごしですと、おいちが否《いな》む前に、十斗は続けた。やや早口で強い物言いになっている。

「それよりもっとすごいのは、おいちさんが入ってきたとたん、患者が落ち着いたことだ」

「まさか、そんなはずありません」

「あるんだ。おいちさんが、熊三さんに話しかけただろう。とたん、何というか……意思みたいなものが熊三さんに戻ってきた。痛みに耐えて生き延びる意思、生気《せいき》と言い換えられるかもしれんが、それが戻ってきたのだ。驚いた。松庵先生はむろんのこと、三笠《みかさ》先生を始めとして名医と呼ばれる方々を多く知ってはいるが、あんなことは、傍らにいるだけで、語り掛けるだけで患者に生気を吹き込むなんて真似ができた医者は一人もいない」

おいちは顎を引き、目の前の男を見詰めた。

何を言ってるのだろう？

意味がわからない。

おいちは確かに熊三に語り掛けた。必ず助けると誓《ちか》った。本気で誓ったのだ。重い病を患《わずら》い、あるいは重い傷を負い死と闘《たたか》っている最中《さなか》の人に、掛ける言葉などそうない。その闘いを無にしない、一緒に闘うと告げるより他にどんな言葉も思い浮かばなかった。だから、告げた。それは、医者としての〝すごさ〟とは全く別のもの、無縁のものではないか。

十斗が身を乗り出してくる。

「おいちさん、熊三さんの容態《ようだい》が落ち着いたら、わたしと一緒に石渡先生に会ってもらいたい」

目を見張《みは》っていた。痛いほど両手を握り締めていた。

「一日も早く石渡先生においちさんを紹介したい。おいちさんに石渡先生を引き合わせたい。そこから何かが新たに生まれる気がするんだ」

おいちは少しばかり、眉を寄せた。息を吐き出す。

十斗の物言いがあまりに大仰《おおぎょう》で、気恥ずかしささえ覚えてしまう。謙遜《けんそん》でも卑《ひ》下《げ》でもなく、おいちは自分が未熟であると知っていた。教えてくれたのは、十斗当人だ。技量の差を、知識の違いを突きつけられ、おいちは医道の果てしなさを、果てしない大海に浮かんだ小舟《こぶね》にも似た自分のちっぽけさを思い知ったのだ。だからといって、想いが萎《な》えるわけでは決してなかったが、小舟は小舟、未熟は未熟、新たな何かを生み出すにはあまりに力足らずだ。

けれど、石渡明乃先生に会えるのは嬉しい。その許で学べる機会を手にできるなら幸せだ。

「田澄さま、ありがとうございます」

両手を突き深々と低頭《ていとう》する。

「おいちさん、やめなさい」

十斗が右手を左右に振った。些かぶっきらぼうな口調になる。

「お礼を言われる筋合いなどない。おいちさんが、どんな医者になるのか、わたしは楽しみなのだ。楽しみでならないのだ。わたしにこんな妹がいる。それが誇《ほこ》らしくてしかたない」

「田澄さま」

障子戸が開いて、湿《しめ》った風が吹き込んできた。行灯の火が消えそうになる。羽虫の姿は、もうなかった。

開いた隙間《すきま》から松庵の顔が覗く。仄《ほの》かな明かりの中でさえ、硬《かた》い表情が窺《うかが》えた。

「おいち、すまんが井戸の水を汲《く》んできてくれ。それと手拭いをもう少し用意してくれんか」

「はい、すぐに。父さん、熊三さん……悪いの」

松庵の顔つきから、とっさに察した。

熊三がよくないのだ、と。

「熱が下がらん」

松庵が吐き出すように言った。

「術後に熱が出るのはよくあることだが、異様なほど高い。それが、薬を処方しても一向《いっこう》に下がらんのだ。汗も恐ろしいほど出る。尋常《じんじょう》じゃない」

「震えは、どうですか」

十斗が立ち上がる。

「さほど目立つ震えはない。しかし、熱に浮かされて、しきりに譫言《うわごと》を言うようになった。今夜が峠《とうげ》かもしれん。おいち、熊三のおかみさんは?」

「およねさんのところに泊めてもらう段取りになってます。今、熊三さんの着替えを取りに帰っているはずよ」

「そうか。誰かに呼びに行ってもらうよう手配してくれ。すぐにだ」

悲鳴をあげそうになった。

「熊三さん、そんなに」

十斗が飛び出していく。おいちは気息《きそく》を整えようとした。息が上手く吸えなくて、苦しい。

「まだ、負けたわけじゃない」

松庵が身体の横で指を握った。

「まだ、これからだ。熊三は懸命に生きようとしている。その力が死神に打ち勝つ。いいな、まだ、おれたちは負けちゃいないんだ、おいち」

「はい」

あたしたちは医者だ。勝負の途中で諦めたりできない。諦めてはいけないのだ。

「ともかく、水と手拭いを頼む。おかみさんのことも」

「はい」

おいちも外に駆け出す。夏の風と夜の闇がおいちの身体を包み込んだ。

薄《うっす》らと夜が明け始めた。

「熱が下がった」

白《しら》んでいく部屋の中で、松庵が告げた。

「何とか峠は越したようだ。大丈夫だ。熊三は助かるぞ」

熊三の息は弱々しくはあるものの、数刻前のように乱れてはいなかった。それを確かめる。安堵《あんど》が身体の奥から湧き上がってきた。温かな湯のように心地よい。

助かる。

全身から力が抜けて、おいちは板の間に突っ伏してしまった。おつてが泣き出す。

「先生……ありが……ありがとう……ございます」

「まだ、これからだ。安心するのは早い。しかし、まあ……何とかなった。だな、田澄さん」

「はい。よく乗り越えられました。患者の体力、気力の賜物《たまもの》ですね」

「全くだ。こんな別嬪《べっぴん》の嫁さんとかわいい盛りの娘がいるんだ。そりゃあ熊三としたら、死ぬに死ねないだろうよ。おつてさん、これは、あんたの手柄《てがら》だぜ」

草臥《くたび》れ切っているはずなのに、松庵の口調は明るい。十斗の顔色も明るかった。勝者の明るさだ。死神に負けなかった。自分もさぞや清々《せいせい》とした顔つきになっているだろうと、おいちは思った。

その後、寝所に戻り帯を解いたことまでは覚えている。そこで、眠りに引きずり込まれたらしい。何もわからなくなった。

ふっと目が覚《さ》めたとき、夜はすっかり明けきっていた。路地には、豆腐や納豆《なっとう》、水売りの声が響いている。おかみさんたちの大声や子どもたちの足音も混ざり込んで、菖蒲長屋は一日の始まりの物音に満ちていた。

いけない。寝過ごしちゃった。

慌《あわ》てて身体を起こす。その拍子《ひょうし》に、足が何かを強く蹴《け》った。

「う、うーん」

男の身体がもぞりと動いた。

「ま、田澄さま。こんなところで寝転《ねころ》んで。いけません、風邪《かぜ》をひきますよ」

「うーむ。それは、おいちさんも同じではないか」

十斗が目を擦《こす》りながら起き上がった。

「あたしは慣れているし、とっても丈夫なんです。ほら、あちらに夜具を敷きますから、お休みになってください」

十斗の腕を引っぱる。

「おいちさん、それより握り飯だ。早く食わなきゃ腐《くさ》ってしまう。朝餉《あさげ》に頂《いただ》こう」

「あら、眠気《ねむけ》よりも食気《くいけ》なんですね」

「うむ。今なら十人前も食える気がする」

「そんなに食べられたら困ります。うちの米櫃《こめびつ》、そこまで大きくありませんからね」

十斗と顔を見合わせ、笑う。

少し浮かれ過ぎかもしれない。熊三が回復するまでにはまだ、かなりの日数《ひかず》がいる。でも、やはり浮かれてしまう。

助かった。負けなかった。

熊三と自分たちを言祝《ことほ》ぎたい。

「おいちさん、おられますか。失礼しやすよ」

「あ、はい」

あれ、この声は……。

障子戸が横に引かれた。昨夜は風と闇だったが、今は、存分に明るい光が流れ込んでくる。

眩《まぶ》しい。

眩しい光の中に、男が一人、立っていた。立ち尽くしている。

「あら、やっぱり、新吉さん」

どうしたんです、こんなに早く、とおいちは続けられなかった。新吉がその場に棒立ちになったまま、ぴくりとも動かなかったからだ。動かない眼差《まなざ》しが、おいちと十斗に向けられている。おいちは自分のしどけない格好《かっこう》に気が付いた。帯を解き、胸元も裾《すそ》も崩《くず》れている。しかも、右手はしっかりと十斗の腕を摑んでいた。

「え？　あ、し、新吉さん。違うのよ、こちらは、た、田澄十斗さまで、お医者さまで、父さんの助手をしてくださっててね。あ、新吉さんも知っているよね」

「そうだ、その節は命を助けていただいた。あ、それに妹がいつも世話に……」

「仙五朗親分からの言伝《ことづて》です」

新吉が怒鳴った。正真正銘《しょうしんしょうめい》の怒鳴り声だった。

「おキネさんて人が見つかったそうです」

「まっ、おキネさん、無事に帰ってきたのね。よかった。よかったあ。あ、新吉さん、だからね」

「今朝《けさ》、大川《おおかわ》（隅田川《すみだがわ》）に浮かんだそうです」

「え……」

「おキネは駄目だった。おいちさんにそう伝えてくれって、親分に頼まれやした」

軽く頭を下げて、新吉が背を向ける。

──おキネは駄目だった。

おいちは目を閉じる。底なしの暗闇があった。ぬばたまの闇より他は何もない。

おいちは両手で顔を覆い、土間《どま》にしゃがみ込んだ。

光の人

その人は優婆夷《うばい》の姿をしていた。

肩の下あたりで切りそろえた髪を一つに束《たば》ね、背に垂《た》らしている。髪には白いものが目立ち、口元、眼元の皺《しわ》も深い。薄鼠色《うすねずいろ》の小袖《こそで》と無地の黒帯の装《よそお》いもいたって質素だった。華やいだもの、目を引く鮮《あざ》やかさはどこにもない。いかにも寡婦《かふ》といった出立《いでたち》だ。

しかし、若い。全身を包む生き生きとした気配《けはい》が、若やぎとなって伝わってくる。齢《よわい》五十を越えた老女とは信じられない若やぎだ。

束《つか》の間、一目見ただけなのに深く心に刻《きざ》まれた。

「まあ、あなたが藍野《あいの》いちさん、ですか。お目にかかるのを楽しみにしておりましたよ」

その人、石渡明乃《いしわたあきの》はおいちが部屋に入るなり、そう声を掛けてきた。挨拶《あいさつ》は一《いっ》切《さい》、省《はぶ》かれていた。双手礼《そうしゅれい》の姿勢をとったおいちには、もう表情を窺《うかが》うことはできない。しかし、柔和《にゅうわ》で屈託《くったく》のない笑顔が目に見えるようだった。

「そんなに畏《かしこ》まっていては、お話もできませんよ。どうぞ、もっと前にいらして」

「は、はい」

返事はしたものの、身体《からだ》が思うように動かない。指の先まで強張《こわば》っているみたいだ。

前にってどのくらい前に寄ればいいの。あ、それに、まだちゃんと名乗っていないじゃない。どうしよう、どこで名乗ればよかったんだろう。ほんとにどうしたら……。

「おいちさん」

傍《かたわ》らに座った十斗《じっと》が、背中を軽く叩《たた》いてきた。

「おぉ、がちがちに凝《こ》り固まっているじゃないか。これは大事《おおごと》だ。明乃先生、按摩《あんま》を呼んでもらえますか。この患者、かなりの揉《も》み療治《りょうじ》が入《い》り用ですよ」

「おやおや、田澄《たずみ》先生のお診立《みた》て、おいちさんはどう思われます」

明乃が身を乗り出してくる。口元にはやはり柔《やわ》らかな笑《え》みが浮かんでいた。眩《まぶ》しいほど美しい笑顔だ。

「た、田澄さま。からかわないでくださいな。あたしは別に凝り固まってなんか……、きゃっ」

前に膝《ひざ》を進めようとしてつんのめった。慌《あわ》てて、手をつく。

「ほらほら、やっぱりがちがちじゃないか。歩き始めの赤ん坊だってもう少し滑《なめ》らかに動けると思うがなあ」

「もう、田澄さまったら。ほんとに意地悪なんだから」

十斗を睨《にら》む。むろん、本気ではない。十斗はからかう風を装いながら、おいちの気持ちを解《ほぐ》そうとしている。よくわかっていた。

少し解れた気がする。息が楽になり、肩に入っていた力が抜けた。

おいちは居住《いず》まいを正し、改めて座礼をした。

「石渡先生、初めてお目にかかります。藍野松庵《しょうあん》が娘、いちにございます」

ほほと軽《かろ》やかな笑い声が聞こえた。

「おいちさん、堅苦《かたくる》しいやりとりはなしにしませんか。礼も大切ですけれど、気楽にしゃべりお互いを知っていくことも大切です。ね」

顔を上げる。

美しい老女を見詰《みつ》め、「はい」と頷《うなず》く。明乃の柔らかさに気持ちが楽になる。いつも、この柔和な笑みで、患者たちに接しているのだろうかと考える。

「おいちさんのことは、田澄先生からよく聞いておりました。藍野先生の助手《すけて》として、大層励《はげ》んでおられるとか」

「父をご存じなのですか」

「ええ、知っておりますとも。何度かお目にかかる機会がありましたからね。それに、夫からよく聞かされておりましたの。夫の許《もと》には講義を受けに来る医学生が何十人もおりましたが、その中で藍野松庵は別格だと。あれは、世に言うところの天才かもしれんとも言っておりましたよ。ええ、よく覚えております」

「まあ、真《まこと》でございますか」

つい、頓狂《とんきょう》な声を出してしまった。

松庵は医者として一級の腕を持つ。それぐらいは解している。ずっと傍らで、すぐ近くでその仕事ぶりを余さず見てきたのだ。感嘆《かんたん》したことも、誇《ほこ》らしいと感じたことも度々《たびたび》あった。けれど、長崎随一《ずいいち》の名医と謳《うた》われた石渡乃武夫《のぶお》から天才と称《たた》えられるほどの資質であったとは。父は、おいちが思っているよりずっと大きな医者なのだろうか。

――天才？　馬鹿《ばか》お言いでないよ。松庵さんは天の災《わざわ》いの方の天災さ。少なくとも、あたしにとっちゃ天変地異みたいな相手だよ。何をしでかすかわからなくて、油断は禁物《きんもつ》な男でしかないね。

おうたの毒舌《どくぜつ》がやけにはっきりと聞こえてしまう。同時に、湯屋《ゆや》に行くのを面倒《めんどう》くさがって猫に顔を舐《な》めてもらおうとしたり、鼻をほじり過ぎて鼻血が止まらなくなったり、躓《つまず》いて、干し野菜を作っている籠《かご》の中に頭から突っ込んだり、そんな松庵のしくじり姿も思い出されてきた。しくじりのたびに、笑い、怒り、説教してきたものだ。この前も頂《いただき》き物の菓子を摘《つま》み食いしていたのを見つけ、懇々《こんこん》と叱《しか》ったところだった。何だかそんな父と、明乃の語る松庵が重ならない。重ならないけれど、嬉《うれ》しかった。胸を張りたくなる。

あたしは藍野松庵の娘なのだ、と。

「ですからね、藍野先生が町方《まちかた》の医者として生きる道を選ばれたと知ったとき、驚きました。優《すぐ》れた学生、志《こころざし》のある学生は何人もおりましたが、それはみな……何というのでしょう、高処《たかみ》ばかりを見ている方々でしたね。医者として名を成したい、出世したい、儲《もう》けたい。いえ、むろん、人々のために役立ちたいと本気で望み、精進《しょうじん》を続けている者もたくさんおりましたよ。算盤《そろばん》尽《ず》くで医の道を選んだわけではないのです。でも、なかなか視線を下げられないのです。どうしても、上に向けてしまう」

「視線を下げられない？」

よく意味が呑《の》み込めない。おいちは首を傾《かし》げていた。

「ええ、下を見られないんですよ。高位の方とか名の知れた方が患者となり、快癒《かいゆ》に尽くせば医者としての名声はいやが上にも上がります。その誘いに抗《あらが》いきれないのです。患者を治《なお》すことそのものではなく、それが自分に何をもたらすかをつい考えてしまう。だから、上ばかりに目がいくのです。名もない貧しい人たちをどれほど治療しても、謝意は受けても功名《こうみょう》は得られません」

そこで明乃は短い息を吐《つ》いた。せつなくも感じる吐息《といき》だった。

「長崎まで遊学できる方々です。選び抜かれ、これはと認められ、お家《いえ》の嘱望《しょくぼう》を一身に負うて医の道を究《きわ》めようとする方々。上へ上へと気が逸《はや》るのは人情。それを咎《とが》めることなど、誰にもできません。上を目指すのが悪いわけでもありませんし」

「はい」

明乃の言う通りだ。どう生きるか、どう現《うつつ》に向き合うかはその者次第。医の道から大きく外《はず》れるのでなければ、どういう生き方を選ぼうと他人《ひと》がとやかく言う筋合《すじあ》いはない。明乃の言う通り、咎めたり謗《そし》ったりなどできないし、すべきでもない。

ただ、命は命だ。

「千代田《ちよだ》の城（江戸城）の奥に生まれようと内裏《だいり》に生を享《う》けようと、裏長屋で呱々《ここ》の声をあげようと、命は命、変わりない」

と、松庵はよく口にする。公方《くぼう》さまや天子《てんし》さまを裏長屋の住人と同等に考えているのだ。

「同じじゃないといけないって、おれは思ってんだ。命に貴賤《きせん》や軽重《けいちょう》を認めちまったら、医者の仕事なんて成り立たなくなっちまう」

「じゃあ、もし、もしよ、公方さまと菖蒲《しょうぶ》長屋の誰かが同じ病《やまい》に罹《かか》って、とても重い病で、どちらも苦しんでいるとしたら、父さん、どっちを先に診《み》るのよ」

松庵とそんなやりとりをした覚えがある。二年ほど前の暮れだったか。松庵の答えは、「助かる見込みが少しでもある方だ」だった。

父さんって、根っからの医者なんだわ。

そういう男に育てられた。もしかしたら、自分は生まれながらの強運を持っているのかもしれない。目指すべき道を示す地図。それをこの手に握って生まれてきた。

「でも、藍野松庵という学生は違っておりましたね。背中に何を背負っていたか、わたしにはわかりませんが、視線は足元に落ちていた。うなだれるのではなく、見るべき場所に真《ま》っ直《す》ぐに向いていたのです。驚きもしましたが、その驚きが過ぎると、ただただ感心いたしました。夫が生きておりましたら、今の藍野先生を見て、さぞかし満足だろうと考えたりもいたしますよ」

「ありがとうございます。父に代わりまして、御礼申し上げます」

深く頭を下げる。身体を縛《しば》っていた強張りはもうほとんど解《と》けていた。心がほこりと温かくなる。その温《ぬく》もりが身体を巡《めぐ》っていく。

「おいちさん」

「はい」

身体を起こす。目の前に座る老女はもう微笑《ほほえ》んでいなかった。

「あなたは何を背負う覚悟がありますか。あるいは捨てる覚悟がありますか」

「え……」

返答できない。口の中が急に渇《かわ》いていく。

背負う覚悟、捨てる覚悟。あたしは……。

「あなたは藍野松庵の娘です。志を貫《つらぬ》いて町医者となった方の娘です。それは、あなたの重荷になりませんか」

父が重荷に？　考えたこともなかった。

「考えたこともありませんでした」

正直に答える。明乃は黙《だま》って首肯《しゅこう》した。

「そうでしょうね。医道を進んだとき、藍野松庵があなたにとってどんな荷になるのか、壁《かべ》になるのか、流れになるのか思案するのはこれからですものねえ。でもね。おいちさん」

明乃が身を乗り出す。

「あなたは、もっと確かな、もっと重い荷を背負わねばならなくなります」

「……女であること、ですか」

「そうです。この国では女が表舞台に立つことは、ほとんどありません。医の世界も同じ。医者のほとんどが男です。むろん、女医として活躍された方々もおられますが、それはほんの一握り。しかも、お産に関《かか》わる範囲が大半です。とくに外科では、女の医者はほとんど認められていません。あなたのように助手として働く者さえ稀《まれ》なのです」

「はい」

当たり前のように松庵の傍らで暮らし、働き、学んできた。当たり前、ではなく、あの日々は稀と呼ばれるほど恵まれた一日一日《ひとひひとひ》であったのだ。

「わたしたちの前には道はありません。おそらく、原野、岩と砂だらけの荒れ野が広がっているだけです。女の身で医者になるとは、そこに道を付けること。道具もないまま、自分たちの手で足で岩を取り除き、雑草を刈り、地を均《なら》していかねばならないのです。おそらく」

明乃はおいちを見詰めたまま、僅《わず》かに息を継いだ。

「中途で力尽き、倒れる者は大勢おりましょう。むろん、わたしも含めてね。道には果てがなく、行く末を見定めることはできないのですから。他の女人《にょにん》のように、娘として生まれ、相応《ふさわ》しい年ごろになれば嫁《か》して誰かの妻となり、子を産み、母となる。子を育て終えて、親や夫を看取《みと》り、ゆっくりと老いていく。そういう一生であれば先人たちの築《きず》いた道を歩けば事足ります。楽にいけますよね。いえ、言葉が足りませんでしたね。どんな道でも苦労はあります。楽なわけがありません。でも自《みずか》ら拓《ひら》き、耕《たがや》し、作る苦労とは無縁でいられるはず。医の道を選べば、そうは参りませんよ」

おいちは膝の上で手を重ね、明乃の言葉に耳を傾《かたむ》けていた。

心に染《し》みる。染みて身の内を潤《うるお》してくれる。目の前の老女は、おいちの思いもしなかった、いや、思いはしたけれど深く思案しようともしなかった世界を語っている。でも、とおいちは重ねた手に力を込めた。

でも、どこかが違う。違う気がする。

さらに強く力を込める。それから、明乃の視線を受け止める。

「中途で力尽きて倒れても、そこまでは道ができます」

明乃を見詰めながら、口を開く。思案がうまくまとまらない。頭の中でくるくると回る。それを何とか摑《つか》まえ、繋《つな》ぎながら、おいちはしゃべった。

「道があるならそこまで歩き、さらに前に進む女たちがいるのではないでしょうか。その方たちが倒れても、道は延びて、次の人たちが歩き易《やす》くなるはずです」

明乃が顎《あご》を引いた。口元が綻《ほころ》ぶ。

「なるほど。そして、いつかは誰かが道の果てに到達する、というのですね」

「はい。道を歩き通すことはできなくても先駆《さきが》けにはなれます」

「自ら先駆けとなる。そのお覚悟があると仰《おつしや》るのですね」

「あ、いえ……」

少し戸惑《とまど》う。新たな道を切り拓くとか、先駆者になるとか、正直考えてはいなかった。そんな大仰《おおぎよう》なものではなく、おいちは患者と共に病や怪我《けが》と闘《たたか》いたい、闘い勝って、はればれと笑う姿を見たい。そう願っているだけだ。死地を脱して、生を摑んだ者の底光りする笑顔が好きでたまらない。目にするたびに、自分が生きる糧《かて》を貰《もら》った気がする。医学を学べばその機会も増える。だから、励みたい。

「あたしは誰かのためというより、自分のために、自分の満足のために医を学びたいのです」

正直に告げる。明乃の眉《まゆ》が微《かす》かだが顰《しか》められた。

「それはないだろう。憚《はばか》りながら、おいちさんを見ていて、己《おのれ》の心を満たすために医者を志《こころざ》しているとはとうてい思えないが」

十斗が口を挟《はさ》んできた。少し慌てた口調《くちよう》だ。

「あ、いえ、あの、満足というのは別に名声やお金が欲しいとかではなくて、患者さんを一人でも助けられたらという意味で……。あ、でも、お金は欲しいです。生《き》薬《ぐすり》屋《や》さんの支払分を余裕で払えるぐらいのお金持ちになりたいなあなんて、いつも考えてます。うちの父はお金勘定《かねかんじょう》に疎《うと》くて、高直《こうじき》な生薬《しょうやく》でも要《い》るとなると平気で買っちゃうんです。で、その支払いをどうするか、ほんとに悩んでいて、もうちょっとだけ分限者《ぶげんしゃ》だったらと、しょっちゅうため息を吐いてます。父は『金は天下の回りもの。いつかこっちにも回ってくるさ』なんて呑気《のんき》なこと言ってばかりでちっとも頼りにならないものですから」

「おいちさん、そんな内輪《うちわ》の事情をばらさなくてもいいよ」

さらに慌てた十斗がはたはたと手を振る。明乃が吹き出した。

「まあまあ、何て愉快な方なんでしょ」

口元に手を添え、くすくすと笑う。おいちは頬《ほお》と耳朶《みみたぶ》が熱くなるのを感じた。

「ほんとにね。お金のことはいつも悩ましいです。志や想《おも》いだけでは、どうにもならないのが世間というもの。だからね、おいちさん。わたしは医者の仕事が女の暮らしを支えていけるほどになれば、むしろ、そうならなければいけないと思っているんですよ。そのためにも、荒れ野に道を付けたいのです」

「はい」

「女子《おなご》が殿方《とのがた》の庇護《ひご》を受けなくても生きていける世がくればよいですね。陰で夫や息子を支えるだけではなく、日の当たる場所に堂々と出ていける世が、ね」

おいちは手の力を緩《ゆる》め、もう一度膝の上に重ね直した。さっき覚えた違和の正体、その尻尾《しっぽ》の先を掴んだ。

違う。女はいつも陰に隠れているわけじゃない。

「あの、でも、あたしの知っている人たちは、主に裏長屋のおかみさんたちなんですけれど、決して陰に控《ひか》えて、ご亭主をたててるわけじゃないです。というか、自分たちがご亭主の庇護の下《もと》にいるなんて、全《まった》く思ってないはずです。男より偉《えら》いとまではいかなくても、上も下もなく、同じ立場のような気がします」

女房《にょうぼう》がいなければどうにもならねえ。この店は内儀《おかみ》でもってるみたいなものだね。〝嬶《かかあ》〟大明神《だいみょうじん》あってこそだぜ。男たちが苦笑《にがわら》いと共に零《こぼ》す台詞《せりふ》だ。何度も耳にした。冗談《じょうだん》や戯事《ざれごと》ではない。本心からの言葉だ。女なくして世は回らない。政《まつりごと》や大きな商《あきな》いに直截《ちょくせつ》に関わっているのは男かもしれないが、町方の暮らしは女を抜きにしては成り立たないのだ。誰もが、ちゃんと心得《こころえ》ている。

明乃が瞬《まばた》きした。口元を心持ち窄《すぼ》める。ややあって、

「そういうものですか」

と、仄《ほの》かに笑《え》んだ。

「長屋のおかみさんたちとは、そんなに逞《たくま》しいものですか」

「はい。逞しくて、図々《ずうずう》しくて、口うるさくて、お節介《せっかい》やきで優《やさ》しい。そういう人たちです」

おいちは膝を前に進めた。今度は、滑らかに動けた。

「明乃先生、あたしはそういう人たちを診《み》る医者になりたいのです。そういう人たちと一緒に闘っていきたいのです。それが父と同じ生き方になるのか、違うものになるのか見当がつきません。でも、でも、どうであっても、それがあたしの進みたい道、望む道なのは確かです。そのために、どうかお願いいたします」

手をつき、低頭《ていとう》する。

「あたしに蘭方《らんぽう》を教えてくださいまし。お弟子《でし》に加えてください。伏してお願いいたします」

返事はない。畳《たたみ》に置いた指が震《ふる》える。十斗が身動《みじろ》ぎする気配が伝わってきた。焦《あせ》り過ぎただろうか。性急で稚拙《ちせつ》な振る舞いに、明乃は驚き呆《あき》れてしまっただろうか。

でも、でも、本心を告げたかった。この胸にある想いを飾《かざ》ることなく真っ直ぐ、明乃に届けたかった。それしか、あたしには手段がない。

おいちは唇《くちびる》を嚙《か》む。目を閉じる。どうしてだか、眼裏《まなうら》におうたが浮かぶ。こぶしを作り、鼓舞《こぶ》するように振っていた。

——おいち、ここまできて怯んでどうすんのさ。怯んでちゃ開く門も開かないんだからね。おまえは、あたしの姪《めい》っ子だ。開かない門なら体当たりしてでも開いてみせる。それくらいの気概《きがい》をお持ち。ほら、鬨《とき》の声をあげるんだよ。えいえいおー。

いつものことだが、おうたの声は幻《まぼろし》であってもやけにはっきりと響《ひび》く。耳の奥がむず痒《がゆ》くなったが、ここでほじるわけにはいかない。

伯母《おば》さん、わかってる。でもね、あたし城攻めをしてるわけじゃないんだから。鬨の声なんてあげられるわけないでしょ。

「わたしは、弟子はとりません」

頭上で明乃の声がした。身を起こす。噛み締めていた唇を緩め、ゆっくり息を吐く。

駄目《だめ》か……。

「どなたであっても、誰かの師になるつもりはないのです。わたしはそんな器《うつわ》ではありませんからね。でも、共に学ぶ仲間なら歓迎いたしますよ、おいちさん」

心《しん》の臓《ぞう》がどくりと音を立てた。

「わたしは本物が欲しいのです。本気で、ほんとうの医者になろうとする女人に手を差し伸べたいのです。おいちさんの言う通り、わたしたちが倒れても次に続く人が必ずいる。その人たちこそを育てたいのです。わたしもこの年です。先はそう長くないでしょう。だからこそ、本物を望みます。おいちさん、わたしと共に道なき道を歩いてくれますか。わたしが倒れた後も歩き続けてくれますか」

「はい……。あ、ありがとうございます」

短い謝意の一言《ひとこと》より他にどんな言葉も出てこなかった。胸が熱くなり、身体が震える。

「明後日《あさって》、またいらっしゃい。仲間たちに引き合わせましょう。塾を開くのは、どんなに急いでもあと一月《ひとつき》はかかりますが、よろしいですね」

「はい。ありがとうございます」

同じ台詞を繰り返す。十斗が軽やかに笑った。

「よかったな、おいちさん。でも、これからが大変だぞ。学ぶことは山ほどある」

「はい、もちろん覚悟はしております」

「診療の方は、わたしが手伝う。おいちさんの抜けた穴をできる限り埋められるよう、踏ん張るつもりだ。まあ、全《すべ》ては無理だろうが五割ぐらいならいけると、自分では思ってる」

あっ、と声をあげそうになった。

そうだったのかと、やっと気が付いた。

十斗が菖蒲長屋をおとなったのは、むろん、松庵の許で働きたいからだ。学問を実地の場で生かしていく。生かしきれるかどうか、生かすためにどうすればいいか試《ため》し、学び、己を鍛《きた》えていく。そのためだ。それが九割。あとの一割はおいちのためではないのか。実際に学び始めれば、今までのように松庵の助手は務まらない。その穴埋めをしようと心に決めて、弟子入りを願ったのではないか。

守られている。

父にも兄にも、伯母にも守られてここまで来られたのだ。

泣きたくなった。でも、泣いて礼を伝えても、十斗を困らせるだけだ。おいちは丹田《たんでん》に力を込め、涙を堪《こら》えた。

「ところで、おいちさん。こんなことを言っては何ですが……。あなたが入塾するのに一つだけ、お願いをしてもいいかしらね」

明乃がちらりとおいちを見やる。何かを量《はか》るような眼《め》つきだった。上品で柔和な顔立ちには、あまり似合わない。

「は、はい。どのようなものでしょうか」

入塾の費用《かかり》のことだろうか。大枚《たいまい》が要ると言われたらどうしよう。

「あら、変な心配なさらないでね。費用のことなら、大丈夫ですからね。ここの、『新海屋《しんかいや》』さんがずい分と助けてくださるのです。お屋敷の一画《いっかく》を貸してくださって、そこで塾を開けそうなんですよ。机《つくえ》なども全て用意してくださってね」

「まあ、それは何よりです」

「ええ、『新海屋』さんのご本業は油の商いですが、医学にも深く心を寄せておられて、わたしの志を汲《く》んでくださったのです。その上で、できる限りの助けをすると約束してくださいました。ありがたいことです」

明乃が手を合わせる。

ここでも違和を覚える。頭の隅《すみ》が微かに疼《うず》くようだ。

『新海屋』は、おキネに怪我をさせた相手だ。あの後、おうたはほんとうに『新海屋』に乗り込んだらしい。「怒鳴《どな》り込んだわけじゃないよ。年寄りに怪我をさせて知らぬ存ぜぬじゃ、商人の沽券《こけん》に関わるだろう。そこんとこを話したかったのさ」と、おうたは言った。しかし、番頭が出てきたのはいいが、

「うちの荷車が年寄りに怪我をさせたって。じゃあ、その証《あかし》を見せてもらいましょうか。え、証がない？　はは、それじゃ話にならないな」

とせせら笑っただけだったそうだ。終《しま》いには、おうたを強請《ゆす》り集《たか》りの一味かとまで罵《ののし》ったらしい。詫《わ》びの素振《そぶ》り一つ見せず、当の人夫《にんぷ》を呼んで事の真偽《しんぎ》を確かめようともしなかった。

「奉公人《ほうこうにん》の躾《しつけ》もできてないお店《たな》だよ。あれじゃ、どうにもならないね。主《あるじ》の心構えがなってないのさ。おまえとの縁談、進んでなくてよかったと神さま仏《ほとけ》さまに手を

合わせたくなったね。あんないいかげんなところに嫁にいっても、要らぬ苦労をするだけだものね。全く酷《ひど》い番頭だった。ああ、思い出せば出すだけ腸《はらわた》が煮えくり返る。松庵さんの方がまだマシなんじゃないかねえ。ほんと下には下がいるもんだ」

おうたは熱《いき》り立ち、『新海屋』をこき下ろした。その怒《いか》りの分を差し引いても、番頭の応対は確かに酷い。面倒事、厄介事《やっかいごと》は力尽くで揉《も》み消してしまおうという悪意さえ感じる。そういう店の主に明乃の志の高さが解《かい》せるだろうか。ささやかとはいえ、江戸で新しく塾を開くのだ。それ相応の費《つい》えが要る。それを全て引き受けるだけの度量が『新海屋』の主にあるのだろうか。それとも、おうたはたまたま質《たち》の悪い番頭とぶつかってしまったのか。どちらにしても、明乃は『新海屋』の厚意、篤志《とくし》を僅かも疑っていない。それは事実だ。

「そういうわけだから、費用の方は何とかなる見込みなのです。でね、足らないのは金子《きんす》ではなくて人の方なのですよ。つまり、講義や実習をしてくださる教授方が集まらないのです。わたしも江戸に帰ると決めてから、心当たりのお医者さまに文《ふみ》を書いてはみたのですが、はかばかしいお返事がもらえないのです」

「それはやはり、女人の塾だからですか」

明乃が曖昧《あいまい》に頷く。

「そうですね。おそらくそうでしょう。裁縫《さいほう》や琴《こと》を教えるならまだしも、女人だけの医塾を開くなど以《もっ》ての外《ほか》、正気《しょうき》を疑うとお怒りになった方もいましたから」

「まあ……」

「おいちさん、この国で女が一人前の仕事を持つのは並大抵ではないのです。独《ひと》り立ちして糊口《ここう》の道を得《え》るのは難儀ですよ。長屋のおかみさんたちとはまた違った、いっぱしの仕事人として生きていこうとすれば、必ず行く手を塞《ふさ》がれます。塞がないで、むしろ力を貸そうと考える殿方はほんとうに数少ない。でも、藍野先生は数少ないうちの一人でしょう」

「は？」

なぜここで、父さんが出てくる？

「ね、おいちさん、お願い。藍野先生に月に一度……二度ほどでいいので、講義をしてくださるようお願いしてみてくださいませんか」

「はあ……え？　ち、父にですか」

「そう、あなたのお父上にです。田澄さんから藍野先生の日々を聞くたびに、その技《わざ》や腕前だけでなく医者としての生き方も含めて塾生にご教授していただけないかと、考えてしまいましてねえ」

――生き方？　とんでもない。無理だ無理だ。おれにできるわけがない。

顔を強張《こわば》らせて首を横に振る、松庵の姿が生々《なまなま》しく浮かぶ。

「講義はわたしもします。実習もやります。でも、蘭方と漢方《かんぽう》のどちらにも精通し、なおかつ和方《わほう》まで身につけている。そんな方、滅多《めった》にいないのです。ね、おいちさん、どうかよしなに取り計《はか》らってくださいな」

明乃は拝《おが》む仕草《しぐさ》で、おいちを見上げてきた。

悪戯《いたずら》な子猫に似た顔つきになっていた。


「いやあ、明乃先生があんなにしたたかだったとはな」

十斗が空を見上げる。

日が傾くにはまだ幾分《いくぶん》かの間があった。日差しが眩しい。『新海屋』からの帰り道、並んで歩きながら、おいちは剛力《ごうりき》な光に目を細めた。

「それだけ苦慮《くりょ》していらっしゃるのでしょうか」

「そうだなあ。講義だけなら明乃先生お一人でもなんとかなる。それだけの力がある方だ。しかし、より広い学びや患者と直《じか》に接しての治療、さらには手術まで教えるとなると無理だ」

「明乃先生はそこまでお考えになっているのですね」

「そう。実際に、現《うつつ》の場で役に立つ医者を育てるおつもりだ。産科や本道《ほんどう》（内科）の医者は何とかなるだろうが、一流の外科となると数も限られる。けれど、松庵先生の忙しさを知っている身には、是非《ぜひ》引き受けてくださいとは言えないしなあ」

「月に一度か二度なら何とかなるとは思います。でも、父が女人を相手に講義できるなんてとうてい思えませんけれど」

「うーん、だなあ」

十斗が腕組みをして、何かを振り払う仕草で頭を動かした。

「ともかく、そのままを松庵先生にお伝えしよう。それより、おいちさん」

「はい」

「あの……そろそろと言うのも変だが、そろそろ〝おいち〟と呼んでもいいかな」

十斗を見上げる。照れたように笑っていた。

「もう、兄と妹になってもいいのではないかな。わたしは、〝おいちさん〟じゃなく〝おいち〟と呼びたい。血の繋がった妹として接したい。駄目か？」

かぶりを振る。

「あたしも同じです。〝田澄さま〟ではなく〝兄さん〟とお呼びしてもいいですか」

十斗を兄と呼ぶことに前ほどの戸惑いはない。たった一人の兄がここにいるのだ。いつまでも他人行儀ではもったいない。「おいち」「兄さん」と呼び合いながら、刻《とき》をかけて本物の兄妹《きょうだい》になっていく。

十斗が破顔《はがん》した。

「そうか、よかった。これから兄妹として生きていけるんだな。何だか夢みたいだ。わたしに家族がいた。しかも、こんなしっかり者のかわいい妹が。大声で世間に報《しら》せたい気分だ」

「まあ、よしてくださいな。そんな真似《まね》したら恥ずかしくて、あたし走って逃げますからね」

「ははは、そうだな。さすがにやめておこうか。けど、おいち、報せなきゃならない相手がいるだろう」

「え……。あ、新吉《しんきち》さん」

「そうだ。な、ちゃんと報せよう。変に思い違いをされたまま放っておいてはいけない」

放っておいたわけではない。ちゃんと話をするつもりだった。

ただ、おキネの一件に動転し、気持ちの余裕がまるでなかったのだ。

おキネの葬儀は、五日前に終わっていた。

「田澄……、兄さん、あたし、与平《よへい》長屋に寄って帰ります」

「お美津《みつ》さんのところか」

「ええ。葬儀の後、元気がなくて。お仕事にも出ていないみたいだし。ろくに食べてさえいないんじゃないかしら。どうにも気になるの」

無理もない。おキネの骸《むくろ》を目にしたとき、おいちでさえ眩暈《めまい》がした。何でこんな姿に……。思い出すたびに眩暈がする。母一人娘一人で生きてきたお美津にすれば、耐えがたいだろう。泣くでなく、喚《わめ》くでなく、ぼんやりと棺《ひつぎ》を見ていたお美津の表情は痛々しかった。

おキネにずっと感じていた不安。それがこれだったのかと、おいちは奥歯を噛み締める。

不安だった。何かを感じていた。それなのに、救えなかった。

「おいち、無理をするな」

温かい手が肩に載《の》る。

「何もかも、一人で抱《かか》え込むな。重過ぎて、おまえが潰《つぶ》れてしまうぞ」

「まあ、父さんと同じ台詞だわ。嫌《いや》だ、父さんが二人になったみたい」

わざと明るい声で言う。

「そりゃあ、わたしは松庵先生の愛弟子《まなでし》だからな。似てくるさ」

「まあ、ちゃっかり、弟子の上に愛をつけたりして。では愛弟子さん。診療の方、よろしくお頼み申します」

「どんと任《まか》せてくれ」

十斗が胸を張る。おいちは笑い返すと兄の腕を軽く叩いた。

入塾を許されたのも、十斗がいてくれるのも嬉しい。幸せだ。でも、一人になると笑えない。顔が強張る。

おキネのあの姿が生々しく浮かんでくる。あまりに惨《むご》い姿だった。

人と化《ば》け物

「ううむ」

松庵《しょうあん》が唸《うな》った。唸り声はすぐに消えたが、口元は歪《ゆが》んだままだった。おいちも両の手を握《にぎ》り締《し》め、喉《のど》の震《ふる》えを懸命に抑《おさ》えた。そうしないと、とんでもない悲鳴をあげてしまう。叫《さけ》んでしまう。

おキネの遺体は、戸板に横たえられていた。もともと痩《や》せていた身体《からだ》がさらに一回り縮《ちぢ》んで、ほとんど嵩《かさ》がない。その小さな身体には無数の爛《ただ》れができていた。一寸《すん》（約三センチメートル）から一寸五分《ぶ》ほどの丸い形をしている。丸といっても大半が崩《くず》れ、腐《くさ》り、黒っぽく変色していた。生きていたときは、もう少し赤みがかっていたかもしれない。沈んだ黒は喪《も》の色に繋《つな》がる。

「先生、どう思いやす」

仙五朗《せんごろう》が松庵ににじり寄る。腰高障子《こしだかしょうじ》がかたりと鳴って、湿気《しっけ》を含んだ隙間風《すきまかぜ》がおいちの頬《ほお》を撫《な》でた。

　おキネは万年橋《まんねんばし》の橋桁《はしげた》に引っ掛かって、見つかった。

「上手《かみて》じゃなく下手《しもて》の方に引っ掛かってやした。おそらく、大川《おおかわ》に捨てられたのが満ち潮《しお》の勢いで押し返されたんでやしょう」

　仙五朗の一言《ひとこと》に総毛立《そうけだ》った。誰かに髪《かみ》の毛を摑《つか》まれ、強く引っ張られたように感じたのだ。確かな痛みさえ覚えた。

「おキネを大川に投げ込んだやつは、そのまま海に流れていくと考えたんでやすよ」

「流れてしまえばそれまでだと、後始末《あとしまつ》をしたつもりになったわけか」

「へえ。埋めるより流す方が手間がかからねえと踏んだんでしょうね」

　松庵と仙五朗のやりとりに耳を塞《ふさ》ぎたくなる。

　書役《かきやく》の老人が茶を出してくれたけれど、ろくにお礼も返せなかった。

　遺体を川に捨てる。塵《ごみ》のように投げ捨てる。

　人の所業ではない。人の心があれば、できるわけがない。

　万年橋袂《たもと》の自身番の中は、この時季だというのに身に染《し》みるほど寒い。指先が凍《こご》えそうだ。おそらく、おいちの気持ちが凍えているのだ。

　人でなければ鬼。鬼の振る舞いに凍えてしまう。

「先生、おキネは死んでから川に捨てられたと考えて間違《まちげ》えござんせんね」

「ああ。水を呑《の》んでないからな。生きていれば溺《おぼ》れて、水を呑み込む」

「てこたぁ、自分で飛び込んだわけじゃねえ。誰かが、死体を大川に放り込みやがったんだ。けど先生、この通りおキネには刺された傷《きず》も、首を絞《し》められた跡もございません。とすれば、どうやって殺されたんでしょうかね」

「うむ。考えられるとすれば、毒か」

「あっしもそう思いやす。この酷《ひで》え爛れが、毒を盛られた証《あかし》じゃねえですかい」

「かもしれん、としか言いようがないな」

松庵が大きく息を吐《は》く。おいちも釣《つ》られて吐息《といき》を漏《も》らした。

「親分、これはいったい何だ？　というのが、おれの本音《ほんね》だ。こんな爛れ、今まで一度も目にしたことがない。肌が爛れる病《やまい》ってのはある。薬もある。できものが潰《つぶ》れてそこが膿《う》むってのも、ままあるさ。けど、そういうのとこれは……」

「違いやすか」

「違うな。少なくともおれは、こんな患者は今まで目にしたことはない。親分、前言を翻《ひるがえ》すようで悪いが、おキネさんは病だった見込みがまるでないとは言い切れんぞ」

「疱瘡《ほうそう》とか赤疱瘡《あかもがさ》とかの類《たぐい》でやすか」

松庵がまた低く唸った。困惑が眼《め》つきにも口調《くちょう》にも滲《にじ》み出る。

「疱瘡でも赤疱瘡でもない。病だとしたら、おれの全《まった》く知らないやつだ」

「おキネが先生にもわからねえ病に罹《かか》って、どこぞで息を引き取った。その死体を誰かが川に流した。そんなことが考えられやすか」

仙五朗の物言《ものい》いも僅《わず》かだが揺れている。戸惑《とまど》っているのだ。しかし、その戸惑いはすぐに霧散《むさん》した。眸《ひとみ》の底に強い光が宿る。

「考えられやせんよ。おキネは神隠しに遭《あ》ったみてえに消えちまった。で、川流れみてえに橋桁に引っ掛かって見つかった。身体中にわけのわからねえ爛れを拵《こしら》えてね。先生、こりゃあ、間違《まちげ》えなく殺しでやすよ」

「……そうだな。おれも病の線は薄いとは思う。思うが……。おいち、おまえがおキネさんの治療をしたとき、怪我《けが》より他に変わったとこはなかったな」

病の兆候《ちょうこう》に気が付かなかったかと、松庵は尋《たず》ねているのだ。おいちは、かぶりを振った。

「なかったわ、父さん。熱も脈も特に変わりはなかったし、口や鼻の中も含めて爛れなんか見当たらなかった」

「先生、やはりおキネは毒で殺《や》られた。そうとしか思案のしようがありやせん」

松庵は唇《くちびる》を結《むす》び、暫《しばら》くおキネの爛れの目立つ死に顔を見詰《みつ》めていた。それから顔を上げ、おいちと仙五朗を交互に見やる。

「親分、おいち、これを見てみろ」

おいちは身を乗り出した。おキネが哀《あわ》れであったし、無残な姿から目を背《そむ》けたくもあった。けれど、じっくりと見たくもあったのだ。

おキネが毒で殺されたとしたら、その毒薬は松庵でさえ見当がつかない代物《しろもの》なのだ。ときに毒は薬になり、薬は毒に変わる。未《いま》だ知らない毒は全く新しい薬になるかもしれない。多くの人々を病から救い出す功効《こうこう》を示してくれるかもしれない。

おキネさん、ごめんなさい。

胸の内で詫《わ》びる。おキネの死を悼《いた》むより、嘆《なげ》くより、先に医者としての心根《こころね》が動いた。興《きょう》をそそられ、前のめりになった。それを恥じはしないけれど、危《あや》ういとは思う。たとえ刹那《せつな》であっても、人の心を忘れてはならない。自分を戒《いまし》める。

「この爛れは、腫物《はれもの》が潰れてできたものだ。おキネさんの身体中にできている。腫物のままで潰れていないものもある」

「瘡蓋《かさぶた》になっているところもあるわ。頰や首の付け根のあたり」

「そうだ。まず腫物ができ、それが潰れて爛れる。その後が瘡蓋になる。そういう順だろう。おキネさんが生きていたら、この爛れにも瘡蓋ができていたはずだ」

仙五朗が身動《みじろ》ぎした。

「じゃあ、おキネは毒で一時《いちどき》に殺されたんじゃなくて、じわじわと殺られたってことってすか」

「うむ。少なくとも一度や二度じゃなく、幾度《いくど》かに亘《わた》って、飲まされたんだろう。で、おキネさんの身体がとうとうもたなくなった。もたなくて、心《しん》の臓《ぞう》が止まったんじゃないかと、おれは見てる。推察でしかないが」

今度は、はっきりと仙五朗の腰が浮いた。

「何のためでやす」

普段より、やや掠《かす》れた、聞き取りづらい声で問う。

「先生、何のために、そんなことをしなきゃならねえんで。ひと思いに殺ったっていうなら、まだ……いや、納得《なっとく》はできやせんが、まだわかり易《やす》くはありやす。けど、人が人を殺すのにはそれなりの理由《ことわり》ってもんがありやすよ。どんな極悪非道《ごくあくひどう》なやつにだってありやす。金が欲しくて押し込み、家の者を殺した。憎《にく》くてたまらないやつの頭をかち割った。仲間を裏切ったから、口封じのために、自分の思い通りにならなかったので、中には病に苦しむ相手を見かねて手に掛けたって者もおりやす。あっしは、数えきれねえぐれえたくさんの下手人《げしゅにん》、人を殺《あや》めた手合いを見てきたんでやす。男も女もいやしたよ。自分勝手な、全く道理の通らねえことであっても、下手人には一応、下手人なりの理由《わけ》があるんで」

唾《つば》を呑み込んだのか、仙五朗の喉元がひくりと動いた。

「おキネは江戸の隅《すみ》っこで、娘と二人でひっそり暮らしていた婆《ばあ》さんでやす。誰かに恨《うら》まれることも憎まれることもなかった。ごろつきと付き合いがあるわけでも、金を貯《た》めていたわけでもねえ。そんな婆さんをじわりじわり殺していく、どんな理由があるんでやす」

松庵はおキネから仙五朗に視線を移し、僅かに眉《まゆ》を寄せた。

「楽しんでたのかもしれないな」

「楽しんでた？　おキネをゆっくりと徐々に殺して、それを楽しんでいたと？」

「わからん」

断ち切るように松庵が頭を横に振る。

「おれには、わからんよ、親分。わかっているのは、おキネさんが毒で殺されたとしたら、その毒薬ってのは、おれには見当がつかない代物だ。ただ、それだけだ」

仙五朗は腕を組むと、顎《あご》を上げた。眼差《まなざ》しが空《くう》の一点を見詰める。おいちは、その眼差しの先を追ってみたけれど、古い煤《すす》けた天井《てんじょう》しかなかった。

松庵の言葉を声にせず、繰り返してみる。

楽しんでたのかもしれないな。楽しんでたのかもしれないな。楽しんで……。

他人を殺すことに快楽を覚える。そういう者がいるだろうか。いるだろう。人の心には意外なほど脆《もろ》い一面がある。ふとしたことで欠け、歪み、潰れるのだ。けれど、驚くほど強靱《きょうじん》でもある。欠けや歪みを自分の力で繕《つくろ》える。他人の手を借り、立ち直れる。潰れる手前で持ちこたえることもできる。大抵の人たちは、そうやって自分の心を保ってきた。御《ぎょ》してきた。ただ、それができなかった者がいるのだ。他人を殺すことに快楽を覚える。その快楽を捨てきれない。欠けたまま、歪んだまま、潰れたまま生きて死んだ男を女を、おいちも知っている。異様な形に欠けて歪んで潰れた心を知っている。

おキネは毒牙《どくが》にかかったのか。殺人鬼に捕《つか》まってしまったのか。

仙五朗が息を一つ、呑み下した。

「先生の言うことが当たってるとしたら、下手人は一人じゃ満足しねえはずだ。第二、第三の死人《しびと》が出るってことも、あっ」

仙五朗の顔色が変わった。僅かにあった頰の赤みが消えていく。腕が力なく解《ほど》ける。

「どうした、親分。何か心当たりがあるのか」

「へえ。実は、このところ御薦《おこも》が三人も行方《ゆくえ》知れずになってるんで」

「御薦が？　三人もか？」

おいちは胸に手を当てた。

タビ、デワ、イワシ。そんな通り名の御薦たちだった。仁吉《にきち》という御薦の元締《もとじ》めに会う心づもりをしていたのに、この騒ぎで頭から吹き飛んでいた。

「もしかしたら、その三人も……」

松庵が口を開けた。荒い息が漏《も》れる。

「見込みはありやす。おキネも御薦も同じ下手人に連れ去られて殺された。あるいは、殺されようとしている。その見込みは十分にありやすよ」

「だとしたら急がなきゃならないな。その御薦たちが危《あぶ》ないぜ。下手人が人殺しを楽しんでいるなら、そいつは尋常《じんじょう》じゃない。そして、尋常じゃねえ快楽は、どんどん激しくなっていくのが常だ。一人じゃ飽《あ》き足らなくなり、二人、三人と獲物《えもの》を漁《あさ》るようになる。親分、人手《ひとで》を増やして、一刻《いっこく》も早く御薦たちを見つけないとな」

仙五朗の口元が歪んだ。それこそ、苦《にが》い薬湯《やくとう》を飲み干したかのようだ。

「それが、どうもすんなりといかねえんで。他の仕事もありやすし、あっしの手下《てか》だけじゃどうにも手が回らねえ。かといって、加勢を頼むにも限りがありやす」

松庵も唇を歪ませた。

御薦を捜《さが》すために加勢してくれる者はいない。

御薦だって？　どうなったたって知ったこっちゃないよ。もともと、定まった住処《すみか》なんてないやつらじゃないか。行方知れずになろうがなるまいが、関《かか》わりないね。

いなくなったのなら、それでいいじゃないか。困るやつなんていやしねえよ。

そんな声が聞こえてくる。

「まあ、人別帳《にんべつちょう》に載《の》って、生業《なりわい》があって、そこそこ暮らしている堅気《かたぎ》からすりゃあ、御鷹なんて人のうちには入らねえんでしょうよ。けど、あっしは、ちょいと世話になってるんでね。知らぬ振りはできねえんで」

「世話になってるってのは？」

「へえ、あんまり大きな声じゃ言えやせんが、市中の探索《たんさく》に御鷹たちを使うことがけっこうありやしてね。あいつらが裏口から覗《のぞ》いても、辻《つじ》に座っていても怪《あや》しむ者はいやせん」

「なるほど、間者《かんじゃ》としてはうってつけなわけか」

「何度も助けてもらいやしたよ。むろん、それなりの銭《ぜに》は渡しやしたがね。あいつらじゃねえとできねえ仕事を果たしてくれてるんで」

「それなら、行方知れずの御鷹たちを仲間に捜してもらえばいいんじゃないか」

松庵が一人合点《がてん》に頷く。しかし、仙五朗は首を左右に振った。

「あっしもそれは考えやした。けど、御鷹たちは、よほどのことがない限り仲間の行方を詮索《せんさく》したりはしねえんでやすよ。堅気に戻れるやつは別でやすが、御鷹のままならふっと現れてふっと消えていく。それでいいと決めているようなんで。いなくなりゃあ心配はしても、行先までは捜さない。それが、あいつたちの取り決め事なんでやす。全く八方塞《はっぽうふさ》がりってやつで」

仙五朗は自分の膝《ひざ》をぴしゃりと打った。

「いけねえ。仏《ほとけ》さんを前にして、弱音《よわね》を吐いちゃならねえな。やるだけのこたぁやってみます。人の命を奪《うば》って楽しむなんて輩《やから》を野放しにしとくわけにはいきやせん」

「親分さん」

思わず呼びかけていた。仙五朗が「へい」と返事をする。

何も言えなかった。目を伏せてしまう。

「どうしやした、おいちさん」

「あ、いえ……何でもありません」

もう一つ、ある。

おキネが毒で殺されたのなら、殺人の因《もと》は快楽だけではない。もう一つ……。

馬鹿《ばか》げている。こんな思案、あまりにも馬鹿げている。

仙五朗の視線を避《さ》けるように、おいちはさらに俯《うつむ》いた。

「さいでやすか」

あっさりと引き下がり、仙五朗は立ち上がった。

「ともかく、おキネを葬《ほうむ》ってやらなきゃなりやせんね。おい、松之助《まつのすけ》さん」

自身番の隅で、書役と話し込んでいた男が顔を上げる。

松之助という与平《よへい》長屋の差配《さはい》だった。お美津《みつ》は、母親の骸《むくろ》を見るなり気を失い、仙五朗の手下に負《お》ぶわれて帰ってしまった。

「仏はこっちで手配して運ぶから、あんた一足先に帰って葬式の用意を頼まぁ」

「親分さん、それはちょっと」

松之助が露骨《ろこつ》に眉を顰《しか》める。

「与平長屋の店子《たなこ》だぜ。差配のあんたが葬式の段取りをつけるのは当たり前《めえ》じゃねえのか」

「わかっております。おキネさんとは長い付き合いだ。わたしも、できるなら差配として見送ってやりたいんです」

「やりたいけれど、できねえって言うのか」

仙五朗が気色《けしき》ばむ。小柄《こがら》で貧相な差配は身を竦《すく》ませた。

「おキネさんのその姿を見たら、長屋の者が何というか。悪い流行《はや》り病《やまい》だと気味悪《きみわる》がって、傍《そば》に寄りたがらないのではと……」

「そんなもんじゃねえと、おまえさんからしっかり言い聞かせれば済むことだろう」

「済みやしません、親分。この骸を見たら、大抵の者は怖気《おじけ》付きます。実の娘のお美津さんだって、倒れたじゃありませんか」

お美津が倒れたのは、母親の惨《むご》い有り様に怖気たからではない。正気《しょうき》を保《たも》てないほどの衝撃《しょうげき》を受けたからだ。たった一人の身内を失った痛手に打ちのめされたからだ。

「よしんば長屋のみんなが納得したとしても、与平長屋の店子が妙な病で亡くなったと、そんな、噂《うわさ》が広まりでもしたら……。ええ、たとえそれが埒《らち》もない噂であっても、わたしたちにとっては命取りになります。うちの店子には棒手振《ぼてふ》りの魚屋も鋳掛屋《いかけや》も甘酒《あまざけ》売りもおります。そういう者たちの商《あきな》いに大きな、大きな差し障《さわ》りが出てきたら……。商いができなくなれば、その日暮らしの者はひとたまりもありません。わたしは差配です。店子を守らなくちゃなりません。親分さん、この通り」

松之助は床《ゆか》に額《ひたい》を擦《こす》りつけるほど、低頭《ていとう》した。

「どうか、おキネさんの葬式をうちの店《たな》から出すことだけは、ご勘弁《かんべん》ください」

松庵と仙五朗が顔を見合わせる。

おいちは、自分の指先を見詰めていた。

与平長屋の差配を責めるのは容易《たやす》い。けれど、松之助は松之助なりに、懸命に自分の責を果たそうとしているのだ。噂という礫《つぶて》から店子を守ろうともがいている。

どうして、どうしてこうなるの。どうして、こんなことになったの。

腰高障子を揺する風音《かざおと》が胸に染みて、泣きそうになった。

おキネの葬儀は、寺で行われた。

「仏を弔《とむら》うのが僧侶《そうりょ》の役目。御仏《みほとけ》の導《みちび》きの通りに、経《きょう》を唱《とな》えさせていただく」

住職の言葉が、念仏の声が、やはり胸に染みて、おキネの生前の笑顔が思い浮かんで、おいちは涙を零《こぼ》してしまった。覚悟はしていたけれど、与平長屋からは誰も来なかった。お美津とおいちと松庵と仙五朗。四人だけの葬儀だった。

お美津は泣かなかった。読経《どきょう》の間も、ぼんやりとあらぬ方《かた》に目を向け経の唱和《しょうわ》さえしなかった。魂《たましい》が抜けたみたいだった。

「そうか。お美津さんの今後が心配だな」

十斗《じっと》は深い息を吐いた。

「ええ、あのまま気持ちが立ち直らなければ、身体にも悪いし……」

「長屋の住人に忌《い》まれたり遠ざけられたりすれば、さらにこたえるな」

その通りだ。母を失い、店子たちからも弾《はじ》き出されたとしたら、お美津は追い詰められてしまう。心の支えが折れ、尋常でいられなくなるかもしれない。

「しかし、おキネさん、そんなに惨い姿になっていたのか」

「ええ。父さんでさえ驚いたぐらい。疱瘡なんかとは違うの。腫物が潰れて、爛れて火傷《やけど》みたいな感じで、形も大きさもまちまちで、それが身体中に広がっていたわ」

おいちはできる限り詳《くわ》しく、淡々《たんたん》と告げた。告げながら、これまで治療してきた患者たちに心を馳《は》せる。疱瘡、赤疱瘡、火傷、かぶれ、膿み傷、痤瘡《ざそう》……。当てはまらない。おキネの爛れはどの病とも怪我とも、重ならなかった。

あれ？

隣に誰もいないことに、気付く。振り返ると、十斗は道の端《はし》に佇《たたず》んでいた。腕を組み、足元を凝視《ぎょうし》している。深く考え込んでいる風だった。

「兄さん？　どうかしたの？」

「え？　あ、いや……。何だかよくわからないんだが、引っ掛かってな……」

「あたしの話が引っ掛かった？　もしかして、おキネさんの爛れに心当たりがあるの？」

口調が、気持ちが急《せ》いてしまう。十斗は長崎に遊学していた。おいちには見当もつかない、松庵でさえ知らない名の病や症状を学んできたのかもしれない。その中におキネの……。

「心当たりは、つかないな」

十斗があっさりと言う。おいちはつい、ため息を吐《つ》いてしまった。力《りき》んでいただけに、肩透《かたす》かしを食《く》らったみたいな気になる。

「おいおい、そんなに露骨に落胆《らくたん》するな。松庵先生に見極《みきわ》めがつかなかったものが、わたしにそう容易くできるものか」

十斗が苦笑した。

「だって、急に考え込んだりするから」

「うーん、話を聞いてて何かが引っ掛かった気がしたんだが。その何かが、浮かんでこない」

十斗はしきりに首を傾《かし》げていたが、空を仰《あお》ぎ「駄目《だめ》だな」と呟《つぶや》いた。

「何か思い違いをしていたんだろう。そんな有り様の患者を治療したなら、忘れるはずがない」

確かにそうだ。忘れられるものではない。

お美津さん、どうだったんだろう。

ぼんやりと空を見ていたお美津を思う。

自分の母親があんな姿で亡くなっていた。どれほどの痛みを、苦しみを味わっただろう。いや、今も味わっているだろう。

「ともかく、あたし、お美津さんのところに行ってみる。様子だけでも見てくるから」

「わたしも同行しようか」

「ううん。兄さんは診療の方を頼みます。熊三《くまぞう》さん、まだまだでしょう」

「そうだな。身体の傷は癒《い》えても、腕を失ったという現《うつつ》を受け入れるには、もう少し日数《ひかず》がいるだろう。熊三さんもおつてさんも、これからが辛《つら》いところだ」

「でも生きているわ」

生きている。それがどれくらいすごいことなのか、熊三に伝えたい。

「難問はもう一つある。松庵先生に教授のお願いをせねばならん」

「ええ、かなりの難問だけど、父さんは引き受けてくれる気がする」

男の何倍もの重荷を背負い、それでも医者たらんとする女たちを松庵は無下《むげ》にはしない。きっと、支えようとするはずだ。明後日《あさって》、明乃《あきの》の許《もと》で同じ志《こころざし》の女人《にょにん》に会える。それだけでも、心が弾《はず》む。逸《はや》る。

この高鳴りも、生きている証だ。

「確かに、先生なら助力を惜《お》しまないだろうな。うん？」

十斗の足が止まった。立ち止まり、真《ま》っ直《す》ぐ前を見ている。おいちもそちらに顔を向けた。着流し姿の若い男が立っていた。

「新吉《しんきち》さん」

新吉が一礼する。十斗も会釈《えしやく》を返し、おいちに囁《ささや》いた。

「我々が兄妹《きょうだい》だってこと、きちんと話をしないとな。どうする？　わたしから伝えようか」

「ううん。あたしが言うわ。ちゃんと伝えるから」

「わかった。じゃあ、先に帰っている」

おいちの背を押すように叩《たた》き、十斗は足早に去っていった。新吉が近づいてくる。おいちもゆっくりと歩み寄った。六間堀町《ろっけんぼりちょう》の木戸を越えたあたりには小体《こてい》な店が並び、人々が行《ゆ》き交《か》う。

小料理屋《こりょうりや》と絵草紙屋《えぞうしや》に挟《はさ》まれた路地の手前で、二人は向かい合った。

新吉は、もう一度頭を下げると詫びを口にした。

「すいやせん。待ち伏せなんかしたりして」

「新吉さん、追剝《おいはぎ》じゃあるまいし待ち伏せはないでしょ」

茶化《ちゃか》してみる。新吉の神妙な面持《おもも》ちは変わらない。

「ここで、待っていてくれたの」

「へえ。菖蒲《しょうぶ》長屋に顔を出したら、『香西屋《こうさいや》』の内儀《おかみ》さんがいらして、おいちさんは海辺大工町《うみべだいくちょう》の『新海屋《しんかいや》』に行っているようだから帰るまで待てと言われたんですが」

「あら、伯母《おば》さん、また来てるのね」

「お茶を淹《い》れていただきました」

「まあ、お茶を」

「へい。お茶だけじゃなくて、手土産《てみやげ》に持ってきたという饅頭《まんじゆう》まで付けてくれて。日本橋《にほんばし》で人気の最中《もなか》饅頭で、とびっきり美味《うま》い上物《じようもの》なんだとか。そんじょそこらで手に入る代物《しろもの》じゃねえそうです。公方《くぼう》さまでも、三日に一度ぐれえしか食べられないほどで」

「もう、伯母さんたら、すぐに大風呂敷《おおぶろしき》を広げるんだから。新吉さん、まさか、本気にしたんじゃないでしょうね」

「え？　違うんですか。おれは、あまりに恐れ多くてどんな味だったか、まるっきりわからなかったんですが」

「違うに決まってるでしょ。だいたい、公方さまはお饅頭なんて召《め》し上がるの？」

「そりゃあ……どうでしょうかね。おれ、城の中なんぞ一度も入ったことがねえもんで」

新吉の真顔《まがお》がおかしくて、吹き出していた。笑うと、ほんの少しだが心が軽くなる。お美津のこと、おキネのこと、得体《えたい》の知れない爛れのこと。伸《の》し掛かっていた重みが消える。

手を伸ばし、助け起こしてもらった気分だ。

新吉といると、きっと、いつでも、どんなときでも笑っていられる。

この人を失いたくない。

思いがけないほど強い情に襲《おそ》われる。

この世は一寸《すん》先が読めない。何が降りかかってくるかわからない。おキネのように謎《なぞ》の死に引きずり込まれることだってあるのだ。そんな世だからこそ、この人と一緒にいたい。この笑顔と共に生きていきたい。

自分の想《おも》いに戸惑う。狼狽《うろた》える。けれど目の前が開けたようにも感じた。

そうか、わたしはずっと新吉さんが欲しかったんだ。医者になる未来と同じくらい、手に入れたかったんだ。

黙り込んだおいちを訝《いぶか》しむように、新吉が首を傾げる。おいちはわざと明るく、声を張り上げた。

「でも、お茶にお饅頭なんて、ずい分と待遇《たいぐう》がよくなったわね。伯母さん、どういう風の吹き回しなんだろう」

「全くで。正直、面食《めんく》らいました。内儀さんにはぶん投げられたことはあっても、上等の饅頭でもてなされたことなんてなかったもので、どうしたことかと落ち着かなくて、そわそわしちまいました」

おうたは柔術《じゅうじゅつ》を使う。ひょんな思い違いから、新吉は見事なしょい投げを食らったことがあるのだ。思いきり投げられ、目を回した。あまつさえ、大きな瘤《こぶ》まで作った。今思い出しても、笑ってしまう。笑うわけにもいかないから、おいちは何とか澄《す》まし顔を拵えた。

「それで居《い》たたまれずに、ここまで迎えに来てくれたの」

「いや、できたら、おいちさんと二人っきりで話がしたかったんで」

「あたしも、新吉さんに話したいことがあるの」

「おれに？　何です？」

新吉が瞬《まばた》きする。もう二十歳《はたち》をとっくに過ぎているはずなのに、頑是《がんぜ》ない童《わらべ》に似た眼つきをする。頼りなげで、淋《さび》しげで、でも生き生きと美しい。

「あたしは後でいいです。まずは新吉さんの話を聞かせてください」

「おれは……まず、おいちさんに謝《あやま》らなきゃならないと思って」

「あたしに謝る？　あたしの分までお饅頭を食べちゃったの」

「まさか。一つ食うのがやっとでしたよ。饅頭じゃなくて……その、この前、仙五朗親分の託《ことづ》けを持っていったとき、おいちさんが若いお医者さまと一緒にいるのを見て、おれ、頭に血が上っちまって、なんか怒鳴《どな》ったような気がして……」

「でも、ちゃんと親分の託けは伝えてくれたわよ」

あまりに惨い託けではあったが、確かに届けてもらった。

「けど、おれ、頭に上った血がちっと冷めたら、あのお医者さまを知っていたと気が付いて、それであの……おいちさんに、とんでもない無礼《ぶれい》なことしちまったとも気が付いて、早く謝らなくちゃと焦《あせ》っちゃあいたんですが」

新吉がもたもたと、しかし懸命にしゃべっている。おいちは心が和《やわ》らいでいくのを感じた。

熊三の養生《ようじょう》、おキネの死、明乃との面談。様々な重大事が重なり、おいちは心も身体も駆《か》け回っていた。ゆっくり語り合える暇《ひま》などなかった。今も駆け回ってはいるけれど、忙しさの隙間から新吉がひょっこり現れてくれた。ほっとする。

「無礼ってことはないでしょ。新吉さん、無礼な振る舞いなんかしなかったわ」

「いや、振る舞いとかじゃなくて……。おれ、その、ちょっとでも、おいちさんがあのお医者さまと……その、もしかしたらむにゃむにゃかもと思っちまって、それで、どうしようもなくて逃げ出したわけで……」

「むにゃむにゃって……。あ、嫌《いや》だ。新吉さんたら、そんなこと考えたの」

「いや、だから無礼だって言ってるじゃないですか。ほんとに申し訳《わけ》ない」

若い男と女がしどけない格好《かっこう》で身を寄せ合っていたのだ。変に勘繰《かんぐ》られてもしかたない。

「あのね、新吉さん、田澄《たずみ》さまはね、あたしの実の兄さんなのよ」

一息に告げる。十斗との繋がりをちゃんと伝えようとしたら、おいちの生《お》い立ちから始めなければならない。長い話になる。でも、近いうちにじっくり話そう。ゆっくり聞いてもらおう。新吉には全てを知っておいてほしい。

「詳しい話は追々《おいおい》にするけれど、わたしと田澄さまは兄妹なの」

新吉はぽかりと口を開けたまま固まってしまう。大きく目を見開き、まじまじとおいちを見詰め、掠れた小さな声で「兄妹」と呟く。あるいは、二、三歩よろめいて後退《あとずさ》り、声も出せず、瞬きを繰り返す。

と、おいちは考えていた。驚いた新吉に向かって、笑いかける自分の姿さえ想像していた。が、新吉は固まりもよろめきもしなかった。

「へえ、内儀さんから聞きました」

そう言っただけだった。ぽかりと口を開けたのは、おいちの方だった。

「伯母さんが……しゃべったの」

「へえ。あんたがやきもきしているみたいだからと、教えてくれました」

「詳しい事情は、おいちから聞きな」と言い置いて、おうたは告げたそうだ。それから、にやりと笑って、「まあ、あんたってほんとうに心の内が全部、顔《づら》に出るお人なんだねえ。どうにも隠しようがないってわけかい。とんだお間《ま》抜《ぬ》け面だよ。ああ、おかしい。ほんと、おかしい」と、今度は大笑《たいしょう》したとか。おいちは、つい、頰を膨《ふく》らませていた。

「もう、伯母さんったら」

——おや、何でおまえがむくれるんだい。だってね、気の毒で見ていられなかったんだよ。若い威勢のいい男があれこれ悩んでしょげ返ってるんだ。あたしはね、おもしろがってやったわけじゃないよ。かわいそうに思ったから、ほんとうのことを教えてやったんじゃないか。

おうたの言いそうな台詞《せりふ》がおうたの物言いで、聞こえてくる。

これは、相当の伯母さん病に罹ってるわ。用心しなきゃ。

おいちは軽く身を震わせた。

何と言い訳しようと、おうたは心のままに変容する新吉の表情を楽しんだのだ。驚いたり、安堵《あんど》したり、強張《こわば》ったり、緩《ゆる》んだり様々な若い面容《めんよう》を堪能《たんのう》したわけだ。

おうたの満足げな顔が浮かんでくる。そうすると、おいちまでくすくすと笑いたくなった。伯母も新吉と同じだ。生きる手立てになる笑いを与えてくれる。

「おいちさん」

新吉が半歩、近寄ってきた。

「胸の底が抜けるようでした」

「え?」

「内儀さんから兄妹だって聞いたとき、胸の底が抜けて溜《た》まってた重てえもんが全部、流れたような気がしたんで。おれ、早とちりで、おいちさんと田澄さまが……その」

「むにゃむにゃな仲だと思ったのね」

「むにゃむにゃだと思ってしまいやした。初めて会ったとき、田澄さまには既《すで》に立派なお医者さまの風格がありやしたから、おいちさんが魅《ひ》かれても当たり前だと思いやした。そうじゃない、ちゃんと確かめなくちゃわかんねえだろうって自分に言い聞かせはしたんですが、田澄さまとおれじゃあ、月とすっぽんだ。とても太刀打《たちう》ちできねえよって、別のおれが嘲笑《あざわら》うんです。あの人はおいちさんとは似合いだ。おめえよりずっと似合いだって」

おいちは息を詰めるようにして、新吉を見上げた。こんなに真剣な、偽《いつわ》りのない言葉を初めて聞いている気がする。

「けど、諦《あきら》めきれなかったんで。ちゃんと確かめて、ちゃんとおいちさんの気持ちを知るまでは、どうしても諦められなかったんで。それで、どうにも我慢ができなくて、菖蒲長屋に足を向けちまいました。あの……だから、おいちさん」

「はい」

「おれと一緒になっちゃあくれませんか」

「はい」

「おいちさんの都合を考えず、急にこんなこと言ったって『はい』とは言ってもらえねえ……、え？　今、何か言いやしたか」

「『はい』と申しました」

「は？　『はい』ってのは、いいですよって意味の『はい』ですかい。それとも、よくわからないって方の『はい？』ですか。えっと、まさか焼けた後の灰《はい》じゃねえだろうし、這《は》い這いの這いとも違うだろうし……」

「いいですよの意味の『はい』です」

新吉の黒目が左右に揺れた。息が荒くなる。

「あの、おいちさん。おれは今、おいちさんにおれの嫁さんになってもらいたいと、そう言ったんですが」

「わかってます。だから『はい』と申し上げました」

おいちは、深々とお辞儀をした。

「不束者《ふつつかもの》ですが、末永くよろしくお願いいたします」

「おいちさん、ほんとうでやすか。ほんとうに、ほんとうなんで」

「あたしは本気です。でも、新吉さん、あたしは」

これからやらねばならないこと、やりたいことがある。それを全て打ち明けねばならない。

「あたしは、新吉さんが思い描いているような女房《にょうぼう》にはなれないかも」

おいちは口を閉じた。

小料理屋の裏木戸から黒い影のようなものが一つ、出てきた。日の差さない路地は薄暗く、全てが淡い影に見えてしまう。目を凝《こ》らし、「あっ」と声をあげていた。おいちの声に怯《おび》えたかのように、影が足早に遠ざかろうとする。

「待って」

新吉の傍《かたわ》らをすり抜け、おいちは影を追った。

「待って、待ってください」

影が止まる。ゆっくりと振り向く。

影ではない、人だ。大柄《おおがら》な男だった。金壺眼《かなつぼまなこ》、団子鼻《だんごばな》、分厚《ぶあつ》い唇。顔の造作《ぞうさく》も大きい。その顔は前髪と髭《ひげ》に半ば覆《おお》われて、確《しか》とは人相《にんそう》を見定められない。

「仁吉さん、仁吉さんですよね」

走り寄ると、男は僅かに後退《あとずさ》った。おいちを恐れるかのように、足を引く。

「御薦《おこも》さんの元締めの仁吉さん、違いますか」

金壺眼が瞬きした。男はこの時季だというのに、綿《わた》のはみ出た丹前《たんぜん》を羽織《はお》っていた。丹前の下は色目《いろめ》も模様《もよう》も褪《あ》せて薄鼠色《うすねずみいろ》に変わった小袖《こそで》だ。微《かす》かに饐《す》えた臭《にお》いがする。手に持った欠け椀の中には、握り飯《めし》と漬物《つけもの》らしき根菜《こんさい》が入っていた。物乞《ものご》いの最中《さなか》だったらしい。

「……そうだが。あんたは？」

仁吉の声は深く張りがあった。耳に心地《ここち》よく響《ひび》いてくる。ちょっと驚くほどの美声だ。

「あ、すみません。申し遅れました。あたしはこの先の菖蒲長屋に住みます、藍野《あいの》いちと申します」

仁吉の唇がもぞもぞと動く。

「あいのいち、あいの……。お医者さまのおいち先生か」

「あら」

目を見張っていた。

「そうですけれど、どうしてご存じなんですか」

「相生町《あいおいちょう》の仙五朗親分から聞いてるよ。見た目は愛らしい女人だが、その実、並の男なんて足元にも及ばないほど勇猛果敢《ゆうもうかかん》で、ちょっとばかり無鉄砲《むてっぽう》な娘さんだと」

「あら、そんな愛らしいだなんて言われたら、困ります。恥ずかしいわ」

頬に手を当てて、笑って見せる。仁吉がまた唇を動かした。今度は聞き取れない。

「勇猛果敢で無鉄砲か。確かにその通りだな」

後ろで新吉が呟いた。呟いた後、くすりと笑う。

「新吉さん、何が確かですって？」

「あ、いや、その、確かにおいちさんは愛らしいなあと……」

おいちと新吉のやりとりの間に、仁吉は背を向けて歩き出そうとした。その手を摑み、引き止める。仁吉が眉を寄せた。

「待ってください。仁吉さん。お尋ねしたいことがあるんです」

「……何でだ」

「え？」

「何でおれを仁吉だって、知ってるんだ」

答えに詰まった。仁吉に会ったことはない。仙五朗に会わせてもらう段取りを頼んではいたけれど、次々に起こる騒動のせいでそのままになっている。

「ほんとだ。どうしてかしら。でも、あの、感じたんです」

仁吉が首を傾げる。意味がよくわからなかったらしい。

「『あっ、この人が仁吉さんだ』って、ぱっと感じちゃったんです。あたし、そういうところがあって、勘が鋭《するど》いっていうのとは、また、少し違うけれど、あの……」

「手を放してくれ」

「はい？」

「手だ。さっきからずっと握ってる」

「あっ、ご、ごめんなさい。申し訳ありません。痛かったですか」

「いや。あんたの手が汚《よご》れると思って……」

仁吉は俯き加減になり、ぼそぼそとしゃべった。せっかくの美しい声がくぐもって聞き取りにくい。それに、視線をほとんど合わせようとしない。人の目から退《しりぞ》こう、消えようと望んでいるかのようだ。

「なんだね、聞きたいことって」

俯いたまま、仁吉は自分の手首をさすった。やはり、視線は逸《そ》らしたままだ。

「行方知れずになった御鷹さんたちのことです」

おいちは半歩近づき、仁吉を見上げた。

「タビさん、デワさん、それとイワシさん。お仲間の三人のことをお尋ねしたいんです」

仁吉が顔を上げる。初めて目が合った。仁吉の目はすぐに伏せられてしまったが、少し潤《うる》んだ美しい眸《ひとみ》だった。

「仁吉さん、行方知れずの三人に通じるところ、何かありませんか。どんな些細《ささい》なことでもいいんです。同じところに痣《あざ》があるとか、気性《きしょう》が似ているとか、あとは……えっと、あ、たとえば食べ物の好みや、逆に嫌《きら》いなものが同じだとか」

仁吉は黙っている。おいちの声など聞こえなかったかのように、あるいはまるで解《げ》せないかのように、無言のままだ。

「仁吉さん？　あの」

「おれらは食える物なら何だって食う。好みなんて贅沢《ぜいたく》を言ってたら、生きていかれねえからよ。御薦に食い物の好き嫌いを問うやつなんて、一人もいねえよ」

「あ……」

思わず指を握り込んだ。

そうだ。御薦たちはいつもぎりぎりのところで生きている。腹《はら》の足しになるのなら、腐《くさ》ってさえいなければ、口にできる物は口にするだろう。

的外《まとはず》れで能天気《のうてんき》で残酷《ざんこく》な問いをしてしまった。さらに強く指を握る。

「ごめんなさい。あたし……」

「謝ることはねえよ。別に、あんたは悪くねえ。気にすることじゃねえさ」

深く柔《やわ》らかな声で許されると、泣きたくなる。自分の粗忽《そこつ》さが情けない。

へへっと、仁吉が笑った。

「親分があんたのことを好きな理由、何となくわかるな。けど、あんまり、おれたちに関わらねえ方がいいぜ。まあ、たまに食い物を恵んでくれるんだったらありがてえがな」

仁吉は再び、おいちに背を向けて歩き出した。

「あ、仁吉さん、待ってください。さっきのこと考えてみてください。三人に通じる何かがあったかどうか、じっくり思案してみてほしいんです。お願いします」

仁吉の足が止まる。

「おいち先生、あんた、どうして、おれたちのことをそんなに気にするんだ」

「また、誰かが死ぬかも、いえ、殺されるかもしれないからです」

仁吉の肩が僅かに上下した。

「タビさんたちと同じように行方知れずになっていたおキネさんというお年寄りが、遺体で見つかりました。次はタビさんたちかもしれません。それを止めなきゃいけないんです。どうやって止めるのか、下手人は誰なのか、見当が付きません。でも、一刻も早く突き止めないと。これ以上死人を出さないためにも急がないと駄目なんです。おキネさんを入れて、四人もの人が、突然に消えてしまったなんて異様でしょう。この江戸で、異様なことが起こっているんですよ、仁吉さん」

仁吉の、だらりと下がった手がゆっくりとこぶしを作った。けれど、それだけだった。一言《ひとこと》も返事をせず、振り返りもしないまま遠ざかっていく。

「あたし、仁吉さんを怒らせちゃったかしら」

取り残され、おいちはため息を吐いていた。新吉が横に並ぶ。

「そうじゃねえですよ。御薦ってのはできる限り、厄介事《やっかいごと》は避けるんです。下手《へた》に巻き込まれたら居場所をなくすことだってありますからね。万が一、食い物を恵んでくれてた場所がなくなれば、すぐにも餓《う》えちまう。仁吉が黙ってたのは、迷ってたからじゃねえですか。仲間を救いたい。けれど厄介事には関わり合いたくない、ってね」

仁吉が路地を出て右に曲がった。

「新吉さん、あたし、どうしたらいいのかなあ」

「できることをやるんです。それしかねえでしょう」

新吉を見上げる。新吉は頭の上の空を仰いでいた。屋根に区切られた細長い空は、それでも青く澄んでいた。

「あたしに何ができるかしら」

「たんとあるじゃないですか。まずは患者の手当て、生薬屋《きぐすりや》への支払いの段取り、で、ちょっとでも暇ができたら……」

「暇ができたら？」

「おれとの祝言《しゅうげん》のことを……、その、考えてもらいてえなあと」

「あら、暇ができたらでいいの」

「構《かま》いやせん。おいちさんは、やらなきゃいけねえことがあるんでしょう。今、一等やらなきゃならねえこと、やりたいことをまずはやってくだせえ。おれは待てますから」

「新吉さん」

「おいちさんがおれの女房になってくれるなら、十年でも、二十年でも待ちます。うん？　いや、そんなに待ってたらお互い爺《じい》さまと婆さまになっちまいますね。そりゃ駄目だ」

「もう、新吉さんたら」

新吉の胸に飛び込んでいく。驚いたのか、新吉が小さく「おっ」と叫んだ。けれど、すぐにしっかりと抱き留《と》めてくれる。

「そんなに甘やかさないで。あたし、すぐに調子に乗っちゃうんだから」

新吉の胸は温かくて、日向《ひなた》の匂《にお》いがした。心の内の湿《しめ》り気《け》が拭《ぬぐ》い去られていく。

「落ち込んでるより調子に乗ってるおいちさんの方が、ずっとおいちさんらしいや」

「あたしね、これから改めて医術を学ぶつもりなの」

「へい」

「ずっと待っていてなんて言わない。ううん、あたしが待てない。あたし……新吉さんと暮らしたい。夫婦《めおと》になりたいの」

背中に回った腕に力がこもる。

「夫婦になっても、医者でいたい。欲張りだってわかってる。でもあたし、新吉さんも医者としての生き方も、どっちも欲しい。どっちも手に入れたいの」

胸の内に仕舞《しま》っておいた本音が零れ出す。

「おいちさん」

「はい」

「おれだって夢があります。おいちさんと所帯《しょたい》をもって、江戸一番の飾《かざ》り職人になる。おいちさんと出逢ってから、ずっと抱いてきた夢なんで。それが今、半分叶《かな》いかけてる。あとの半分は精進《しょうじん》と年月が入《い》り用だ。だから、おれと一緒に頑張《がんば》っちゃあくれませんか。おいちさんがいてくれたら、おれ、どんな苦労でも耐《た》えられる」

新吉の胸の鼓動《こどう》と熱が伝わってくる。心が蕩《とろ》けそうだ。涙が滲みそうだ。

そうか。たとえ夢は別々でも、二人で追いかければいいんだ。

そんな当たり前のことに、どうして今まで気が付かなかったんだろう。

顔を上げる。新吉が屈《かが》み込んできた。おいちは目を閉じる。

眼裏《まなうら》におうたの姿が閃《ひらめ》いた。闇夜《やみよ》の稲妻《いなずま》みたいに一瞬、浮かび上がった。

「伯母さんに報《しら》せとかなくちゃ」

「へっ？」

新吉が身体を起こす。黒目がうろついた。

「伯母さん、あたしを嫁にやろうと躍起《やっき》になってるの。新吉さんと所帯をもって報せとかないと、また縁談をもってくるわ」

「こ、『香西屋』の内儀さんですか」

新吉の頬がみるみる強張っていく。強張ったまま唇の端を持ち上げる。

「新吉さん、どうしたの？　頬《ほ》っぺたがひくひくしてるわよ」

「いや、おいちさんを嫁にくださいなんて言ったら、内儀さんに怒鳴られるだろうなと……怒鳴られるだけじゃ済まねえだろうな。また、ぶん投げられるか。うん、でも、しかたねえ。それくらいの覚悟《かくご》がなきゃあな。よし、やるぞ」

「鬼退治《おにたいじ》に行くんじゃあるまいし、そんなに力まないで。覚悟なんていらないでしょ」

「けど、何しろ相手が内儀さんですからねえ」

「まあ……そう言われると、父さんはともかく、伯母さんはちょっと手強《てごわ》いかも。でも、二人で説得すれば、わかってくれるわ」

おうたが望んでいるのは、おいちが江戸随一《ずいいち》の大店《おおだな》に嫁《とつ》ぐことでも、分限者《ぶげんしゃ》の女房に納まることでもない。幸せになることだ。そして、新吉と共に生きることが、おいちの幸せに繋がるとわかってくれる。

時の鐘《かね》が聞こえた。気持ちが現《うつつ》の世に引き戻される。

「あっ、いけない。あたし、与平長屋に行かなくちゃ」

「へ？　あ、おれも仕事場に戻らねえと。おいちさん、先生と内儀さんには日を選《よ》って、ちゃんとご挨拶《あいさつ》に伺《うかが》います」

「はい。よろしくお願いいたします」

「親方から羽織袴《はおりはかま》を借りなくちゃならねえな。あ、やっぱり、親方には親代わりに一緒に挨拶してもらわなきゃいけないか」

「うちは長屋住まいの町医者よ。お武家でもお大尽《だいじん》でも旧家でもありません。そんな、格式ばったことされたら、父さんが仰天《ぎようてん》しちゃう。それで、とっても嫌がるわ。『おい、新吉。おまえ、何て真似《まね》をしてくれるんだ』って」

「違いねえ。先生はいいけど、内儀さんが……」

「伯母さんかあ。ほんと考えれば考えるほど強敵だわねえ。新吉さん、返り討ちに遭《あ》わなきゃいいけど」

「そんな、縁起《えんぎ》でもないこと、冗談《じようだん》でもご勘弁を」

顔を見合わせて、おいちと新吉はほとんど同時に笑った。

こうやって、また新吉さんと笑い合えた。この先も笑い合える。ささやかな出来事に、ちょっとした話に笑っていられる。嘆くことも悲しむこともあるだろう。でも、笑っている、笑っていられることの方がずっと多いはずだ。今までもそうだった。これからもそうだろう。

おいちと新吉は路地を出て左右に別れた。

少し歩いて振り向くと、新吉の背中が通りの角《かど》に消えるところだった。

胸に手を置く。

あたし、新吉さんのお嫁さんになるの。

心内で呟いてみた。不思議な気はしなかった。戸惑いもなかった。予《あらかじ》め決められていた、ずっと昔から約束されていた、そんな想いさえした。

新吉さんのお嫁さんになる。でも……。

おいちは顎を上げ、真っ直ぐ前を向いた。暑気をふくんだ風がまともにぶつかってくる。

でも、医者になりたい。本物の、人の命を救える医者になりたい。

風に土埃《つちぼこり》が舞い上がる。湿った風が不快だ。

仁吉たちは、これから訪れる炎暑の季節をどうやって凌《しの》ぐのだろう。徐々に心身を蝕《むしば》む暑さとどう闘《たたか》うのだろうか。想いが、揺れる。幸せ、喜び、望み、決意、憂《ゆう》慮《りょ》、様々な情動がおいちの中で蠢《うごめ》き続ける。ちょっと息苦しいほどだ。

人の世は一筋縄《ひとすじなわ》ではいかない。その世の中で、人一人ができることなど知れている。

以前、松庵に言われた。

――そうさ、おれたちの力なんて限られたものでしかないんだ。だからこそ、自分にできる精一杯をやる。それしかないだろう。

父の言葉を嚙み締める。おいちは風に向かって、足を踏み出した。

「やっとお帰りかい。ずい分と遅かったじゃないか。嫁入り前の娘が夕暮れ間近まで外をうろうろするもんじゃないよ。少しはお気をつけな」

帰ったとたん、小言《こごと》が飛んできた。

「あら、伯母さん、まだいたの」

「いましたよ。この忙しいときにおまえを待って、この汚い部屋にずっといましたよ。いちゃあ困ることでもあるのかい」

おうたがまくし立てる。いつにも増して、舌《した》の滑《すべ》りがいいようだ。

夕暮れ間近とおうたは言ったけれど、外はまだ十分に明るい。菖蒲長屋は裏店《うらだな》にしては日当たりがよい方なので、他の長屋のように早く暗くなることはなかった。かつて松庵がここを住処と定めたのも、この日当たりのためだと聞いている。

部屋も質素ではあるが汚れてはいない。隣の診療部屋ほどではないが、おいちと松庵が寝起きするここも掃除《そうじ》は行き届いている。要するに、おうたはいちゃもんを付けているのだ。機嫌《きげん》が悪い証だ。機嫌が悪いのは、おそらく待ちくたびれたからだろう。新吉の話だと、日の高いうちには来ていたらしい。というと、かれこれ、二刻《ふたとき》(四時間)近くになる。

機嫌の悪いときの伯母は膿みかけの傷みたいなものだ。迂闊《うかつ》に触れてはならない。

「おう。おいち帰ってきたか」

おいちが足を洗っていると、松庵が隣の部屋から帰ってきた。診療は十斗に任《まか》せてきたのだろう。このところ、十斗のおかげで楽ができると喜んでいた。楽になったのではなく、今までが忙し過ぎたのだ。ほんのちょっぴりだが、頬に肉が付き若やいで見える父の姿に、おいちは安堵していた。兄がいてくれることが心底《しんそこ》、ありがたい。

「あれ、義姉《ねえ》さん、まだ居座《いすわ》ってたんですか。そんなに暇なら手伝ってもらえばよかったな。力仕事が幾つかあったんだ」

松庵が膿みかけの傷を平気で引っ掻《か》き回す。おいちは頭を抱《かか》えたくなった。

「はぁ？」

おうたが松庵を思いきり睨《にら》みつける。

「あたしは居座ってたわけじゃありませんよ。おいちに話があるから待ってただけです。でなきゃ、こんなむさ苦しい所に長々といるわけないでしょうが。それに、裁縫《さいほう》とかお花を活《い》けるとかならまだしも、何であたしが力仕事なんかしなきゃならないんです」

「義姉さん、裁縫なんて下手《へた》くそじゃないですか。花を活けてるところも見たことないですしねえ。そのかわり、力はわたし以上にあるでしょう。なにしろ、あの新吉を部屋の隅までぶん投げちまったんだから。義姉さんの剛力《ごうりき》には誰も敵《かな》いませんよ。あはははは」

「何なら、あんたもぶん投げてあげようか。部屋の隅までなんてケチなことは言いませんからね。路地の真ん中あたりまできれいに放り出してあげるよ」

おうたが指を鳴らす。松庵が真顔になり、手を横に振った。

「いや、義姉さん、冗談ですよ、冗談。義姉さんみたいに嫋《たお》やかな女人に力仕事なんて、頼むわけないでしょう。困りましたなあ。冗談には笑ってくれないと」

「お生憎《あいにく》さま。あたしはつまらない冗談に笑えるほど、おめでたくないんでね。

さ、松庵さん、どこからでもかかってきなさい。何だったら、絞《し》め技《わざ》を味わってみるかい」

「義姉さん、ですから本気になさらんでください。な、おいち」

「知りません。自分で蒔《ま》いた種《たね》なんだから自分で刈《か》ってくださいな。投げても、絞めても、うっちゃりでもお好きにどうぞ」

「ま、おいち。柔術は相撲《すもう》じゃないんだから。うっちゃりなんて技はないよ」

おいちは前掛けを着けると、竈《かまど》の火を確かめた。灰の中で種火が燻《くすぶ》っている。これなら、すぐにでも湯を沸《わ》かせる。

「ああ、おいち。夕餉《ゆうげ》なら拵えることはないよ。おかつに、お重《じゅう》を持ってこさせる段取りにしてるからね」

「え、義姉さん、うちで飯を食って帰るつもりですか」

松庵が頓狂《とんきょう》な声を出す。おうたはもう一度、義弟《おとうと》を睨む。

「ここのご飯なんていただきませんよ。どうせ、小さな焼き魚一匹に漬物ていどの貧相なお膳《ぜん》なんだろう。そんなもの口に合うわけないでしょうが。松庵さん、あたしの話を聞いてなかったのかい。『香西屋』が贔屓《ひいき》にしている料理屋のお重をあたしがご馳走《ちそう》してあげるって、言ってるんですよ。あ、もちろん、あたしとおいちだけじゃなく十斗さんの分もありますよ」

「義姉さん、わざとわたしの名を飛ばしましたな」

「松庵さん？　あら、ごめんなさいよ。松庵さんのことなんてまるで頭になかったわ、ほほ。ほんと気の毒になるぐらい影の薄い男だからねえ」

「義姉さんが勝手に薄めてるんじゃないですか」

父と伯母に背を向けて、おいちは竈に鍋《なべ》を掛けた。辻《つじ》で買った豆腐《とうふ》でおみおつけを作ろうと思う。豆腐は熊三の好物だそうだ。腕を失った衝撃とまだ続く痛みから か、熊三の食気《くいけ》はなかなか元に戻らない。食は気力のもとになる。何かを口に入れることは、生きる力に繫がるのだ。豆腐なら、すんなり呑《の》み下せる。豆腐のおみおつけに青菜を散らした一椀を隣に運ぼうと思う。

「おいち、拵えはいいから、ちょっとここにお座りな」

おうたが畳《たたみ》を軽く叩く。おいちは素直に腰を下ろした。

「おまえに聞きたいことがあるんだよ」

「あ、おれも一つある。どうにも気になっていたんだ」

おうたと松庵は、暫くの間、顔を見合わせていた。先におうたの口元が緩む。

「おや、松庵さんもかい。そりゃそうだよねえ。気になるよねえ」

「気になりますとも。十斗から、途中で別れたと聞いて、ずっと気持ちが落ち着かなかったんですよ」

「そうそう、よくわかるよ。あたしも気が気じゃなかったんだから。おいち、どうなんだい」

父と伯母は、全く同じ仕草《しぐさ》で身を乗り出してきた。ぴったり息が合っている。

「どうって……。何がよ」

おうたがぴしゃりと膝を叩いてくる。

「もう、焦《じ》れったいね。あたしたちを焦らして何が楽しいのさ。さっ、白状おし」

「だから、何をよ。わけがわからない」

二人がまた同時に、口を開いた。

「新吉のことに決まってるだろう」

「お美津さんは、どんな風だったんだ」

そして、また顔を見合わせる。おうたの眉がそれとわかるほど、吊《つ》り上がった。

「松庵さん、あんた何を言ってるんです。今は患者のことなんてどうでもいいでしょうが」

「どうでもいい患者なんて一人もいませんよ。義姉さんこそ、新吉のことを気にしてどうしようってんです。まさか、また投げ技を掛けるつもりじゃないでしょうね」

「あんたもしつこい人だね。子どもの雪合戦《ゆきがっせん》じゃあるまいし、やたら滅多《めった》に投げたりするもんですか。ましてや、おいちの婿《むこ》になるかもしれない相手だよ」

驚いた。つい、伯母を見詰めてしまう。

「伯母さん、どうして……」

「ふふん。『香西屋』の内儀を舐《な》めるんじゃないよ。ここに来たときの新吉の顔を見りゃあ、相当に思い詰めてるってすぐわかるさ。あれは覚悟を決めた者の眼だったね。ははん、この男、とうとう心を決めたなって、鶏《にわとり》か松庵さんでない限りわかるに決まってるね」

「だから、新吉さんに最中饅頭を食べさせたの」

「まあね。甘い物は力になるからさ。頑張れって背中を押してやったんだよ。美味《おい》しくて元気が出たって言ってただろう」

「え？　う、うん。言ってたような言ってなかったような……。あ、でも、伯母さん、それって新吉さんとの仲を認めてくれるってこと？」

「おや、じゃあやっぱり、あの男、洗いざらい白状したんだね」

おうたがにやりと笑う。少しばかり不気味《ぶきみ》な笑み《え》だった。

「白状じゃなくて、告げてくれたの。一緒になってほしいって」

「うんうん、それで、おまえは何て返事をしたんだい」

「はい、って。よろしくお願いします、って」

おうたが、のけ反《ぞ》る。両手で口を押さえる。その指の間から息が漏れて、木枯《こが》らしのような音を立てた。おいちは我知らず身を縮めていた。まさか、こんな成り行きになるとは思ってもいなかった。おうたの紅潮《こうちょう》した頰から目を逸らす。

「あの、新吉さん、父さんと伯母さんに改めて挨拶に来るって言ってくれたの。そのときあたしと新吉さん二人でちゃんと話をして、許してもらおうって……」

「日取りは、こっちで決めても構わないんだね」

「は？　何の日取りを決めるの」

「おいち、おまえは今、何の話をしてんだい。節分の豆まきや桃の節句《せっく》の段取り話じゃないだろ。祝言だよ、祝言。どうする？　いつにするかねえ。この秋じゃ早過ぎるかねえ。いや、過ぎるってことはないか。善は急げって言うし。けど、やっぱり年明けぐらいの方がきちんと用意もできるよねえ。うんうん、どちらにしても忙しくなるよ」

「伯母さん、ちょっと待って」

「いいよ、いいよ。おまえは何にも心配しないでいいからね。父親は頼りないけど、あたしがしっかりしてるからね。お釣《つ》りがくるぐらいだよ。ほほほ」

おいちは慌《あわ》てる。おうたの調子に乗せられたら、明日にでも祝言の段取りが整うかもしれない。おうたの袖《そで》を引っぱる。

「伯母さん、あの、あたしね、これからやりたいこと、やらなきゃならないことがあるの。医者を目指すお仲間にも会えそうで」

おうたが袖を引いた。青海波《せいがいは》の美しい小袖だ。

「わかってるよ。それはそれ、これはこれじゃないか。おまえ、新吉と所帯をもつ気はあるんだろ？　あるね。さっき、そう言ったものね。だったら次は祝言じゃないか。花嫁道具に花嫁衣裳、きちんと揃《そろ》えるとなると二月《ふたつき》や三月《みつき》はかかるかねえ。まあまあ大変だわ。どうしよう。ほほほ。困った困った、ほんとに困った。こんなに困ったことはそうそうないよ。ほほほほほ」

「困ってるようにはちっとも見えないがなあ。けど、義姉さんが新吉をそんなに気に入っていたとは驚きだ」

松庵が妙にのんびりした物言いで、おうたの高笑いを遮《さえぎ》る。

「気に入ってなんかいませんよ。あたしはね、おいちにはどこぞの大店に嫁《とつ》いでもらいたかったんだよ。だから、せっせと縁談をもってきたんじゃないですか」

「新吉は大店の若旦那《わかだんな》じゃなく、飾り職人ですが」

「知ってますよ、そんなこと。だけど、しょうがないじゃないか」

おうたは居住《いず》まいを正し、松庵に向かって顎をしゃくった。

「おいち、あたしはね、この野放図《のほうず》な医者から、おまえが海辺大工町の何とかって先生の許に行ったと聞かされたんだよ。で、その先生から蘭方《らんぽう》を学ぶことになるかもってさ。眩暈《めまい》がしたね。あたしのかわいい姪《めい》っ子は、医術一筋で嫁にもいかないつもりなんだって。そういう決意をしちゃったんだって。まぁ薄々《うすうす》と感付いちゃあいたんだけどねえ」

そこで、おうたは長いため息を吐いた。せつなげな吐息の音が響く。

「感付いていたのと現《うつつ》を目の前に突き付けられるのはまた別じゃないか。ほんと、辛くて」

「なるほど」と、松庵が手を打つ。薬草の香りが微かに揺れた。

「そこに新吉がやってきたわけだ。義姉さんは、新吉の胸の内が見えた。ははん、この男はあたしのかわいい姪っ子と一緒になりたがってるなと」

「そうなんだよ。あたしも伊達《だて》に何十年も商人《あきんど》の内儀《ないぎ》を務めてるわけじゃありませんからね。若いもんの心の内なんてお見通しさ。もっとも、思ってることがみんな面《おもて》に出るような男ではあるけどね。でも、それって正直で一本気ってことでもあるわけさ。『新海屋』じゃないけどさ、いくら大店でも人として納得できない相手じゃ一緒にはなれないし、させたくもないからね。そこにいくと新吉は、職人としての技量と人柄だけは折り紙付き。しかも、おいちにぞっこんじゃないか。惚《ほ》れた女の多少の難ぐらい目を瞑《つむ》るさ。腕が確かな職人なら食いはぐれる心配もないだろうしねえ」

「うんうん。まさに渡りに船、義姉さんにしてみれば獲物《えもの》がのこのこ現れたってやつですな」

「あら、松庵さん、口が悪過ぎですよ。ご面相《めんそう》が悪いんだから口ぐらい綺麗《きれい》になさいな」

「義姉さんこそ、多少の難だなんて、ちょっと言い過ぎじゃないですかな。いくら肥《こ》え過ぎでも、物言いにまで余計なことをくっつけちゃいけませんなあ」

睨めっこのように、暫く見つめ合い、松庵とおうたはどちらからともなく、にやりと笑った。奸計《かんけい》を練っている悪党の一味みたいだ。

口元を引き締め、おうたが立ち上がる。

「さ、聞きたいことは聞いたから、今日は帰るよ。段取りを考えなくちゃいけないしね」

それだけ言い捨てると、意外なほどの素早さで出ていく。

「え？　伯母さん、ちょっと待ってよ。お重はどうなるの。あぁ、行っちゃった」

「はは、義姉さんはいつも思い込んだら猪《いのしし》武者《むしゃ》だな。大丈夫さ。おかつが、ちゃんと届けてくれる。それで、おいち、お美津さんの方はどんな塩梅《あんばい》だ」

松庵の眼の中で憂《うれ》いが揺れた。おうたと言い合いをしていたときとは別人のような暗みが、面を覆う。おいちは、俯《うつむ》いてしまった。

お美津は部屋にいた。

粗末な位牌《いはい》を抱えるようにして座っている。

菖蒲長屋ほど日当たりのよくない一間《ひとま》は、既《すで》に薄暗い。いや、きっと一日中光は薄いのだ。

「お美津さん、こんにちは」

声を掛けると、お美津はゆっくりと顔を上げた。怖《こわ》いほど蒼《あお》い。頬もこけ、鬢《びん》の白髪《しらが》も目立つ。おキネが遺体で見つかってから、急に老《ふ》け込んでしまった。

「まあ、おいち先生……」

「大丈夫ですか。お美津さん、ちゃんと食べてますか」

お美津の傍らに座り、手首に指を添える。脈は乱れてはいないが、手首は細く骨の硬《かた》さが伝わってきた。

「おいち先生、あたし、ずっと考えてたんです。おっかさんがどうしてこんな死に方をしなきゃならなかったんだろうって。考えたってわかるわけがないのに、考えてしまうんです」

お美津が不意にしゃべりだした。言葉がほとばしり出るようだ。おいちは黙っている。想いは胸の内に溜めておくより、外に流れ出させた方がいい。今のお美津はことにそうだ。

愚痴《ぐち》でも嘆きでも怨《うら》みでも、ともかく、吐《は》き出すのだ。

「結局、何にもわからなくて……。わかっているのは、おっかさんがいなくなったとき、あたし心配したけれど、でも……でも、ほっとしたことも事実だって、それだけです」

「お美津さん」

お美津は髷《まげ》から櫛《くし》を抜いた。黒漆《くろうるし》塗《ぬ》りの櫛だ。

「これ、男から貰《もら》ったんです。昔からの知り合いで……。あたしと所帯をもちたいって言ってくれた人なんです」

ほんの僅かだが、お美津の頬に血色《けっしょく》が戻った。おいちは、新吉の胸の温《あたた》かさと匂いを思い出す。自分の頬も熱くなるのがわかった。

「でも、その人にも親がいるんです。おっかさんまで引き取れなくて、別れるしかないかと思ってました。だから、おっかさんが行方知れずになったとき、このまま帰ってこなかったらって考えたら、怖かったのに、すごく怖かったのに、ほっとしたんです。おっかさんがいなくなれば、あたし、あの人と一緒になれるかもって考えてしまいました。疲れてたんです。おっかさん、だんだん年取って、わけがわからなくなるし、粗相《そそう》もするようになってました。あたし、面倒《めんどう》をみるのに疲れてしまって」

お美津の手から櫛が滑り落ちる。お美津は両手で顔を覆った。そのまま泣き伏す。

「おっかさんが死んでしまって……淋しくてたまらないんです。どうしようもないほど淋しくて……。おっかさん、ごめんなさい。ごめんなさい。謝るから帰ってきて、おっかさん」

震える背中をさすりながら、おいちは唇を嚙み締めた。

「そうか。お美津さん、そんなにまいってるか」

松庵が唸《うな》り、天井《てんじょう》を仰いだ。

「自分を責めて、淋しさを紛《まぎ》らせようとしているんだろうが、かえって、気持ちが追い込まれてしまうな」

「ええ。夜もろくに寝てないみたいだし、いいお薬ないかしら」

「そうだなあ。気持ちが少しでも落ち着くような薬を調合してみよう。あとは、仕事に出るように説得してみてくれんか。外に出た方が気は紛れるだろう」

「はい。明日、また覗いてみます」

「頼む。それでな、おいち」

松庵は顎の下を指先で軽く掻いた。

「うん？」

「ほんとに新吉のところに嫁にいくのか」

父の眼差しを受け止め、おいちは深く首肯《しゅこう》した。

「はい、いきます。いきたいです。でも、父さん、反対なの？」

松庵は目を見開き、頭を左右に振った。右手も振った。

「とんでもない。義姉さんがあそこまで乗り気なのに、反対なんてできるもんか。いや、義姉さん抜きでも反対はしない。新吉はとびっきりのいい男だ。人の根っこがしっかりしている。おまえには、もったいないぐらいさ」

「まあ、酷《ひど》い言い草だわね。でも、父さん、ありがとう」

「うん、だがな、おまえ明乃先生の許でこれから学びを始めるんだろう」

「はい。明後日、お仲間に会わせていただけるみたい。医者を目指す方々よ。わくわくする」

明乃から松庵にと頼まれた教授の一件を思い出す。なかなかの難題だった。

「おまえが一人前になるまで、新吉は待ってくれるのか」

「ええ。待つと言ってくれたわ」

「あいつは優《やさ》しいからな。けど、その優しさに寄り掛かっていては駄目だぞ。おまえが新吉と一緒になるなら、おれは嬉《うれ》しい。しかしな、どちらかの優しさに寄り掛かっているだけの関わりじゃ長くはもたんぞ。いつの日か、医者の道と新吉の間で苦しまなきゃならないときが来るかもしれん。そうなったら、おまえも新吉も深い傷を負うことになる」

おいちは膝の上に手を重ねた。指先がひんやりとする。

あたしはしかたない。自分で選んだ道なのだから、そこでどれほど苦しんでも傷ついてもしかたない。でも、新吉さんまで巻き添えにしてしまうとしたら、それは……罪だろうか。

「まっ、でもやってみないとわからんけどな」

松庵の口調が不意に軽く、柔らかくなる。

「人の生き方なんて、みんな違う。違うからおもしろいんだ。おまえと新吉なら、案外、どんなことでも乗り越えていけるかもしれん。それに、男ってのは本気で惚れた女のためなら、どんな苦労も厭《いと》わないもんだ。男に苦労を厭わせない、そういう女になるんだな、おいち」

「なれるかしら」

「どうかな。少なくとも、おまえのおっかさん、お里《さと》は、そういう女だったぞ。まっ、どっちかと言うと、おれが苦労を掛ける方だったんだが。そうか、お里はおれに惚れ込んでたんだな。それで、いつも楽しげに笑ってたんだ」

「まっ、よく言うこと。伯母さんが聞いたら、嫌味《いやみ》の雨を降らせるわよ」

父と笑い合いながら、おいちは胸を押さえた。

引っ掛かる。今の父の言葉の何かが、ここに引っ掛かっている。

生き方云々《うんぬん》、男と女云々、そういうものじゃない。もっと別の……。

「えっ、まさか」

叫んでいた。松庵がおいちを覗き込んでくる。

「どうしたんだ、急に」

「御薦さんたち、それに、おキネさん……」

「うん？　行方知れずになった者たちか」

「ええ……。あの……いえ、そんなこと……。筋《すじ》が通らない」

「おいおい、何をぶつぶつ言ってるんだ。おれにもわかるように話してくれ」

「話せるほど筋道が立っていないの。でも……」

おいちは黙り込む。仙五朗の姿が浮かび、消え、また浮かぶ。

親分さんに話してみようか。

路地を走り抜ける子どもたちの足音が聞こえた。おかみさんたちの怒鳴り声と笑い声も聞こえた。いつもの、菖蒲長屋のざわめきだ。

考え過ぎだろうか。

おいちは唇《くちびる》を一文字《いちもんじ》に結んだ。

仙五朗の手下の一人から、御鷹たちが見つかったと報せを受けたのは、翌日の早朝だった。

「三人とも死んでやした」

太一《たいち》という手下は、声を潜《ひそ》め、おいちにそう囁いた。

新たな扉《とびら》

廊下《ろうか》の冷たさが足裏《あしうら》に伝わる。

そんなに乱暴に歩いているはずもないのに、足音がやけに大きく響《ひび》いて聞こえる。

数歩前で明乃《あきの》が立ち止まり、振り返った。

「おいちさん、ここ、ここ」

笑いながら自分の頰《ほお》を指差す。

「え、ここ？　頰ですか？」

ご飯粒《はんつぶ》でも付いていたのだろうか。だとしたら、ものすごく恥ずかしい。おいちは両手で痛いほど強く頰を叩《たた》いた。

「ほほ、違いますよ。お顔をもう少し緩《ゆる》めなさいと、そういう意味です」

「あ、は、はい」

「ほら、こうやって、口の周《まわ》りを解《ほぐ》してごらんなさい」

明乃は人さし指を一本ずつ口の端《はし》に当てると、揉《も》み解し始めた。おいちも倣《なら》う。

「口の次は目の周《まわ》りも、ね。指先を小さく丸を描くみたいに動かして」

言われた通りにやってみる。指先の温《ぬく》もりが肌《はだ》に伝わってきた。気持ちがいい。ほんとうに解れて、柔《やわ》らかくなる心持ちがした。

「そうそう、それでいいですよ。で、笑ってごらんなさい」

「わ、笑うのですか」

「ええ、笑うのです。田澄《たずみ》先生が仰《おつしや》っていましたよ。おいちさんの笑顔は一等品だって」

まあ、兄さんたらそんなことを。

頰が熱くなる。血が上り、仄《ほの》かに火照《ほて》った。

「おいちさんの笑顔を見ただけで、安心する患者さんがたくさんいるのですってね。この前、初めてお目にかかって、ああなるほどなって納得《なつとく》しました。おいちさんの笑顔は、人の心を緩めてくれますね。こちらの構えをふっと取り除いてくれる気がします。病《やまい》や怪我《けが》に苦しんでいる患者には、適切な手当てと同じぐらい入《い》り用なものでしょうね」

ますます、火照る。でも、嬉《うれ》しい。言われたことは一度もないが、折り紙付きの佳人《かじん》だと褒《ほ》めそやされるより、よほど嬉しい。

「Wat leuk!《すばらしい》」

「は？　明乃先生、今、何と仰いましたか」

「ふふ、さぁ、何でしょうか」

明乃が目を細める。それこそ柔らかな美しい笑顔になる。

阿蘭陀《オランダ》の言葉だろうか。

おいちは胸の上で手を重ねた。心《しん》の臓《ぞう》が脈打っている。その鼓動《こどう》が伝わってくる。昂《たか》ぶりが、鼓動と共に高まっていく。

阿蘭陀語。数や身体《からだ》の部位ぐらいなら、おいちも何とか解《かい》せる。でも、それ以上は無理だ。つまり、ほとんど何もわからない。だから心が高鳴る。これから先、知らなかったたくさんのことを知る。未知のものに触れ、学び、自分の力に変えていける。

高鳴る。高鳴る。その音が耳の奥に響き渡る。

明乃がまた歩き出す。どこかで、蟬《せみ》が鳴いていた。微《かす》かに潮《しお》の香りがする。

海辺大工町《うみべだいくちょう》の油問屋《あぶらどんや》『新海屋《しんかいや》』の奥座敷は静かで、涼《すず》しかった。広い庭には湖に見立てた泉水《せんすい》と小さな林が造作《ぞうさく》されている。風は木々の落とす影と泉水の水で熱を奪《うば》われるのか、秋風に似て心地《ここち》よい。

――『新海屋』さんはね、お店の構えで見るよりずっと分限者《ぶげんしゃ》なんだよ。あたしの見る限り、江戸でも十本の指にはゆうに入るんじゃないかねえ。

おうたが茶飲み話にしゃべっていたが、大げさな話ではなかった。屋敷は広く、一見、飾りのない素朴《そぼく》な造りのようだが柱や床《ゆか》、天井《てんじょう》、障子紙《しょうじがみ》にいたるまで上等の上にも上等の材だと、おいちにさえ察せられた。足裏に伝わる、木の板なのにしっとりとした肌触りは菖蒲《しょうぶ》長屋の板の間とはまるで違う。大店《おおだな》の屋敷と裏長屋の部屋を比べても、詮無《せんな》いだろうが。

渡り廊下を過ぎ、離れに入る。離れといっても、小体《こてい》な店《たな》ぐらいの構えはありそうだ。

「さ、ここです。お入りなさいな」

明乃が障子戸を開ける。木々が林のように離れを取り巻いているので、やはり涼しい。冬近くなれば葉が落ち、日が差し込んでくるのだろう。

気息《きそく》を整え、足を進める。

十畳ほどの座敷には、二人の女が座っていた。

「冬柴美代《としばみよ》さんと穴吹喜世《あなぶききせ》さんです。あなたと同じく医師を目指して、励《はげ》んでおられます。美代さん、喜世さん、こちらは藍野《あいの》いちさんです。前にもお話ししましたが、わたしたちの新しいお仲間になる方です」

「お待ちしておりました」

女の一人が、明るい声と満面の笑《え》みを向けてくれる。色白で目鼻立ちもくっきりと整っている。おいちより、やや年上に見えた。笑んだ眼元《めもと》にも口元にも艶《えん》が滲《にじ》み、道を歩けば人が振り返るだろうほどの佳人だった。

「先生から、新しい方が加わると伺《うかが》って、ずっと、ずっと心待ちにしておりましたのよ。わたし、冬柴美代と申します。どうぞよろしくね」

「あ、は、はい。藍野いちでございます。こちらこそ、よろしくお願いいたします」

「穴吹喜世です」

美代の後ろから、ぼそりと低い声がした。肩幅の広いがっしりした体躯《たいく》の女が、僅《わず》かに頭を下げる。そっけない仕草《しぐさ》と物言《ものい》いだった。おいちは、手をつき深く低頭《ていとう》する。

「お仲間に加えていただき、衷心《ちゅうしん》より御礼申し上げます。これから、懸命に学んでまいりますので、なにとぞ、よろしく……」

「もう、おいちさんたら。そんな堅苦《かたくる》しい挨拶《あいさつ》はよしましょうよ」

美代が笑いながら、おいちの挨拶を遮《さえぎ》る。

「そげんかしこまらんで、よかばい。わたしたちは、三人とも同じ道をゆく者なんやけん。仲良うしよう」

「は？　え？　あの……」

ふふっと美代が笑う。悪戯《いたずら》好きの童《わらべ》を思わせる笑顔だ。いろんな笑み方ができる人らしい。

「長崎の言葉です。残念ながら阿蘭陀語ではないの。わたし、語学が不得手で、しゃべるのも読むのも苦手《にがて》なんです。そこにいくと、喜世さんはすごいの。通詞《つうじ》ができるくらい堪能《たんのう》なんですよ。それに物事の取り纏《まと》めも上手《じょうず》で、わたしたちより半年も早く江戸に先乗りして、いろいろ手はずを整えてくれたの。おかげで、すんなりここに逗留《とうりゅう》できたのよ。ね、喜世さん」

「そげんことはなかばってん」

喜世が俯《うつむ》く。頬に痘痕《あばた》が幾つか残っていた。幼いころ痘瘡《とうそう》にでも罹《かか》ったのだろうか。地肌《じはだ》は黒く、二人並ぶと美代の雪肌の美しさがさらに際立《きわだ》った。

明乃は上座《かみざ》に座り、おいち、美代、喜世の順に視線を動かした。

「冬柴美代、穴吹喜世、藍野いち。この三人が、江戸石渡《いしわた》医塾の塾生ということになります。でも、わたしのところには、他にもたくさんの女人《にょにん》から入塾を望む声が届いています」

美代が軽く息を吸い込んだ。

「先生、それは、ここで学びたくてもできない方がいると、そういうことでしょうか」

「ええ、その通りです」

明乃は傍《かたわ》らの文箱《ふばこ》から、文《ふみ》の束《たば》を取り出した。

「これは、昨日までに届いたわたし宛《あて》の文です。どれにも医の道への熱意が溢《あふ》れておりましたよ。でも、みなさん、どんなに望んでも入塾は叶《かな》わなかったのです」

「周りから反対、あるいは阻《はば》まれて辿《たど》り着けなかった」

美代が呟《つぶや》く。語尾は萎《な》えて力を失い、小さなため息に変わった。

明乃が首肯《しゅこう》する。それから、文の束に視線を落とした。紅《あか》い組紐《くみひも》で括《くく》られた束は何人の無念の集まりなのだろう。

「どの方も優秀で医学にかける強い想《おも》いを持っておられます。でも、〝女である〟ことを事由として、学びの機会を与えられない、あるいは奪われてしまう。これは、この方々だけの不幸ではなく、日《ひ》の本《もと》という国にとっても大きな損《そこ》ないだと思われますのにねえ」

明乃も息を吐《は》く。しかし、双眸《そうぼう》には強い光が宿っていた。

「でも、あなたたちは、ここにいます。ここで学び、医の道を歩もうとしています。それがどれほど大きなことか考えねばなりません。あなたたちは先駆《さきが》ける者です。あなたたちの後をたくさんの女人が続くでしょう。そして優《すぐ》れた医者が幾人も生まれます。それは、取りも直さず、この国の医術を豊かに、強く、新しくしていくことなのです。この先、どんな困難、どんな誹謗《ひぼう》、どんな僻見《へきけん》に出遭《であ》っても、そのことだけは心に留《と》めておいてください」

静かに語り終えた明乃が、光を宿す眸《ひとみ》で見詰《みつ》めてくる。

「はい、わたしたちは己《おのれ》の使命を確《しか》と胸に刻《きざ》んでまいります」

美代がきっぱりと言い切った。おいちは息を一つ、呑《の》み込み俯く。

何だか怖《こわ》いような心持ちがしている。

一人前の医者になりたい。それが、おいちの望みだった。人を救える技量のある医者、力不足のために、みすみす救える誰かを死なせることのない医者になりたい。その望みの他にも、新しい世界に触れられる喜びや昂《たか》ぶりはある。でも、それだけだ。

先駆けとか使命とか、そんな大それた想いとは正直、程遠い気がする。美代たちとは心構えが違うのだろうか。自分の考えは、現《うつつ》に立ち向かうには脆弱《ぜいじゃく》過ぎるのだろうか。

「弱かとさ。どうあってん自分の道ば貫《つらぬ》く強さのなかけん、諦《あきら》めてしまうと」

喜世が言った。吐き捨てるような口調《くちょう》だった。

耳になれない長崎言葉だけれど、意味はしっかり伝わってきた。

「喜世さん、それは、あまりに厳し過ぎるわ。みんながみんな、あなたみたいに強くなれるわけじゃないもの」

美代が頭を横に振った。喜世は口を歪《ゆが》め、美代を睨《にら》みつける。そして、

「強うなからんば、前には進めん」

と、言い切った。さらに険《けわ》しさを増した口調に、おいちは息を詰める。

「強く優《やさ》しく、ですよ。強いばかりでは、いつか折れてしまいます。優しいばかりでは、いずれ流されてしまうでしょう。わたしは、あなたたちには本物の強さと優しさを持った医者になってほしいのです。でも、今日はおいちさんの初顔合わせの日です。堅《かた》いお話はここまでにして、ざっくばらんなおしゃべりでもいたしましょうか。あ、そうそう、おいちさんには、綴本《とじほん》を書き写してもらわねばなりませんね。全《すべ》ての用意が整い開塾できるまでには、もう少しかかりますからね。その間にできる限り書き写してください」

和綴《わとじ》の本を渡され、思わず背筋を伸ばしていた。

「はい。ありがとうございます」

おいちの返事が合図《あいず》だったかのように足音が聞こえてきた。障子に人影が映る。

「先生、失礼してよろしいですか」

「おや、遼太郎《りようたろう》さんですか。どうぞ、お入りなさい」

障子が横に滑《すべ》り、男が入ってきた。同時に庭からの風が吹き込んでくる。

「女人方の密談はお済みでしょうか。それなら、戸はこのまま開けておきましょうか。風が気持ちよいですからね」

男はにこやかに話しかけてきた。二十歳《はたち》を三つ、四つ越えたあたりの、若さと落ち着きを同等に漂《ただよ》わす人物だ。小袖《こそで》も羽織《はおり》も柳鼠《やなぎねずみ》の地味《じみ》な色合いだが、それがかえって男の若さを引き立てている。鼻も唇《くちびる》も形がよいが、心なし垂《た》れている目尻《めじり》に愛嬌《あいきょう》が滲《にじ》んでいた。

「まあ、わたしたちは密談などしておりません。障子でも襖《ふすま》でも開けておいてくださって結構です。ねえ、先生」

美代が笑いを含んだ声音《こわね》で答えた。明乃も口元を綻《ほころ》ばせた。

「遼太郎さんは戯言《ざれごと》がお好きなのですよ。江戸の男は長崎の男とは違います」

「これは心外だ。それじゃ、わたしがいかにも口軽《くちがる》なように聞こえるじゃありませんか」

「わたしは、褒めたのですよ。当意即妙に戯言を口にできるなんて誰にでもできることじゃありませんからね」

「おお、先生に褒められるなんて、滅多《めった》にないことだ。今日は一日、よい日になります」

遼太郎が笑みを浮かべる。目尻がますます下がり、さらに愛嬌が零《こぼ》れる。その顔つきのまま、おいちに目を向けた。束《つか》の間、視線が絡《から》む。

「こちらが、新しい塾生さんですか」

遼太郎はおいちから逸《そ》らした視線を明乃に戻し、軽《かろ》やかな調子で問うた。

「ええ、藍野いちさん。藍野松庵《しょうあん》先生のご息女ですよ」

「藍野松庵？」

「六間堀町《ろっけんぼりちょう》の菖蒲長屋で町医者をなさっています。長崎遊学中に、わたしの夫の許《もと》で学んでおられましたが、そのころから大層、優れた医学生であった方です」

遼太郎が瞬《まばた》きをした。ほんの一瞬だが、口元の笑みが消えた。

「ほう、長崎に遊学し、石渡先生に師事されたほどの方が、裏長屋で町医者をしていらっしゃるのですか。それはまた、風変わりなお方ですねぇ」

遼太郎の口振りからは、驚きと微かな侮蔑《ぶべつ》が伝わってきた。

この人は、町医者を見下《みくだ》しているんだ。大名の御抱医《おかかえい》やお大尽《だいじん》相手の医者の方が上だと、決めつけているんだ。

おいちは顎《あご》を上げ、真《ま》っ直《す》ぐに遼太郎を見据《みす》えた。

「藍野松庵が娘、いちでございます。これから、みなさまと共に学ばせていただく所存にございますので、なにとぞ、よろしくお願いいたします」

「あ、はいはい」

遼太郎が膝《ひざ》をつき、頭を下げる。

「ご丁寧《ていねい》な挨拶、痛み入ります。新海屋豪之介《ごうのすけ》の一子、遼太郎と申します」

「『新海屋』のご主人は、今、臥《ふ》せっておられましてね。遼太郎さんが主《あるじ》として商《あきな》いの一切《いっさい》を回しておられるのです。若いのに凄腕《すごうで》だと、評判なのですよね」

美代がさりげなく口を挟《はさ》んでくる。僅かだが目を細めている。今までの明るさも柔らかさも消えて、どことなく意地の悪い、尖《とが》った顔つきになった。

――あの『新海屋』の跡取り息子だよ。

おうたはそう言ったはずだ。だとすれば、目の前の男が縁談の相手だったことになる。

伯母《おば》さん。これは駄目《だめ》だわ。どうやっても、上手《うま》くいくわけがなかった縁よ。この男が町医者の娘など相手にするわけがない。鼻の先で嗤《わら》ってお終《しま》いだ。おいちだって御免《ごめん》こうむりたい。慇懃無礼《いんぎんぶれい》で高慢《こうまん》な男など願い下げだ。

「商才に恵まれた息子がいて、病とはいえ新海屋さんも安心でしょうね。ほんとうの意味の親孝行って、遼太郎さんのようなお方を言うのね」

美代の言葉に、遼太郎が眉《まゆ》を顰《ひそ》め口元を歪めた。〝苦虫《にがむし》を嚙《か》み潰《つぶ》したよう〟とはこういう顔つきを言うのだろう。

「お美代さん、からかうのはやめてください。親父《おやじ》が倒れて、わたしが右往左往《うおうさおう》しているのはよくご承知でしょう。ほんとにあなたは皮肉屋ですね。一々、突っかかってこられちゃ堪《たま》りませんよ」

「あら、皮肉なんて一言も申し上げておりませんよ。わたしは本心から褒めたつもりなのに。どうして、そう僻《ひが》みっぽいのかしら」

「美代さん、いいかげんになさい。口が過ぎますよ」

明乃が叱《しか》る。美代は肩を竦《すく》め、横を向いた。

「おいちさん、この通りなんですよ。わたしは、お美代さんに嫌《きら》われているらしくて、顔を合わせるたびに嫌味《いやみ》や皮肉を浴《あ》びせられるのです。針の筵《むしろ》に座っているみたいなものです」

「……そうですか」

遼太郎は苦笑《にがわら》いを浮かべ、親しげに話しかけてきた。

針の筵の上になぜわざわざやってくるのですか、と尋《たず》ねたくなる。が、さすがに憚《はばか》られておいちは言葉を濁《にご》した。

「そこへいくと喜世さんは毒がなくていいですよ。心安く話ができる。江戸に先乗りしてきたのが喜世さんでよかったですよ」

「そいは、口下手《くちべた》なだけばい」

喜世が俯く。頰が赤らんでいた。

「遼太郎さん、何か御用《ごよう》でこちらに来られたのでは？」

明乃がやんわりと促《うなが》す。ああ、そうだと遼太郎は膝を打つ。

「長崎から荷物が届きました。こちらに運び込む前に、先生に確かめていただこうと思って」

「あら、やっと届きましたか。開塾に何とか間に合いましたね。よかったこと。わたしは荷物を見てきます。あなたたちは、もう少しおしゃべりしていなさい。喜世さん、お茶を淹《い》れてあげてくださいな」

「はい」

老いを感じさせない軽やかな所作《しょさ》で、明乃が立ち上がる。遼太郎がその後に続いた。美代が鼻の先に皺《しわ》を寄せる。

「荷物が来たなら来たと、さっさと言えばいいのに。ね、おいちさん、わかった？」

「は？　何をですか」

美代はおいちに向かって、身を乗り出した。

「遼太郎さんの真意ですよ。あの人、おいちさんの品定めに来たのよ」

「え？　品定め？」

「そうよ。新しい塾生が来た、しかもまだ若い女人。ということで気になって見に来たのよ」

「あ、でも、あたし、若いという年でもないのですが」

「あら、十分、若いわよ。あたしたちみたいに薹《とう》が立った中年増《ちゅうどしま》とは違うもの。それに、おいちさんて童顔《どうがん》って言うのかしら、まだ十六、七歳ぐらいにしか見えないわ。見場《みば》としては娘盛りじゃありませんか。遼太郎さん、喜んでるわよ、きっと」

そこで、美代の口調が心なしか硬くなった。

「用心なさいな、おいちさん」

おいちは顎を引き、美しい女を見詰めた。

用心って、何に用心すればいいのだろう。おいちは胸の内で首を傾《かし》げる。『新海屋』の若旦那《わかだんな》が戯《たわむ》れに言い寄ってでもくるのだろうか。

遼太郎からは裕福に育った者の高慢さが伝わってくるけれど、女を戯れに口説《くど》いたり、力尽《ちからづ》くで手籠《てご》めにしようとする軽薄《けいはく》や剣呑《けんのん》さは感じられなかった。

「どうぞ」

膝の前に湯呑《ゆのみ》が置かれた。茶の香りと湯気《ゆげ》がふわりと広がる。

「あ、恐れ入ります」

礼を言ったけれど、喜世は無言のままだった。ほんとうに口数の少ない人だ。にこりともせず、むっつりと押し黙《だま》っている相手に戸惑《とまど》ってしまう。

「うわっ、美味《おい》しい」

茶を一口すすったとたん、思わず感嘆の声をあげていた。

「このお茶、すごく美味しいです。よほど、上等な茶葉をお使いなのですね」

「ふふ、やっぱり、そう思いますよね」

美代が湯吞を手に、艶《あで》やかに笑った。

「ところが、そうじゃないの。茶葉はさほどでもなくて、上等なのは喜世さんの腕なの。喜世さんが淹れると、どんなお茶でもほんとうに美味しくなるんですよ。まるで手妻《てづま》みたいだと、わたしも毎回、感心してしまうの。どんなコツがあるのかお尋ねするんだけど、教えてくれないの」

「……コツなどなか。ただ、丁寧に淹れるだけばい」

「その丁寧に淹れるというところが、よくわからないの。わたしは、江戸生まれでせっかちな性分《しょうぶん》だから、そういうところが駄目なのかしらねえ」

美代が息を吐き出した。

「冬柴さんは」

「あ、駄目、駄目」

おいちの目の前で美代がひらりと手を振る。

「美代と呼んでくださいな。わたしたち、同じ志《こころざし》の仲間でしょ。堅苦しい呼び方はなしとしましょう。はい、初めからやり直し」

明るく屈託《くったく》のない物言いに誘われて、おいちの気持ちも強張《こわば》りが解けていく。

「あ、はい。では、やり直します。美代さんは、江戸の生まれなのですか」

「ええ。わたしも、おいちさんと同じ医者の娘なの。違うのは、長崎まで父に同行したこと。父は日本橋北新堀《にほんばしきたしんぼり》のあたりで開業していたのだけれど、さる大名の姫ぎみを治療したことで長崎遊学の機会を得たのね。つまり、後ろ盾《だて》ができたというわけ。余程優秀か、確かな後ろ盾がなければ長崎で学ぶなんて無理ですものね」

世間話《せけんばなし》のような口調で、美代は身の上を語った。

「わたしは父に連れられて長崎で暮らすことになったの。母が早くに亡くなっていたし、わたしはまだ十歳前の童だったから、父としては江戸に残しておくのが忍びなかったのね。とても子煩悩《こぼんのう》な人だったから。でもおかげで、明乃先生に出会えて、医者の道を目指すことができた。運がよかったとつくづく思うわ。ちょっと遠回りをしちゃったけれどね」

「遠回り？」

「父と一緒に江戸に帰ってきて間もなく、ある殿御《とのご》に嫁《とつ》いでしまったの。そのころ、父は死病に侵《おか》されていて、自分の命が尽きる前に娘の行く末を定めなければと焦《あせ》ったのね。親心には違いないのでしょうが、わたしには向いてなかったわ」

茶をすすり、美代は軽く肩を竦めた。

「悪い男ではなかったけれど、旧《ふる》い思案に凝《こ》り固まっていたの。わたしが医術の道を究《きわ》めたいと言ったら、まるで化《ば》け物を見るみたいな眼つきをするのよ。女が医者を目指すなど信じられないとか、おまえは狂《たぶ》れ人《びと》なのかとか、それはそれはひどく罵《ののし》られたものだわ。何度、説《と》いても諭《さと》しても頼んでも無駄だった。周りも同じ。将来に続く道とか一生の仕事とか、馬鹿《ばか》を言う前に早く子を、しかも、跡取りになる男の子を産むのが女の役目だと散々、説教されて……。そのうち、亭主には殴《なぐ》ったり蹴《け》ったりの折檻《せっかん》までされるようになって、辛抱《しんぼう》できなくて飛び出してしまったの。身体の痛みだけなら耐《た》えられもしたけれど、本気の夢を頭から否《いな》まれた心の痛みには我慢ならなかった。亭主も亭主の家の人々も、素直でも従順でもない、己の夢を貫こうとする女なんて認められなかったみたい。あっさり離縁できたの。父もこうなるのを見越していたのかどうか、わたしのためにそこそこの財を遺《のこ》しておいてくれたから、今、こうやって明乃先生の教えを乞《こ》うことができる。嫁いでいたときの暮らしと比べると、ほんとうに幸せだわ」

一息にそこまでしゃべり、美代は先刻より長い息を吐き出した。

「おいちさんは、ご主人がいらっしゃるの？」

「いえ、所帯をもったことは一度もありません。ずっと父の助手《すけて》をしております」

「あら、それは幸せだわ。無駄な日々を過ごさないで済むもの。あ、でも」

美代は湯呑を手の中でくるりと回した。ちらりとおいちを見やる眼つきが艶《つや》っぽい。いとも容易《たやす》く夫婦別れが成《な》ったように美代は言ったけれど、ほんとうだろうか。別れた亭主は、かなりの未練があったのではないのか。

ふっと考えてしまった。

「将来を誓《ちか》った殿方がいるのではなくて」

「え……あ、いえ、それはその……」

「あら、図星《ずぼし》？　そうなのね、どなたかいい人がいるのね、おいちさん」

「は、はあ、まあその……いないわけではないかもしれないけれど、まだ、そんな……」

「誤魔化《ごまか》さないで。祝言《しゅうげん》の日取りとか決まっているの？　ね、その方、おいちさんがここで学ぶことを知ってるの？　知った上で一緒になろうとしているの？」

「はい、全てを承知の上で、あたしが一人前の医者になるまで待ってくれると」

「まあっ、嘘《うそ》でしょ」

美代が調子はずれな、ほとんど悲鳴に近い声をあげた。

「この国に、そんな男がいるなんて信じられない。その方、お医者さまなの」

「いえ、飾《かざ》り職人です」

「なのに、おいちさんの生き方をちゃんと解してくれているわけ？　ほんとに？」

美代がおいちの膝に手を置いた。

「もしほんとうなら、おいちさん、すごい男《ひと》を見つけたわねえ。お江戸にどれくらいの男がいるかわからないけど、そのうちに十人いるかいないかってお相手よ。まあ、羨《うらや》ましい」

美代が膝に手を置いたまま、おいちを覗《のぞ》き込んできた。楽しげな笑顔だ。その後ろで、喜世が真顔《まがお》のままおいちを見詰めている。

刹那《せつな》、軽い眩暈《めまい》がした。

眼を閉じる。暗闇《くらやみ》が眼裏《まなうら》に広がる。漆黒《しっこく》の、底なしに暗い闇だ。そこに、白い何かが浮かび上がる。おいちは瞼《まぶた》を閉じたまま眼を凝《こ》らした。自分の内に浮かんだ光景を凝視《ぎょうし》する。

いつもの、あれだ。

今、このときの現《うつつ》ではない光景が見える。見ろ、見てくれと、迫《せま》ってくる。

死体だった。

死体が横たわっている。無残な姿をさらしている。薄青《うすあお》の衣《ころも》を着ているようだが、短い袖《そで》や裾《すそ》から覗いた手足は赤く爛《ただ》れ、腕は崩《くず》れかけてさえいた。首も同じだ。顔は？　顔はわからない。闇に沈んだままだ。ただ、男であるのは身体つきから察せられる。そして、死体の向こうに人影らしいものが……。

これは……なに？

おいちは生唾《なまつば》を呑み込んでいた。指先が震《ふる》える。

「おいちさん？　どうかした？」

眼を開ける。美代がまだ覗き込んでいた。もう、笑っていなかった。怪訝《けげん》そうに眉を寄せている。そういう顔つきも美しい女《ひと》だった。

「顔色が急に悪くなったみたいだけれど、大丈夫？」

「あ、は、はい。大丈夫です。少し、眩暈がして……。きっと、ずうっと気が張っていたので、疲れたのだと思います」

ふいに手首を摑《つか》まれた。喜世がおいちの手首に指を載《の》せている。脈を測《はか》っているのだ。

「急に脈の上がったけん、気分の悪うなったとやろう。たいしたことはなか。けど、なして急に？　脈の上がるような話はしとらんかったとに」

「それは、あの……お美代さんにからかわれたのかと恥ずかしくなって……」

目を伏せてしまった。喜世の眼差《まなざ》しには、心の裡《うち》を射抜《いぬ》くような鋭《するど》さがあったのだ。まともに受け止めたら、刺《さ》し貫《つらぬ》かれそうだ。

喜世が黙って手首を放す。美代が、身を縮《ちぢ》めるような仕草をした。

「あら、ごめんなさい。そんなつもりじゃなかったのに。あまりにいいお話だから、つい詮索《せんさく》してしまって。ごめんなさいね、おいちさん」

「いえ、そんな詫《わ》びていただいたりしたら、かえって困ります」

あれこれ詮索されたからではない。〝見えた〟からだ。

あの死体、おキネさんの遺体と似ていた。

直《じか》に目にしたわけではないが、御薦《おこも》たちも同じような爛れがあったと聞いている。おいちの眼裏に浮かんだものは、むろんおキネではない。御薦たちでもないだろう。

だとしたら、誰だろう。どうして、あんなものを見たのだろう。

そっと自分の膝を撫《な》でる。

お美代さんの手がここに触れた。だから？　だから見えた？　それとも別の理由があるの？

おいちは自分の膝に目を落とし、また、唾を呑み込んでいた。震え続ける指を固く握り込む。背筋がゆっくりと冷えていくようだ。

霧の向こう側

『新海屋《しんかいや》』からの帰り道、おいちは何度も吐息《といき》を漏《も》らした。我ながら辛気臭《しんきくさ》いと思う。思うけれど、知らぬ間に漏れてしまうのだ。

藤色の風呂敷包《ふろしきづつ》みをそっと胸に抱《かか》えてみる。

明乃《あきの》から渡された綴本《とじほん》が入っていた。

おいちがこれから学ぶ道の標《しるべ》となるものだ。本来なら胸が高鳴り、ため息ではなく鼻歌か隠しきれない笑《え》みが零《こぼ》れる……はずなのだ。

なのに、ため息。

我ながら辛気臭い。わかっているのに、知らぬ間に暗い息を吐《は》き出している。胸は高鳴るのではなく、ざわつき落ち着かない。嵐に揺れる雑木林《ぞうきばやし》みたいだ。ざわざわと不穏《ふおん》な音が聞こえてくる気さえする。

あれは、誰だったのだろう。

束《つか》の間《ま》、眼裏《まなうら》に現れた男の死体。薄青《うすあお》の衣《ころも》を着ていた。手足の爛《ただ》れがやけに目立った。

誰？　誰？　誰？　そして、どうして見えたの。

おいちは既《すで》に人の世にいない者、死者と呼ばれる人たちの姿を見、声を聞くことができる。いつもではない。〝稀《まれ》に〟というより、少しばかり多い程度だ。そんな不思議な力を、おいちは気味《きみ》が悪いとも厄介《やっかい》とも感じていない。死者の声は生者《しょうじゃ》には届かない。伝え遺《のこ》した想《おも》いや伝えねばならない真実を抱いたまま彼岸《ひがん》に渡った者は、この世に生きる者に伝える術《すべ》を失う。自分がその術になれるのならなりたい。

そう考えている。ただ、おいちの力はさほど強くはない。死者たちが伝えようとする諸々《もろもろ》を、はっきりと聞き取ることも見定めることも覚束《おぼつか》ないのだ。今日も確《しか》とは摑《つか》めない。いや、ほとんど何もわかっていない。

あれは、誰だったのだろう。どうして見えたのだろう。

幾《いく》ら思案しても答えは浮かんでこなかった。

頭の隅《すみ》が鈍《にぶ》く痛む。

おいちはもう一度、風呂敷包みを抱きかかえた。急に狼狽《うろた》え、乱れたおいちの様子を美代《みよ》も喜世《きせ》も案じてくれた。美代は親切に、喜世はさりげなく、それぞれのやり方で心配してくれたのだ。なのに、おいちはろくにお礼も受け答えもできなかった。気分の悪い振りをして、いや、あながち振りではなく、ほんとうに頭が疼《うず》き微《かす》かながら吐き気《け》も覚えてはいたのだが、それを口実にそそくさと『新海屋』を後にした。

明乃はもちろん、美代も喜世もおいちより遥《はる》か先を歩く先輩だ。日《ひ》の本《もと》で、女が一人前の医者となる。その困難な道を一歩も二歩も、十歩も百歩も前に進んで、切り拓《ひら》いている。なのに、柔《やわ》らかで明るい気配《けはい》を纏《まと》う明乃や美代だけでなく、気難しげな喜世でさえ気遣《きづか》いを示してくれる。

立派な方々だ。

心底《しんそこ》から思う。そういう仲間と少しでも長く話していたかった。医術についても、行く末についても、日々の思案についてもじっくりと語り合いたかった。けれど、その余裕がおいちにはなかった。ここから去らなければと、焦《あせ》りに似た気持ちに突き動かされてしまった。

なぜだろう。

なぜ、あんなに焦ってしまったのか。今も焦っているのか。

疑問ばかりが重なっていく。また、ため息を吐《つ》きそうになった。

ため息を抑《おさ》え、抑え、菖蒲《しょうぶ》長屋に帰り着く。

午後から松庵《しょうあん》は往診に出かける。十斗《じっと》が代わりに診療をしているはずだが、診察部屋の腰高障子《こしだかしょうじ》には紙が一枚、貼《は》り付けてあった。

――隣におります。患者の方は声をかけてください。

力のある墨書《ぼくしょ》は十斗の手跡《しゅせき》だ。

兄さん、休んでいるのかしら。

患者が途切れた僅《わず》かの間に、手際《てぎわ》よく食事や休みを取る。そうしないと、食事抜きになったり、休みが取れぬまま一日が終わることも珍《めずら》しくない。十斗はこのごろ、何とかそのコツが呑《の》み込めたらしい。今日も、診療が一段落したのを機会《しお》に隣に引っ込んだのだろう。

お茶でも淹《い》れてあげよう。あ、お団子《だんご》の一つも買ってくればよかった。

六間堀町《ろっけんぼりちょう》の木戸近くに団子の屋台見世《みせ》が出ていた。気もそぞろで、土産《みやげ》に買い求めるなんて思い付きもしなかった。

申し訳ないような気持ちで腰高障子を開ける。

「ただ今、帰りました。兄さん……、まっ」

戸口で棒立ちになってしまった。手からずり落ちそうになる包みを、慌《あわ》てて持ち直す。板敷《いたじき》には三人の男女が座って、一斉《いっせい》においちを見やったのだ。

「親分さん。それに、伯母《おば》さんまで」

「へえ、ちょいとお邪魔《じゃま》してやす」

仙五朗《せんごろう》が笑みを浮かべ、ひょいと頭を下げた。

「わたしがお呼びしたんだ。相生町《あいおいちょう》に人をやって、暇《ひま》ができたら寄ってほしいと言付《ことづ》けをしたんだ」

十斗がいつもより早口で告げる。おうたは、右の手をひらひらと振った。

「あたしはね、これからのことをいろいろ相談したくてさ。わざわざ来てやったんだよ。そしたら、おまえもおまえのうだつの上がらない父親もいなくてさ。仕方ないから、田澄《たずみ》さんや親分さんと一緒に待つことにしてね」

「伯母さんはどうでもいいけど、兄さんが親分さんを呼ぶなんて、どういうことなの」

「ちょっと、おいち。どうでもいいってのは聞き捨てならないね。あたしはね、おまえの……」

「兄さん、ほんとうに何事なの」

おうたを遮《さえぎ》り、一歩、前に出る。

ほうと仙五朗が目を細めた。

「どうしやした、おいちさん。ずい分と切羽詰《せっぱつ》まった顔をなさってやすが」

「え?」

「そんなに、田澄さまがあっしを呼んだ理由《わけ》が気になりやすか」

この岡《おか》っ引《ぴき》には誤魔化《ごまか》しは通用しない。誤魔化す気もないが。

おいちは素直に答えを返した。

「はい、なります。とても気になります。あの、もしかしたらおキネさんや御薦《おこも》さんたちの事件と関《かか》わりのあることではないですか」

図星《ずぼし》だったらしい。十斗が瞬《まばた》きして、まじまじとおいちを見てくる。仙五朗が笑い声をあげた。

「どうでやす。田澄さま、おいちさんの鋭《するど》さは並じゃねえでしょ。あっしも、しょっちゅう感心させられるんでやすよ」

「全《まった》くです。おいち、どんぴしゃだ。あの事件のことで親分さんにお出《い》でいただいた」

十斗が深く頷《うなず》いた。仙五朗の柔らかさに比べると、ずい分と様子が張り詰めているようだ。仙五朗が眼差《まなざ》しで、おいちに座るよう促《うなが》した。

「さあ、役者が揃《そろ》ったところで田澄さまの話をお聞きしようじゃありやせんか。松庵先生が欠けているのはちっと惜《お》しくはありやすが、お帰りを待ってもいられやせんからね」

「あんな人、別にいてもいなくても惜しかありませんよ。何だったら、丸めて束《たば》ねて、紙屑《かみくず》買いに渡しちまってもいいぐらいですからね」

「内儀《おかみ》さん、相変わらずの毒舌《どくぜつ》でやすね」

仙五朗が苦笑する。しかし、緩《ゆる》んだ口元は、すぐに引き締まった。背筋も伸びる。そうすると、さほど大柄《おおがら》でもない男が、大層な偉軀《いく》に見えてしまう。

「では、お話、聞かせてもらいやすよ。あ、それと、ここで聞いたことは決して他《た》言《ごん》しやせん。あっしも、おいちさんも、内儀さんもね」

おうたが胸の上に手を置き、相槌《あいづち》を打つ。おうたはおしゃべりが何より好きな性《た》質《ち》ではあるが、話には広言《こうげん》していいものと秘さねばならないものがあると、ちゃんとわきまえている。そして、仙五朗はおうたがどんな気性《きしょう》の女であるかわかっているのだ。

十斗が軽く頭を下げた。

「親分さん、本来ならわたしが相生町まで出向かなければならないところを……」

「田澄さま。余計な挨拶《あいさつ》や気配りは無用でやす。あっしとしちゃあ、今度の一件、どんな小さな手掛かりでも欲しい、ええ、喉《のど》から手が出るほど欲しいんでやすからね。それをくれるって言うなら、大木戸の向こうだって飛んでいきやさあ」

「……手掛かりになるかどうか。ただ、この前から」

十斗は自分の頭に手を載《の》せた。

「このあたりに何かが引っ掛かっているような気が、ずっとしていたのです。この前、おいちと話していてふっと浮かんできそうになりながら、わからず仕舞《じま》いで、諦《あきら》めてしまったのです」

「それって、明乃先生に初めてお会いした日のことね」

「うん、そうだ。海辺大工町《うみべだいくちょう》からの帰り道だ」

あのとき、十斗は不意に立ち止まり、束の間だが思いに沈んでいた。もどかしげな表情で記憶を手繰《たぐ》り寄せようとしていた。しかし、何も思い出せずそのままになっていたのだ。その何かに行き当たったのだろうか。

「昨夜、長崎で共に学んだ友人から文《ふみ》が届きました。十日ほど前、江戸に帰ってきた。さらに医道に励《はげ》むつもりだと、まあ、そんな文です。他にも、長崎と江戸の暮らしぶりの違いなども書かれていました。それを読んでいるうちに長崎での日々が思い起こされてきて、引っ掛かっていたものが朧《おぼろ》げながら見えてきたのです」

仙五朗が身を乗り出す。促すように十斗を見据《みす》える。十斗が深く、息を吸い込み、吐き出した。

「あくまで噂《うわさ》として耳にしただけです。わたしが直《じか》に見たわけではありません。それは……行方《ゆくえ》知れずになった者がいて、暫《しばら》く後に遺体となって、しかも、かなり惨《むご》たらしい姿で見つけ出されたと。さらに、行方知れずになった者は二人とか三人とか、ともかく一人ではなかったと、そういう噂です」

「まあ」。思わず腰を浮かしていた。胸の動悸《どうき》が明らかに速くなる。

「今、江戸で起こっていることと同じ……」

「よく似ている。だから、引っ掛かっていたんだ。けれど、長崎の話はあくまで噂に過ぎない。まるで怪談のように囁《ささや》かれて、口伝《くちづ》てに広まって、真偽《しんぎ》のほどは定かではないのだ。惨たらしい姿というのも、身体《からだ》が切り刻《きざ》まれていただの、顔が潰《つぶ》されていただの、遺体の額《ひたい》に呪文《じゆもん》が刻まれていただの様々で、信じるに値《あたい》する話ではなかった」

仙五朗が身動《みじろ》ぎした。

「爛れはどうでやす」

「爛れ、ですか」

「へえ、その噂の中に死体の全身が爛れていたとか、瘡蓋《かさぶた》ができていたとか、そういう類《たぐい》のものもありやしたかね」

「ありました」

寸《すん》の間もおかず、十斗が答える。

「学問所の廊下《ろうか》で小耳に挟《はさ》んだだけですが、元の顔付さえ確かめられないほど爛れ崩《くず》れていたと学生たちが囁き合っていたような気がします。ただ、学生の誰かが遺体を見たのかと問えば、おそらくは誰も首を横に振ったでしょう」

「なるほど。で、その噂はそれっきりでやすか？」

「ええ、それっきりです。わたしは江戸に帰る支度《したく》に忙殺されて、正直、すっかり忘れていました。おキネさんたちの一件がなかったら、そのまま思い出しもしなかったはずだ」

仙五朗は相槌を打ち、ぼそりと呟《つぶや》いた。

「それだけ雲を摑むような話ってことでやすね」

「ええ。そのころ、人が行方知れずになる事件が続いたのかもしれません。そこに尾鰭《おひれ》がついて、とんでもない怪奇な噂に変わってしまったのではと考えていました。万が一、事実だとしたら、犠牲になった人たちの素性《すじょう》がもう少し詳《くわ》しく語られるはずでしょう。どこそこの店者《たなもの》であるとか、娘であるとか、武家であるとか」

おいちはやや俯《うつむ》き加減になっていた顔を上げる。仙五朗と視線が絡《から》んだ。

同じことを考えていたらしい。

「素性を語ってもらえねえ連中かもしれねえ」

仙五朗が独り言《ひとりごと》のように呟いた。十斗は意味を解しかねたのか、首を傾《かし》げる。おいちは、兄に向かって少しだけにじり寄った。

「御薦さんたちのように誰も素性を知らない、探《さぐ》らない、いつどこで消えても捜《さが》す者も気にかける者もいない、そんな人たちが犠牲になったとしたら、おそらく誰も騒がないわ」

江戸も長崎も同じだ。人の世の枠《わく》からはみ出し、追いやられた者がいる。思いの外《ほか》、多くいるのだ。むろん、京にも大坂《おおざか》にも尾張《おわり》にも紀州《きしゅう》にも、だ。

十斗の眉《まゆ》が吊《つ》り上がった。頬《ほお》の赤みが薄くなる。

「……そうか。そこまでは……考えなかった」

おいちは背筋を伸ばし、真《ま》っ直《す》ぐに仙五朗に向き合う。

「親分さん、今の兄さんの話からすれば、長崎と江戸で似通《にかよ》った事件が起きたってことになりますね」

「へえ、神社の狛犬《こまいぬ》みてえによく似てやすよ」

仙五朗がおいちを見詰め返してくる。

「だからといって、下手人《げしゅにん》が同じだとは限りやせん。殺しても障《さわ》りない相手を選んで殺《や》る。そういう輩《やから》はどこにでもいるもんでやす」

「だとしたら、憎くて殺したわけでも物盗《ものと》りのためでもなく、親分さんが先《せん》に仰《おっしゃ》っていたように、下手人は人を殺《あや》めることを楽しんでいると、快楽のために人を殺しているとなると、だから障りのない相手なら誰でもよかったと、そうお考えなんですか」

「いや、それは思案の一つに過ぎやせん。そういう殺しってのもあるって、それだけでやす。憎しみや欲だけが殺しの因《もと》にはなりやせん。獣《けもの》なら餌《えさ》として獲物《えもの》を襲《おそ》うだけでしょうが、人ってのは厄介でねえ。腹がくちくても、金をたんまり持っていても他人《ひと》を殺められるんでやすよ。病《やまい》で苦しんでいる恋女房《こいにょうぼう》を見かねて首を絞《し》めた亭主も、酒に酔って行きずりの相手を殴《なぐ》り殺した男もいやす。つくづく、人ってのはややこしくて、面倒《めんどう》な生き物でやすよ」

仙五朗はそこでひょいと顎《あご》をしゃくった。

「おいちさんは、そうは考えてねえようでやすね」

「は？　人についてですか？　あたしには、よくわかりません」

仙五朗の言葉はいつも深い。そして、重い。岡っ引として何十年も人の犯《おか》す罪と向き合ってきた男の一言一句《いちごんいっく》は、胸に染《し》みて忘れられなくなる。

人はなぜ人を殺すのか。

おいちには答えられない。何も見通せない。でも、おそらく仙五朗は摑んでいるのだ。全《すべ》てでなくても、人が人を殺すその刹那《せつな》の心を一端《いったん》なりと摑んでいる。

違いやすよと仙五朗がかぶりを振った。

「あっしが尋《たず》ねたのは、おいちさんの見立てでやすよ。下手人が殺しを楽しんでいるとは考えてねえって、そういうお顔に見えやすがね」

十斗とおうたの視線が突き刺さってくる。

おうたは眉を顰《ひそ》め、唇《くちびる》をへの字に歪《ゆが》めていた。不機嫌《ふきげん》そのものの顔付だ。娘だてらに殺しだの、下手人だのと物騒《ぶっそう》な物言《ものい》いをするんじゃないよと、怒鳴《どな》り付けたいのを必死に我慢している。そんな顔付でもある。

「おいち、おまえね」

おうたの説教が始まると長い。とりとめなく、だらだらと続く。

「伯母さん、ちょっと待ってよ。今はね、〝娘だてらに〟とかは横に置いといて」

「何を知ってるんだい」

「はい？」

「親分さんとは違う見立てをしてるのかい。あたしには、親分さんの説がしごく尤《もっと》もに聞こえるんだよ。けど、おまえは違うんだね。てことは何かい、おまえはあたしたちの知らない何かを知ってるってことかい」

「伯母さん、あたしたちって、いつの間に親分さんの仲間に入ったのよ」

「お黙《だま》り。あたしはいつだって正しい者の味方だよ。人さまの命を好き勝手に弄《もてあそ》ぶような輩を許しちゃおけないだろう。え、そうだろう。ねえ、親分さん」

「へ、へえ。全《まった》く、内儀さんの仰る通りでやす。けど、内儀さんには、こういう血《ち》腥《なまぐせ》え話はあまり合わねえ気がしやすよ」

「着物の柄《がら》じゃないんですから、合う合わないって話じゃないでしょう。あたしはね、許せないものを許せないって言ってるだけなんです」

おうたは本気で怒っている。その剣幕《けんまく》に、仙五朗が首を竦《すく》め黙り込んだ。むろん、気圧《けお》されたわけではない。烈火《れっか》の如《ごと》く怒っても、おうたの憤怒《ふんぬ》ごときに、この老練な岡っ引が臆《おく》するはずがないのだ。ただ、仙五朗は感じているのだろう。おうたの怒りの根には、虫けらのように殺された者たちへの憐憫《れんびん》があると。

「ささっ、おいち、隠し事を洗いざらい吐《は》き出しちまいな。どんな些細《ささい》なことだって、下手人に繋《つな》がらないとは言い切れないんだからね」

おうたの指先がとんとんと板の間を叩《たた》く。

「おいち、お白洲《しらす》に引き出された咎人《とがにん》みたいだな」

十斗がくすりと笑ったが、おうたに睨《にら》まれてすぐに真顔《まがお》に戻った。おいちは居住《いず》まいを正した。この胸の中にあるものを洗いざらい吐き出すことはできない。言葉は諸刃《もろは》の剣《つるぎ》だ。迂闊《うかつ》に扱えば、自分も他人も傷付けてしまう。

眼裏に浮かんだ男について、まだ、話せない。話してはいけない。もう少し、もう少しちゃんと確かめてからでないと……。

仙五朗が見ている。何の情も読み取れない眼だ。険《けわ》しさも温《ぬく》みも伝わってこない。

「親分さん、あの、調べていただきたいことがあるんです」

「へい」

「殺された人たち、おキネさんを除いた御鷹さんたちなのですが、その人たちの年《とし》格好《かっこう》をできる限り詳しく調べて、教えていただけませんか」

「御鷹たちの？　それは、どんな身体付きをしていたかとか、だいたい幾つぐれえかとか、そういう諸々でやすか」

「はい。あとは、寒がり暑がり、気性や持病の有無などがわかればいいのですが」

「ふーむ。御鷹でやすからねえ。年を食ったやつは、持病をなにがしか抱えていたかもしれやせんね。ようがす。すぐに調べてみやしょう」

「すみません。お願いします」

頭を下げる。頭上から仙五朗が問い掛けを被《かぶ》せてきた。

「で、それは何のためでやす」

おいちは答える前に気息《きそく》を整えた。寸の間、長屋の一間《ひとま》は静寂《せいじゃく》に包まれる。おいちより先に仙五朗が口を開いた。

「御鷹だというより他に似通った点があるかどうか。それを探るためでやすかね」

「いいえ、逆です」

「逆といいやすと？」

「おキネさんも含め、犠牲になった人たちがどう違っていたかを知りたいのです」

「どう違っていた……」

仙五朗が囁くように繰り返す。眉間《みけん》の二本の皺《しわ》が深くなる。

「おキネを入れて四人が殺された。おいちさんは、その四人それぞれの違いを知りたいと仰っているわけなんで?」

「そうです」

「何のためにでやす」

「まだ申し上げられません」

不意に、おうたがくしゃみの音を響《ひび》かせた。驚いたとか咎めているとかではなく、正真正銘《しょうしんしょうめい》本物のくしゃみだ。埃《ほこり》でも吸い込んだのだろう。

「まだってこたぁ、おいちさんのお頭《つむ》の中に何かしら思い当たる節《ふし》があるってこってすね。それがはっきりしねえから、まだ、あっしたちには披露《ひろう》できねえと」

「はい。そうなんです。とても曖昧《あいまい》で……、霧《きり》の向こうにぼんやりと影が浮かんでいるみたいな、そんな感じなんです。だから、まだ何も言えないんです」

仙五朗から目を逸《そ》らす。そうしないと、何もかも見透《みす》かされそうな気がした。

「実は、あっしからも田澄さまにお願《ねげ》えがありやしてね」

仙五朗がおいちから十斗にふいっと視線を移した。

「長崎での噂とやらを、もう少し深く知りてえんで。文をくれたご友人、江戸に帰《けえ》ってきているなら会って話を聞くこたぁできやせんかね。できるなら、お口添え願いてえんですが」

「お安い御用《ごよう》です。友人は生島大吾《いくしまだいご》といって、今は田町《たまち》の親類宅にいるはずだ。すぐに人をやって、明日にでも面談できるよう取り計《はか》らいます」

「助かりやす。お手数かけて申し訳ねえ」

仙五朗が低頭《ていとう》したとき、障子戸がかたりと鳴った。「お邪魔いたしやす」との挨拶と共に、小柄ながら引き締まった体軀《たいく》の男が入ってくる。仙五朗の手下《てか》の一人だ。

「親分」

手下の男は仙五朗の耳元に何かを囁いた。仙五朗の面《おもて》が俄《にわか》に硬くなる。

「わかった」

短く答えると、仙五朗は素早く土間《どま》に下り立った。

「仕事ができやした。これで失礼しやす。田澄さま、ご友人の件、よろしくお願《ねげ》えしやす」

「わかりました。すぐに連絡をとります。明日には相生町の方に報《しら》せますので」

深く一礼すると、仙五朗は手下を引き連れ出ていった。

「また、どこかで事件かい。何だか落ち着かないねえ」

おうたが息を吐き出す。

「伯母さんが捕物《とりもの》をしているわけじゃないんだから、やきもきしてもしょうがないでしょ。さっ、お茶を淹れ直しましょうか。兄さん、一服したら、診療のお手伝いしますからね」

「そうだな。もうすぐ患者が二人、薬を取りに来るはずだ。既に調合して百味簞笥《ひやくみだんす》に仕舞《しま》ってあると松庵先生が仰っていたが」

「浅草寺《せんそうじ》前の茶屋の女将《おかみ》さんと、深川元町《ふかがわもとまち》の平助《へいすけ》さんね。わかりました。渡しておきます」

「頼む。わたしはこれから生島に文を認《したた》めるから。それから、熊三《くまぞう》さんの様子を見にも行きたいんだ。どうにも気になってな」

「ええ、是非《ぜひ》行ってみてください。お願いよ、兄さん」

熊三は一昨日《おととい》、菖蒲長屋を出ていった。傷口は何とか塞《ふさ》がってはいるが十分とはいえず、松庵も十斗も強く引き止めたが、熊三は首を横に振り続けた。

「先生方にはほんとうにお世話になりました。一生忘れちゃならねえご恩を受けたと思ってます。けど、これ以上、ここにいるわけにはいかねえんで」

一日も早く働き始めなければ、一家の暮らしが立ち行かなくなる。この身体では今まで通り壊《こわ》し人足《にんそく》として稼《かせ》ぐことはできない。幸い、親方が荷運びの口を世話してくれた。明日、いや、今日からでも仕事に出たい。

「でないと、おれたちは飢え死《うじ》にするしかなくなるんで。いつまでも、先生方の温情に縋《すが》っているわけにもいかねえんです」

大きな身体を縮《ちぢ》めて、熊三はぼそぼそとしゃべった。

何も言い返せなかった。

薬礼《やくれい》はいつまでも待つ。払えないならそれでもいい。薬も渡そう。しかし、この先ずっと熊三一家の面倒をみることはできない。それほどの余裕はないのだ。

熊三とおつては何度も何度も頭を下げ、おいちたちの前から消えていった。

悔《くや》しい。

まだ十分に回復していない患者を見送らねばならないのは、悔しい。医の技《わざ》とか心意気《こころいき》だけではどうにもならない現《うつつ》がある。その現の前に立ち尽くすしかない自分が悔しい。

小石川《こいしかわ》にある養生所《ようじようしよ》は貧しく看護人もいない病人の受け皿になっている。けれど、定員は百名ほどだ。零れ落ちる人々が江戸にはごまんといる。熊三のように稼ぎ手として一家を支えねばならず、病や傷が癒《い》えるのを待っていられない者も多い。いや、大半がそうなのではないか。

疫病《えきびよう》が蔓延《まんえん》するのも、救える命を救えないのも貧しさが因《もと》となる。全てではない。けれどこの世から明日の暮らしさえ見通せない貧しさがなくなれば、たくさんの、たくさんの人が生き長らえたはずだ。

あの人もこの人も……。

嚙《か》み締《し》めた唇が切れたのか。口の中に血の味が広がった。

悔しさが薄れたわけではない。しかし、十斗の言葉で熊三と縁が切れたのではないと気が付いた。できないことはたくさんある。しかし、できることもあるのだ。

「おいち、お茶は後でいい。患者の来ないうちに生島への文を書くことにする。善は急げというからな」

おうたに会釈《えしゃく》すると、十斗は板の間に続く一間に入っていった。

「じゃあ、あたしは診察部屋の方に行っとくわ。お薬を渡さなきゃいけないし、晒《さらし》の洗濯《せんたく》もしなきゃいけないから」

「ちょっと、お待ち」

おうたに袖《そで》を摑まれ、つんのめりそうになる。

「やだ、伯母さん、危《あぶ》ないでしょ。あ、それとも晒の洗濯を手伝ってくれるの。うわぁ、ありがたい。たくさんあるからお願いします」

「おふざけじゃないよ。なんで、あたしが晒の洗濯なんかしなきゃならないのさ」

「じゃあ。父さんの下帯《したおび》を洗ってくれる」

おうたが顎を引いた。これ以上は無理だと思えるほど、口元を歪ませる。

「おいち、いいかげんにおし。松庵さんの下帯を洗うより、素っ裸《すっぱだか》で両国橋《りょうごくばし》を渡った方がよほどマシってもんじゃないか」

「きゃっ、やだ。裸だなんて、伯母さん、そんなはしたない真似《まね》だけはやめて」

「ただの喩《たと》えだよ、喩え。まったく何を呆《ほう》けてんのやら。おいち、あたしが何のために、こんな小汚《こぎたな》い所に顔を出したと思ってんだよ」

「洗濯してやろうって親心からじゃないの」

「あたしの親心は洗濯なんてちっぽけなもんじゃないよ。もっとでっかくて深いのさ」

「でっかくて深い親心……。うーん、よくわからないけど」

「祝言《しゅうげん》の段取りだよ。決まってんだろ」

「祝言って、あの、もしかして、あたしと新吉《しんきち》さんの？」

頬が急に火照《ほて》ってきた。耳朶《みみたぶ》まで紅《あか》く染《そ》まった気がする。首から上が妙に熱い。

「そうだよ。まさか、あたしが松庵さんの祝言話をするわけがないだろう。まあ、江戸広しといえども、あんなむさい医者の後添《のちぞ》えに来ようなんて奇特《きとく》な女、いやしないけどね」

おうたが膝《ひざ》を進める。

「おいち、おまえ、何とかって塾で医術を学ぶんだろう」

「ええ。今日、塾生の皆さんともお会いしてきたの」

「本気で、本心から一人前の医者になる。そう決意しているんだね」

おうたの顔は真剣だった。真正面《ましょうめん》からおいちを見詰めてくる。いつものように冗談《じょうだん》めかしてかわすことができない。してはいけないとも感じた。

おいちは背筋を伸ばし、伯母の眼を見返す。

「はい。あたしは本気です、伯母さん」

「だったら、ちゃんと所帯《しょたい》をもちな」

「は？」

「いいかい、おいち。お里《さと》が亡くなってから、おまえを育てたのは、このあたしだ」

「うん。あの、でも、父さんも育ててくれたけど……」

「松庵さんなんか何の役にも立っちゃあいないよ。襁褓《むつき》を換《か》えるのだって覚束《おぼつか》なくてねえ。医者のくせに、おまえが熱を出したといっちゃあ、おろおろして見ていられなかったね」

おうたはそこで、小さく笑った。

「まあ、一生懸命《けんめい》だったのは認めるけどさ。所詮《しょせん》、男の一生懸命なんて女の足元にも及ばないもんなんだよ。だから、おまえはあたしが育てたの。この、おうたさんがね。だから、おまえはそんじょそこらのお嬢さまとは違うんだ」

「そんじょそこらも何も、あたし、どう転《ころ》んでもお嬢さまじゃないもの」

「屁理屈《へりくつ》はいいから、黙ってお聞き」

ぴしゃりと音高く、膝を叩かれた。かなりの力だ。痛い。

「おいち、あたしはね、中途半端《はんぱ》は許さないよ。誤魔化すのも許さない」

伯母さんは何を言いたいのだろう。何を言おうとしているのだろう。見当がつかない。けれど、伯母はとても大切なことを伝えようとしている、そのことだけは察せられた。

背筋をさらに伸ばす。伯母の眼としっかり向かい合う。

おうたの背も気持ちいいほど真っ直ぐに伸びていた。

空を仰《あお》いで

「そうか、義姉《ねえ》さんがそんなことをなぁ」

松庵《しょうあん》が湯呑《ゆのみ》を持ち上げ、頷《うなず》いた。往診から帰ると、まず手を洗い、十徳《じっとく》に着がえ、熱い茶を飲む。それが松庵の習いだった。茶を飲んだ後、満足げに一息つくのもいつものことだ。

「そうなの。何だか胸がいっぱいになっちゃって」

おいちは、胸許《むなもと》にそっと手を添えてみた。

おうたは背を伸ばした美しい姿勢のまま、ほんの少し笑《え》んだ。

「いいかい、おいち。やるんだったらとことんおやり」

「え？」

「おまえは医者を生業《なりわい》にして生きていく。そう決めたんだね」

「ええ」

「で、新吉《しんきち》と所帯《しよたい》をもつことも決めた」

おいちは視線を逸《そ》らし、俯《うつむ》いてしまった。膝《ひざ》の上の指先が目に入る。水仕事のせいで荒れているし、薬草の色が染《し》みついてもいる。お世辞《せじ》にも綺麗《きれい》とは言えない。医者なら当たり前の指だ。松庵も同じような指先をしている。

医者なら当たり前、けれど、女としてはどうだろう。これから嫁にいく娘の指先であるなら、もう少し白く滑《なめ》らかであってもいい気がする。新吉が指の美醜《びしゅう》に拘《こだわ》るとは思えない。思えないけれど、この先、この指が綺麗になることはまずない。毎日、晒《さらし》を洗い、血に汚《よご》れた着物を洗い、様々な薬草を摘《つ》んだり、干したり、擂《す》ったり、混ぜたりするための五指なのだ。さらに色が染み込みはしても消えはしない。

おうたが微《かす》かに鼻を鳴らした。視線が鋭《するど》くなったのを感じる。

「おや、だんまりかい。ふーん、そりゃあつまり、新吉と所帯をもつって話についちゃあ、乗り気じゃないってことかね」

顔を上げる。もう一度、伯母《おば》と目を合わせる。さっきよりも力がこもっていないと、自分でもわかる。おいちは身体《からだ》の力を抜いた。伯母を相手に取り繕《つくろ》っても仕方ない。

「伯母さん、あたし、新吉さんが好きよ。一緒になるなら、あの人しかいないって思ってる」

「まあまあ、そんなにあからさまに好き嫌《きら》いを口にするもんじゃないよ。それに、おまえはお里《さと》の娘だからね。男を見る眼《め》はあまり確かじゃないよねえ、きっと」

「それ、どういう意味？」

「おまえのおっかさんが誰を選んだかよーく考えてみなって意味さ。まあ、いいよ。お里の過《あやま》ちを今さら蒸し返したってしょうがないからね。大切なのは昔じゃなく将来《さき》なんだ」

おうたが僅《わず》かばかり身を屈《かが》めた。

「おまえは新吉を好《す》いている。けど、所帯をもつのは躊躇《ためら》ってしまう。そういうところだね」

躊躇う？　あたしは躊躇っているのだろうか。

決めていた。新吉の腕の中にいたとき、この人と一緒になるんだと固く決めていた。それぞれの夢をそれぞれに、でも二人で追いかけていけると涙ぐむほど嬉《うれ》しかった。それなのに、今は躊躇っている。もう、躊躇っている。

美代《みよ》も喜世《きせ》も一身をささげるように、医術に向き合っていた。その気迫を感じた。何もかも抛《なげう》って懸命《けんめい》に食らい付いていかなければ、二人《いだ》についていけないのでは。そんな不安が焦《あせ》りが胸の底に澱《よど》んでいる。こんな不安を抱《いだ》いたまま、焦ったまま新吉と一緒になれるだろうか。新吉を傷つけてしまいそうで、怖《こわ》い。いや、その前に新吉に愛想《あいそ》を尽《つ》かされそうで、怖い。

「ええ。あの、あたし、これから先も医術を学んでいきたいし、一人前の医者になりたいし、一人前の医者として生きていきたいの」

「それはわかってるよ。耳にたこができるほど聞かされたからね。あたしの耳の中はたこの墨《すみ》で真っ黒になってんじゃないかねえ」

おうたが自分の耳朶《みみたぶ》を引っぱる。

「伯母さん、耳の胼胝《たこ》は八本足の蛸《たこ》じゃないわよ。座り胼胝とか筆《ふで》胼胝とか言うでしょ。同じところをずっと押さえ付けていると、皮が硬く厚くなって……」

「うるさいね。講釈はいいよ。話が前に進まないじゃないか。要するにおまえは、新吉と所帯をもつと、新吉が障《さわ》りになって医者になる道が遠のくかもしれない。そう考えて、祝言《しゅうげん》に二の足を踏んでるってわけなんだね。よく、わかったよ」

「もう、勝手にわからないでよ。誰もそんなこと言ってないでしょ。反対よ、伯母さん。あたし、このままじゃ新吉さんのいいお嫁さんにはなれないわ。そこだけは確かなの」

「おいち、変なところだけ明言するんじゃないよ。何だよ、その〝いいお嫁さん〟ってのは」

おうたが顎《あご》を上げる。伯母に挑《いど》まれたような気がして、おいちは身を縮《ちぢ》めた。

「ほら、言ってごらんな。おまえの思う〝いいお嫁さん〟とやらはどんな嫁さんなんだい」

「あ、えっと、それは……だから、朝はちゃんとご飯とお味噌汁《みそしる》ぐらいは作って、掃除《そうじ》もきちんとして、洗濯《せんたく》もして、えっと、それから優《やさ》しくて、いらいらしないで、いつもにこにこしていて、可愛《かわい》くて、あのそれから……。だから、新吉さんがいつまでも一緒にいたいって思うような人よ。上手《うま》く言えないけど、そういう人」

我ながらもどかしい物言《ものい》いだ。言葉足らずでもある。言えば言うだけ、想《おも》いとずれていくようで心許《こころもと》ない。

「どこにいるんだい」

おうたの顎がさらに上がった。しっかり肉が付いた顎先が、ぷるりと震《ふる》えた。

「台所仕事も掃除も洗濯もそつなくできて、優しくて、可愛くて、いらいらしないで、いつもにこにこしている〝いいお嫁さん〟は、どこにいるのさ。名前は？　年は？　住んでる所はどこなんだかねえ。教えてもらいたいもんさ」

「それは、だから、どこの誰ってことじゃなくて、たとえばって話じゃないの」

「なるほどね。じゃあ、おまえはどこの誰かもわからない、現《うつつ》にはいないかもしれない相手と自分を比べてあれこれ悩んでるのかい。そりゃあどうも、ご苦労なこったね」

　おいちは唇《くちびる》を結び、おうたを睨《にら》んだ。腹立たしい。伯母の茶化《ちゃか》した口調《くちょう》に怒《いか》りが込み上げてくる。口の中が苦《にが》く、熱くなるほどだ。

「伯母さん、そんな言い方酷《ひど》いよ。あたしは本気なんだから。本気で新吉さんとのこと考えたら、医の道を進むこと考えたら、悩むの当たり前でしょ。あたし、そんなに器用じゃないし、学問に打ち込んだら他のこと考えられなくなっちゃうかもしれないし、それに……」

　医者になるために学ぶ。新吉さんと所帯をもち、暮らす。どちらか一つを選べと言われたら、あたしはきっと医者の道を取るだろう。迷いなくとは言えない。迷って迷って、悩み抜き、惑《まど》い続け、躊躇いを繰り返し、それでも、新吉さんに背を向けてしまう。

　そんなのでいいの？　そんな薄情《うすなさ》けでいいの？　こんな気持ちのままじゃ、新吉さんにあまりに申し訳《わけ》ない。新吉さんは待つと言ってくれた。いつまでも待つと。言われて、あたしはいい気持ちだった。安心できた。嬉しかった。そして、得意でもあった。

　さっきまで熱かった怒りがしゅるしゅるしゅると萎《しぼ》んでいく。身体まで萎《な》えていくようだ。

そうだ、あたしはいい気持ちだった。得意になっていた。美代さんや喜世さんに新吉さんのことを打ち明けながら、ちょっぴりだけどいい気持ちになっていた。ここまで言ってくれる男がいるんだと、ひけらかしていた。

けど、あたし、新吉さんの優しさに縋《すが》ってるだけじゃないの。この人ならいつまでも待ってくれるって、どんなことでも我慢してくれるって甘えているだけじゃないの。そうだ、父さんにも言われた。優しさに寄り掛かっていては駄目《だめ》だって。どちらかの優しさに寄り掛かっているだけの間柄《あいだがら》じゃ長くはもたないって。だから、だからあたし怖いんだ。新吉さんに愛想尽かされるのが怖い。新吉さんに背を向けるのも背を向けられるのも怖くて、それならいっそ夫婦《めおと》にならない方がいいって考えてしまってる。新吉さんのためじゃなく、自分のために迷ってるだけなんだ。あたし、とんでもなく自分勝手な女だったんだ。

ああ、もう頭の中がぐしゃぐしゃだ。

「おまえがいいんだってさ」

「は？　伯母さん、何か言った」

「あたしじゃなくて、新吉が言ったんだよ。昨日、道でばったり会ったもんだから水茶屋《みずぢゃや》に連れ込んで……、連れ込んだって別によからぬことを持ちかけたわけじゃないから、安心おし』

「安心できないわよ。水茶屋で新吉さんに何を言ったの」

「みたらし団子《だんご》をおごってやったのさ。で、いろいろ、あれこれ聞いたんだよ。本気でおまえと所帯をもつ気なのか確かめないとね。で、あの娘《こ》はそこらへんの娘とは違う。医者になりたい、医術を学びたいって、そのことで頭がいっぱいだから、夫婦になっても、おまえさんのことは二の次、三の次になるかもしれないって告げたのさ。別に間違っちゃいないだろ。その通りだよね、きっと」

黙《だま》り込むしかなかった。さすがに、伯母だ。何もかも見透《みす》かしている。

「そしたら、あの飾《かざ》り職人、何て言ったと思う。『おれは嫁さんが欲しいんじゃなくて、おいちさんと夫婦になりたいんです』だとさ。ついでに『内儀《おかみ》さん、おれは今のおいちさんがいいんです。今のおいちさんに惚《ほ》れてんです』とも言ってたよ。へっ、まあ、あすこまで堂々とのろけられちまったら、返す言葉もありゃしない。せいぜい、おまえがどれくらいおっちょこちょいで独《ひと》り合点《がてん》し易《やす》い性質《たち》か教えてやるぐらいだったね」

「新吉さんが、そんなことを……」

――おれと一緒に頑張《がんば》っちゃあくれませんか。おいちさんがいてくれたら、おれ、どんな苦労でも耐《た》えられる。

真《ま》っ直《す》ぐな男の言葉がよみがえってくる。

「おいち、おまえ、ほんとに独り合点が過ぎやしないかい」

おうたがおいちの膝を叩《たた》いた。二度目だ。しかも、さっきより痛い。いつもなら、顔を歪《ゆが》めて文句《もんく》の一つも言うところだが、唇は動かなかった。代わりのように、おうたがしゃべる。

「新吉は、おまえを待つって言ったけど、それは待つことが苦にならないからだよ。新吉には新吉の仕事があって、それに精進《しょうじん》するんだとさ。日《ひ》の本《もと》一の飾り職人になりたいなんて大きなことほざいてたねえ。おまえが頑張っている姿が励みになるとも言ってた。わかるかい？　あの男はおまえに振り回されてるわけじゃないんだ。地に足をつけて自分のやることをやってんだよ。もう少し信用しておやり」

おうたは目を眇《すが》め、さらに続ける。

「全《まった》く。独りでああでもない、こうでもないと思案して悩んでいるより、新吉ときっちり話し合うのが先じゃないのかねえ。相手がどんな気持ちでいるのか、ちゃんと知ろうともしないで、何をぐだぐだ言ってんのさ。そんなこっちゃ、誰とだって夫婦になんかなれるもんかい」

バシッ。三度《みたび》、膝を叩かれる。さらに力が強まっている。今度はさすがに顔を歪《はげ》めた。

「おいち、しゃんとしなさい」

叱咤《しった》の声が耳に突き刺さる。背筋がまた、伸びた。胸の閊《つか》えがなくなったわけではない。しかし、一人でじたばたしている自分に気が付いた。一人ではなく二人で足掻《あが》かねばと、目が覚《さ》めた。

「おまえね、自分が何をやろうとしているのかわかってんのかい。医者って仕事をしながら所帯をもつ。それが、どれだけ大変で、苦労が多いかわかってんのかい」

わかってますと答えられない。むろん、胸も張れない。

「わかっちゃないよね。当たり前さ。誰も知らない道をいこうってんだから、お釈《しゃ》迦《か》さまでもご存じないだろうよ」

「いや、さすがに、お釈迦さまならわかってると思うけど」

「いちいち揚げ足取りするんじゃないよ」

また叱《しか》られた。今日のおうたは、いつにも増して手厳しい。

「じゃあ、お釈迦さまぐらいしか見通せない道なわけだ。ねえ、おいち、すごいじゃないか」

おうたの口調が和《やわ》らぐ。おいちは瞬《まばた》きして、伯母を見返した。

「おまえは、すごいことをやろうとしてるんだよ。だったら、それ相応の覚悟はしなきゃね。新吉に下手《へた》な遠慮は無用さ。ま、何が無用で何が入《い》り用なのか決めるのはおまえたちだけどね。それを決めたら、あれこれ悩むのはひとまず置いときな。

おまえは我儘《わがまま》なんだよ。世間の当たり前から外《はず》れて好きに生きようとしている。だったら、とことん貫《つらぬ》き通さなきゃ、我儘は我儘のままで終わっちまうよ。悩みをあっちに回して、我が意を貫く。それくらいの覚悟は持ちな。腹を据《す》えるんだ」

「伯母さん」

「なんだい」

「あたしを励ましてくれてるの」

おうたの口元が歪む。眉が寄る。とってつけたような渋面《じゆうめん》が現れる。どんな面《めん》相《そう》をしても、おうたが背を押してくれているのは事実だ。

おいちの中にある、おいち自身が目を背《そむ》けようとしていた迷いを、惑いを引きずり出し、目の前に突き付け、その上で励ましてくれた。

おいち、しゃんとしなさい、と。

「伯母さん、ありがとう。あたし、新吉さんとじっくり話をしてみる。あたしの心の内を洗いざらい話して、新吉さんの思ってることをきちんと聞いてみる」

「まっ、それが筋《すじ》ってもんだろうさ。やっとわかったかい。まあ、このおうたさんもね、『香西屋《こうさいや》』の身代《しんだい》を守りながら生きてきたんだ。ふふ、うちだけじゃない、内儀の力なくして成り立たないのが商《あきな》いなんだよ。おいち、女はね、誰でもすごいのさ」

にやり。不敵な笑《え》みを浮かべて、おうたが立ち上がる。

「さて、言いたいことは言わせてもらったから帰ろうかね。あ、そうそう、おまえたちの祝言、うちの座敷でするから、そのつもりでいなさいよ」

「はあ？　お座敷で祝言」

「間抜《まぬ》け声を出すんじゃないよ。父親にそっくりじゃないか。ああ、心配しなくていいよ。段取りは全部、あたしが引き受けるから。長屋のみなさんもお呼びして、賑《にぎ》やかにやろうじゃないか。やれやれ、これでやっとおまえの花嫁姿が見られるんだねえ。生きてた甲斐《かい》があったってものさ。ほんと一時《いっとき》は諦《あきら》めかけたけど、よかったよかった」

「ま、待ってよ。花嫁姿って、そんな」

「いいんだよ。花嫁衣裳ならちゃんと用意してあるんだから。あたしがお里のために拵《こしら》えておいたやつさ。あの子ったら、ちんちくりんの貧乏医者に嫁《とつ》いじまって。まあ、あのころは御抱《おかか》えになるのならないのって気を揉《も》むほどの立派な医者振りだったんだけどさ。ふん、とんだ見込み違いだったよ。で、結局、お里は祝言もあげず仕舞《じま》い、衣裳に手も通さず仕舞いでさ。ほんともったいないって思ってたんだよねえ。あれをおまえが着るわけだから、お里も雲の上で喜んでるさ」

　ちんちくりんの貧乏医者とは松庵のことらしい。松庵は貧乏だが、ちんちくりんではないと思う。思うが、今はそこに拘っている余裕はない。

おいちは長屋の住人だ。物心ついたときから、ずっと江戸の裏店《うらだな》で生きてきた。そこには、いろんなものがあるけれど、花嫁衣裳とか祝言などとは無縁の場所だった。嫁にいくときも、くるときも花嫁は風呂敷包《ふろしきづつ》み一つ提《さ》げて、普段着よりやや上等のこざっぱりした小袖《こそで》を身につける。それだけだ。花婿《はなむこ》の側だって、仕事道具の他は夜具《やぐ》や七輪《しちりん》があれば恩の字といった具合だ。ちょっとした祝いの席を設《もう》ける者もいたけれど、それは暮らしにゆとりのある家に限られている。

武士ならば、家格に合わせた祝言の形というものがあるだろう。守らねばならない作法《さほう》も取り決めもあるだろう。しかし、おいちは町方《まちかた》の、しかも裏店の娘だ。家格とも作法とも細かな取り決めとも縁がない。

「新吉さんとも相談するけど、お嫁にいくとしても風呂敷包み一つで済んじゃうわ」

「相談なんかしなくていいよ。段取りは、あたしが決めるって言っただろ。おまえたちは、あたしの言う通りにしていれば間違いないんだからね」

「伯母さん、さっきと話が違ってない？　新吉さんを信じて、しっかり話をして決めろって言ったばっかりじゃないの」

「それは所帯をもってからのことさ。あたしは、その前、祝言をどうするかって考えてんじゃないか。そうだ、そうだ。一度、衣裳合わせにおいで。手入れはちゃんとしてあるから、そりゃあ綺麗だよ。ああ楽しみだねえ。これからだとやっぱり年は越しちまうかねえ。ほんとは秋がいいんだけどね。あたしが嫁入りしたのも秋だったんだよ。秋はいいよ。風が涼《すず》しくなって、庭の紅葉《もみじ》が色付いて。ふふ、いいねえ。けど、これからじゃ間に合わないし、急げばいいってもんじゃないから、やっぱり年明けのどこかを考えなくちゃ。急がば回れ。急《せ》いては事を仕損じる、だね。じゃあ、おいち、あたしは帰るよ。衣裳合わせのこともあるから、一度、うちにお寄り。ああ、そうそう学問の方もしっかりお励みな」

「あ、ちょっと伯母さん、伯母さんたら」

袖を引っぱろうとしたけれど、おうたの動きは素早かった。草履《ぞうり》をつっかけて、振り向きもせず出ていってしまう。

おいちは一人残され、ため息を吐《つ》くしかなかった。

おいちの話を一通り聞き終え、松庵は「そうか、義姉さんがそんなことをなぁ」と呟《つぶや》いた。

〝ちんちくりんの貧乏医者〟のあたりは、さすがに暈《ぼか》してある。おいちは胸に手をやり、父の呟きに答える。

「そうなの。何だか胸がいっぱいになっちゃって」

それから手を離し、息を吐《は》き出した。

「途中まではね。だけど祝言《こんりんざい》のことになると、伯母さん、むちゃくちゃ強引《ごういん》で、こっちの言うことなんか金輪際聞きませんって感じなんだもの」

「ははは、おまえに花嫁衣裳を着せるのは義姉さんの夢だからな。その好機が巡《めぐ》ってきたと舌舐《したな》めずりしてるのさ。鼠《ねずみ》を狙《ねら》ってる猫みたいにな」

「やだ、あたし、鼠なの。そんなの御免《ごめん》こうむりたいわ。ね、父さんからも伯母さんを説得してみて。祝言をするなんて、あたしたち、お武家さまでもお大尽《だいじん》でもないのよ。新吉さんだって嫌《いや》がるわよ、きっと」

「どうかな。新吉は案外、乗り気になるかもしれんぞ。よく、わからんが」

「まさか」

「いや、ないとは言い切れん。祝言云々《うんぬん》は面倒《めんどう》くさくはあるが、まあ、おれとしてもだな、別にどうしてもと言うなら形ばかりの祝言を……むにゃむにゃ」

「うん？　父さん、反対じゃないの」

祝言に限らず、式と名の付く所には近寄りたくないと松庵は常々口にしていた。ともかく堅苦《かたくる》しいこと、体裁《ていさい》を取り繕わねばならないことは何より苦手で嫌っている人なのだ。花嫁の父親として紋付《もんつ》き袴《はかま》姿で座っていなければならないなんて、拷問《ごうもん》に等しい。そのはずなのに、今日はやけに煮え切らない。

「父さん、はっきり言ってよ。あ、もしかして伯母さんに丸め込まれた？」

「馬鹿《ばか》言え。義姉さんがおれを丸め込もうなんて考えるわけがないだろうが。おれの意向なんて、端《はな》から気に掛けちゃいないんだからな。おれがどんな異議申し立てをしたって聞く耳はなし。まさに馬の耳に風ってやつだな。義姉さんは馬より猪《いのしし》に近いけどな、ははは」

「そういう下手《へた》な冗談《じょうだん》を言わない。伯母さんの耳に入ったら、また一悶着《ひともんちゃく》起こるでしょ」

「そうだな、やめとこうか。なんだかんだ言っても、義姉さんには世話になってるんだ。それだからってわけじゃないが、義姉さんの好きなようにさせてあげてもいいと、おれは思ってる。いや、これは潔《いさぎよ》くないな。義姉さんのためじゃなく、おれが……見たいんだ」

空咳《からぜき》を一つ、二つ漏《も》らして、松庵は横を向いた。ひどく照れているようだ。

「その、うむ、だからな、だから、おまえの花嫁姿をできるなら見てみたい」

「父さん」

「おまえには苦労を掛け通しで、申し訳ないと思ってる。ずっと、おれの助手《すけて》をさせて、家の内のことも金の算段も任《まか》せっぱなしだ。おまえがいなかったら、おれは、こんなにのうのうと医者稼業を続けていられなかったはずだ」

「父さん、何言ってるの。やめてよ。恥ずかしいでしょ」

ほんとうに恥ずかしい。居《い》たたまれない心持ちさえする。

松庵の傍《かたわ》らにいたから、医者という仕事をつぶさに見ることができた。知ることができた。この道を一生かけて歩もうと思えた。

父のおかげだ。松庵が父親でなかったら、己《おのれ》の進むべき道を知らぬままだっただろう。

「まぁ言わせてくれ。もう二度と言わんから。おまえがどう思っているかは別として、おれが親として半端《はんぱ》だったのは事実だ。『今さら、何を言ってるんだい。そんなこと十年も昔にわかってたじゃないか。まったくつづく鈍《にぶ》くておめでたい男だよ』と言われるだろうがな」

「……父さん、今の伯母さんの口真似《くちまね》のつもり?」

「そうだ、似てるだろう」

「伯母さん、そんなに鼻息が荒くないと思うけど。父さんに口真似は無理ね。あ、夕餉《ゆうげ》の用意はできてるから。兄さんも呼んでくるね」

腰を浮かそうとするおいちを、松庵は身振りで制した。

「だから、おれは、おまえの花嫁姿を見たいんだ」

やけっぱちの叫《さけ》びのような告げ方だ。おいちは中腰のまま、父を見詰めた。

「半端な親でも、おまえはちゃんと育ってくれた。育って、好《す》いた男と一緒になろうとしている。決めた道を諦めずに進もうとしている。その晴れ姿を見たいんだ」

「父さん」

「この眼《め》でちゃんと見なきゃ、あの世に渡ったときに、お里に伝えてやれないからな。あ、それは義姉さんが先にやってるかもな。いやいや、あの人はどう転《ころ》んでも百まで生きそうだ。やはり、おれの方が先に逝《い》くな。はは、まぁそういうことだ。さ、飯《めし》にしようか」

「紋付き袴を着なきゃいけないわよ」

「うん？」

「あたしが花嫁衣裳だもの。父さんが十徳《じっとく》ってわけにはいかないでしょ。伯母さんに無理やりにでも紋付き袴を着けさせせられるわね。覚悟しとかなくちゃ」

「うへっ、そればっかりは御免だな。どうするかな。隣の部屋に隠れて、襖《ふすま》の間から覗《のぞ》くってのは駄目だろうなぁ」

「もう、父さんたら」

父と声を合わせて笑う。

あたしはこんなにも大切に育てられたんだ。

温石《おんじゃく》に似た温《ぬく》もりが心を浸《ひた》す。松庵とは血の繋《つな》がりはない。でも、紛《まぎ》れもなく父と娘だ。松庵は能《あた》う限りの慈心《じしん》をおいちに注《そそ》ぎ、見守ってくれている。伯母も、兄も、新吉も。

何という果報者《かほうもの》だろうか。この恵みを糧《かて》にすれば、どこまでも歩いていける。一歩、一歩、一歩ずつ、自分の人生を進んでいける。

「紋付き袴か。うーん、自分の格好《かっこう》までは考えていなかったな。義姉さんのことだ、やれ髷《まげ》を結《ゆ》い直せだの、やれ姿勢を崩《くず》さず座っていろだのとうるさいんだろうなあ。困ったこった」

松庵が真顔《まがお》で悩んでいる。

おかしい。おいちは笑んだまま、もう一度、胸に手を添えてみた。

温石の温かさの後から、冷気が立ち昇ってくる。ゆらゆらと揺れながら、せっかくの心地《ここち》よさを覆《おお》い隠してしまう。

思い出す。

薄青《うすあお》の衣《ころも》を着た男。手足は爛《ただ》れ、赤黒く色を変えていたのにぴくりとも動かなかった。死んでいたのだ。死体として横たわっていた。男である他は何もわからない死体だ。

気になる。引っ掛かる。知らぬ振りはできない。見てしまったものを見なかったことにはできない。あの男はおそらく、おいちの知らない誰かだ。知り合いであれば、もっと心がざわめく。肌《はだ》が総毛《そうけ》立つ。しかし、それなら、なぜ見たのか。あの場所で、あの姿をなぜ。

まさか、そんな……。

「おいち、どうした？　何か言ったか」

「あ、いいえ。別に」

曖昧《あいまい》な笑みで誤魔化《ごまか》す。自分の中にある思案は、あまりに突飛《とつぴ》で現《うつつ》とは考えられない。いくら相手が松庵であっても、容易《たやす》く口にできるものではなかった。

話せるとしたら、ただ一人だけだ。

おいちは気息を整えようと、息を吸い込んだ。喉《のど》の奥が微かに疼《うず》いた。

仙五朗《せんごろう》が菖蒲《しようぶ》長屋に顔を見せたのは三日後のよく晴れた下午《かご》（午後）だった。日増しに力を強くする陽光と風のおかげで、洗濯物がみるみる乾《かわ》いていく。空は青く、飛び交《か》う燕《つばめ》の羽色《はいろ》がくっきりと映《は》えていた。

「こんな気持ちのいい日に、まことに申し訳ねえですが」

仙五朗は頭を下げた後、数枚の紙をおいちの前に置いた。相変わらず上《あ》がり框《かまち》に腰かけている。おいちは前掛けを外《はず》し、その紙を手に取った。

行方《ゆくえ》知れずになり、死体で見つかった御鷹《おこも》たちの様子が記されていた。この前、おいちが頼んだ仕事を仙五朗は手早く為《な》してくれたのだ。

「御鷹でやすからね。はっきりした年はわからねえ者がほとんどなんで。ただ、身体付きとか持病の有る無しについちゃあ、できる限り詳《くわ》しく調べやした」

「ありがとうございます。お手数かけてしまって」

「手数かけるのは当たり前でさ。あっしの役目でやすからね。むしろ、おいちさんに手伝ってもらってるってのが、ほんとうのところでやすよ」

仙五朗が身を乗り出し、おいちの手許《てもと》を覗き込む。

「どうでやす」

柔らかく問うてくる。それから、ちらりとおいちを見やる。おいちは岡《おか》っ引《ぴき》の視線を受け止め、居住《いず》まいを正した。少し気息が乱れ、鼓動《こどう》が速くなる。やはりという思いがした。

やはり、そうだ。

タビ、デワ、イワシ、そして、ここにおキネを加えると……。指先が震えてくる。仙五朗の目が細められた。双眸《そうぼう》がさらに鋭く光る。

「親分さん、事件とは全く関《かか》わりがないのですが、父に言われたことがあるんです。人の生き方についてでした。あの、すみません。要領よく話せなくて」

「構いやせん。要領よく掻《か》い摘《つま》んで話されると、抜け落ちちまうものも多くなるんで。おいちさん、なるべく丁寧《ていねい》に仔細《しさい》に話してくだせえ。松庵先生は、何と仰《おっしゃ》ったんで」

「『人の生き方なんて、みんな違う。違うからおもしろいんだ』と」

「へえ、真実《まこと》でやすね。人はそれぞれでやす。それぞれ違いやすから」

「はい、そのときから引っ掛かっていたんです。なぜ、この人たちが殺されたのかって。おキネさんを入れると、似通《にかよ》った点は一つしかありません。前にも申しましたが、ふっと消えてもそう騒がれることがない。それだけです」

「へえ。こうやって書き出してみると、よくわかりやす。御薦たちも御薦であることを除けば、年格好《としかっこう》がまるで違いやす。年寄り、中年、若えやつ、ずんぐりに背高。それにタビは咳《せき》の持病を抱《かか》えていたようで。おキネは女でしたしね」

指先を握り込む。震えを何とか抑《おさ》え込む。しかし、「親分さん」と呼んだ声は確かに震えていた。仙五朗が促《うなが》すように、首肯《しゅこう》した。

「まるで、見本のようだと思いませんか。人の見本、だと」

「見本？」

仙五朗の両眼が大きく見開かれた。乾いた風が吹き込んできて、おいちの手の中の紙をカサカサと鳴らした。

「おいちさん」

仙五朗が呼ぶ。これまで何度も何度も呼ばれてきた。仙五朗の声音《こわね》はたいていさばさばと乾いて、変に絡《から》まってこない。しかし、今は重く湿《しめ》って、纏《まと》わりついてくる。

「見本てのは老若男女《ろうにゃくなんにょ》、身体つき、そんなもので人を色分けしているってこってすかい」

「ええ。有体《ありてい》に言ってしまえばそうです」

「人を色分けしてそれぞれの色から選んだ者を殺したと、仰るんですかい」

そこまでは答えられない。なんの証《あかし》もないのだ。言わばおいちの思い付き、ほとんど勘に近い。だから、打ち明ける相手は仙五朗だけだ。

「もし、そうだとしたら何のためでやす」

仙五朗は問いを重ねてきた。口調は穏《おだ》やかだが、眼差《まなざ》しは鋭い。〝剃刀《かみそり》の仙《せん》〟の眼だ。

「それは、まだ……」

「言えねえと？」

「はい。まだ曖昧で親分さんにお話しできるまでの自信がありません」

仙五朗が唇を結び、腕を組んだ。その姿勢で天井《てんじよう》あたりに視線をさまよわせる。

「急がなきゃならねえ」

呟きが聞こえた。

急ぐ？　何を？

「おいちさん」。腕を解《ほど》き、仙五朗はもう一度おいちを呼んだ。そこに、切羽詰《せっぱつ》まった響《ひび》きを感じる。思わず固唾《かたず》を呑んでいた。

「はい」

「実は、お美津《みつ》の行方が知れねえんで」

ええっと叫んだつもりだったが、声が出なかった。代わりのように腰が上がる。鼓動が大きく波打った。総毛立つ。ほんとうに髷ごと上に引っ張られる気がした。

「お美津さんが行方知れず？　そんな、そんなこと……」

仙五朗ににじり寄り、腕を摑《つか》む。

「いつからです。いつから、お美津さんはいなくなったんです」

「それがどうも、かれこれ四、五日にはなるようでして」

「五日！　そんな長い間、いなかったんですか。どうして、誰も気が付かなかったんです」

詰《なじ》るつもりはなかったが、慌《あわ》ててはいた。腋《わき》に汗が滲《にじ》み出てくる。気持ち悪い。

「あっしの手落ちでやすよ」

仙五朗が珍《めずら》しくため息を吐いた。

「実は、お美津には実乃治《みのじ》という情夫《おとこ》がおりやしてね。実乃治は腕のいい砥《と》ぎ職人で、家々を回って包丁《ほうちょう》や鋏《はさみ》を砥ぐのを生業《なりわい》にしていやす。お美津が一時、働いていた小料理屋《こりょうりや》が実乃治の得意先でやしてね。そこで二人は知り合ったんでやすよ。実乃治もお美津も本気だったようで、ゆくゆくは夫婦《めおと》にと考《かんげ》えてたらしいんで」

一緒になりたい男がいると、お美津から聞いていた。黒漆《くろうるし》塗《ぬ》りの櫛《くし》をくれた相手と所帯をもちたいのだと。しかし、お互いに面倒をみなければならない親がいるから無理なのだとも言っていた。そして、お美津は泣いたのだ。おキネを厄介《やっかい》に感じた己を責めて、泣いた。

「実乃治は高輪《たかなわ》や品川《しながわ》あたりにも客を持っていて、年に二度ぐれえは一、二晩泊まり掛けで得意先回りをする習いになってるんでやすよ。ここ数日もそれで家を空《あ》けておりやした。あっしは、お美津も同行しているとばかり思っておりやしてね。母親がいなくなって身軽《みがる》になった娘が、好いた男と品川あたりに出掛ける。あるいは、母親を亡くして消沈している女を気晴らしにと、男が仕事がてらの旅に誘う。どちらもよくある話じゃありやすからねえ。いや、全《すべ》て言い訳になりやすね。ええ、あっしはお美津が何日も家に帰っていないと知りながら、さして気にもしなかったんで」

「でも、お美津さんは実乃治さんと一緒じゃなかった……」

「ええ。この前《めえ》、こちらにお邪魔《じゃま》していたとき手下《てか》が来やしたでしょ。あれは、『実乃治が帰ってきたが一人だった。お美津とはおキネが亡くなってから顔を合わせていないと言っている』と、そういう報《しら》せを持ってきたんで」

手下の耳打ちに、刹那《せつな》だが仙五朗の面《おもて》が強張《こわば》った。その表情が思い起こされて、おいちは胸の奥が強張《こわば》る気がした。

「親分さん、でも、あの、お美津さんだっていろいろあって……。家を空けないといけない拠《よんどころ》無《な》い事情があったんじゃないでしょうか。それに、あの、ほらお美津さんて静かな人じゃないですか。家に帰っていても周《まわ》りが気付かなかったってこともあると思いますし……」

「へえ、確かに」と、仙五朗が相槌《あいづち》を打つ。

「与平《よへい》長屋のかみさん連中も、同じことを言ってやした。お美津は昔からおとなしい気質《たち》で、よく言えば物静か、悪く言っちまえば、いてもいなくてもわからねえようなところがあったんだとか。ただね、竈《かまど》や部屋の様子からして、ここ数日帰《けえ》ってねえのは間違《まちげ》えねえんでやすよ。心当たりを捜《さが》しちゃみたんですがいねえんで。それで、まあ、もしやと思いやしてね。独《ひと》りになった淋《さび》しさから世を儚《はかな》んでってこともあるかと」

あり得るかもしれない。仙五朗の〝もしや〟に思いが重なる。お美津の嘆《なげ》き方、己への呵責《かしやく》の有り様《よう》を考えると、死に呼ばれてしまうこともあるのではないか。指が震える。それを、おいちは必死に抑え込んだ。

「けど、本所深川界隈《ほんじよふかがわかいわい》でお美津に合う年格好の仏《ほとけ》さんは見つかっておりやせん。それに、お美津の気性《きしよう》からして死ぬと決めたのなら、身の回りをきちんと片付けていく気がするんでやすが、米も味噌も残ってやしたし、水も買ったばかりらしく水瓶《みずがめ》にたっぷりありやした」

深川で長屋住まいをしていれば、米も味噌も水も全て購《あがな》わなければならない。日銭《ひぜに》で暮らす者にとって一粒の米も、僅かな味噌や水も、この上なく大切なものになる。仙五朗の言う通りだ。お美津なら隣近所に米を分け、味噌を渡し、水を配《くば》るだろう。そのようにしてくれと遺書を残すに違いない。

「親分さん、お美津さんは死のうとしているわけじゃないですよね。何か理由《わけ》があって家に帰れないだけで」

言葉が喉に閊《つか》えた。さっきよりずっと強い震えに襲《おそ》われる。指先に力が入らず、摑んでいた紙が滑《すべ》り落ちた。仙五朗がそれを摘《つま》み上げる。

「おいちさんは、これを見て人の見本のようだと仰いやした。確かに、そうだと合点《がてん》がいきやす。けど、それなら足らねえでしょ」

仙五朗が顔を上げ、おいちを見た。おいちは動けない。頭を上下にも左右にも動かせない。

「足らねえんですよ。若え女《わけ》がね」

「親分さん」

「お美津は三十近い大年増《おおどしま》でやす。けど、おキネに比べればずっと若い。娘だから当たり前《めえ》じゃああるんですがね。老人、老婆《ろうば》、若え男、若え女。ずんぐりに上背《うわぜい》のあるやつ。病持《やまいも》ち、そこそこ達者《たっしゃ》なもの。お美津を加えれば、ざっとですが〝人の見本〟とやらが揃《そろ》いやすぜ」

「親分さん、そんな、そんなことが……」

「へえ、あっしはとんでもねえ的外《まとはず》れなことを言ってるのかもしれやせん。けど、おいちさんの話を聞いたとき、妙に納得《なっとく》しちまって。〝人の見本〟たぁね。あっしには、そんな風に考《かんげ》えられなかった。納得したとたん、背筋が寒くなりやしたよ」

おいちは指を握《にぎ》り込んだ。手のひらが汗で濡れていく。

「親分さんは心当たりがあるんですか。お美津さんがどこにいるか、心当たりが」

「ありやせん」

冷たく聞こえるほど突き放した返事だ。その声音のまま、仙五朗は続けた。

「確かにここだと言い切れるところは、ありやせん。ただ、今日、与平長屋のかみさん連中に、片っ端《ぱし》から話を聞いて回ったんでやすがね。そこで、おキネのことで引っ掛かる話がありやした」

「おキネさん？　お美津さんじゃなくておキネさんの方ですか」

「おキネです。姿が見えなくなるちょいと前に、長屋のかみさんたちが木戸のところで立ち話をしてたんでやすよ。そこに、おキネもいて、ちょいと的外れな物言いをするもんで、みんなで笑ったりからかったりしてたそうなんで。あ、お美津は仕事に出ていて、かみさんたちは、それとなくおキネを見守ってたんでやす」

あけすけな笑い、遠慮《えんりょ》のない言葉、蓮《はす》っ葉《ぱ》な仕草《しぐさ》。長屋の女の声や動きは、おいちには馴染《なじ》みのものだ。「おキネさんたら、耄碌《もうろく》するのは早いよ」「もうちょっと筋《すじ》の通った話をしなよ。それじゃ酔《よ》っ払《ぱら》いの戯言《ざれごと》と変わんないじゃないか」「しゃんとしないと、お美津さんが苦労するよ」。あけすけで遠慮ない、蓮っ葉な一言《ひとこと》や笑いの裏には、温《あたた》かな思いやりや気遣《きづか》いがある。おキネは、その温かさを知っているからこそ、話の輪に加わったのだ。よくわかる。

「輪の中に、お正《まさ》って女がいやしてね。畳《たたみ》職人の女房《にょうぼう》で、あっしにこの話を教えてくれた女でやす。わいわいしゃべっている最中《さなか》に、そのお正の子どもが泣きながら帰《けえ》ってきたんでやすよ。着物の前ははだけて、膝小僧《ひざこぞう》をひどく擦《す》りむいてたんだとか。鼻血も出していたって言ってやしたね。驚いて、よくよく話を聞くと、通りで犬を追いかけていたら駕籠《かご》かきに蹴《け》られたってわかりやしてね。お正は『他人《ひと》の子どもに怪我《けが》をさせておいて知らぬ振りなんて許せないよ』と怒りはしやしたが、駕籠屋からすりゃあ急に子どもが飛び出してきて、つい蹴飛ばしちまったのかもしれないとか、とっくに駕籠屋なんか走り去っちまってどこの誰かわからないじゃないかとか口々に諭《さと》されて、仕方あるまいと気持ちを抑え込んだんでやすよ。ところが、代わりのようにおキネがえらく腹を立て始めてね」

そこで一息吐いて、仙五朗は幾分《いくぶん》、口調を早めた。

「お正が驚くほどの怒り方だったようでやすよ。『こんな小さい子まで、酷《ひど》い目に遭《あ》わせて』と喚《わめ》き出して、一時は手が付けられなかったと言ってやした。みんなで何とか宥《なだ》めて、騒《さわ》ぎは収まった。収まれば子どもの怪我も年寄りの勘気《かんき》も忘れちまいまさぁ。さして、珍しいことじゃありやせんからね。あっしがしつこく聞き回らなかったら、お正も他のかみさん連中も忘れたままだったでしょうよ」

「その日のうちに、おキネさんの姿が見えなくなったんですね」

「さいでやす」

おいちは指を開いてみる。脂汗《あぶらあせ》が滲んでいた。

「みんなは忘れた。でも、おキネさんは忘れなかった。いえ、思い出したんですね。自分も怪我をさせられたことを」

顔馴染みの小さな子が泣いている。自分と同じように傷つけられて、血を流している。どれほど痛いか辛《つら》いか。何てことを、何てことをするのだ、あの荷車は。

「でね、もう一つ引っ掛かるのはおキネの葬儀の後、お正がこの話を詳しくお美津にしゃべったらしいんで。お美津には、おキネがどこに、誰に腹を立てていたのかすぐにわかったでやしょうね」

何てことをするのだ、『新海屋』の荷車は。

「親分さん」

立ち上がっていた。もう一度、こぶしを作る。さっきよりさらに強く握り込む。

おいちと視線を絡ませ、仙五朗が頷いた。

「へえ、急がなきゃなりやせんね」

「行きましょう、早く」

長屋の木戸を駆《か》け抜け、表通りに出る。

「しーちょう、しーちょう、しーちょう、しーちょう」

白襦袢《しろじゅばん》姿の紙帳《しちょう》（紙製の蚊帳《かや》）売りが声を張り上げ、歩いていく。その向こうには、荷箱を担《かつ》いだ枇杷葉湯《びわようとう》売りがやはり売り声を響かせていた。

「一包みは四十八銅（文《もん》）、半包みは廿《にじゅう》四銅、御用《ごよう》ならおもとめなさい。烏丸《からすま》枇杷葉湯でござい」

この前まで桜草《さくらそう》や躑躅《つつじ》の枝売りが行き来していたのに、いつの間にか夏の振り売りに替わっている。江戸では季節の移ろいを物売りの声で確かめることができるのだ。患者のために新しい紙帳を買い入れなければと、松庵と話したのは桜が散るころだった。裏長屋の御多分《ごたぶん》に洩《も》れず、菖蒲長屋も蚊《か》が多いのだ。しかし、今はそれどころではない。

紙帳売りの横を走り抜け、さらに走る。海辺大工町《うみべだいくちょう》へ。

万年橋《まんねんばし》近くまで走ると、さすがに息が切れて足が思うように動かなくなる。

「あっしの読みが甘かった。おいちさんに言われるまで、まさかって思いがありやしたよ」

横に並んだ仙五朗の気息《きそく》は少しも乱れていなかった。

万年橋は小名木川《おなぎがわ》の他の橋と同じく、虹《にじ》を思わせる美しい曲線を描いている。小名木川を通る船の帆柱《ほばしら》が引っ掛からないように、中ほどが高く盛り上がっているのだ。

碧空《あおぞら》を映《うつ》した流れが行き交《ゆか》う船の波に揺れて、さらに青を深める。波は光を弾《はじ》き、白く輝いていた。冬場ならば遥《はる》か遠くに富士を望める日もあるが、今は薄い靄《もや》の向こうに霊峰《れいほう》は姿を隠していた。

「いや、今でも半信半疑じゃありやす。情けねえ話じゃありやすが、わからねえところが多過ぎて、思案がちゃんと回らねえんで」

「……はい」

万年橋の欄干《らんかん》に手を置いて、喘《あえ》ぐ。汗が噴《ふ》き出て、全身を濡《ぬ》らしていた。

「すみま……せん。急ぎ過ぎて……息が……続かなくて……」

「ああ、無理しなくてようござんすよ。菖蒲長屋からここまで走ったんだ。そりゃあ息切れもしまさあ。あ、おい、兄さん」

仙五朗が冷水《ひやみず》売りを呼び止める。おいちは、その間に何とか息を整えようとした。目を閉じると、万年橋を渡る人々の足音や気配《けはい》、笑い声が漣《さざなみ》に似て寄せてくる。その波の底から、女の横顔が浮かび上がってくる。眉《まゆ》を寄せ、苦しそうにあえいでいた。

お美津さん。

目を開ける。川面《かわも》のきらめきが目に飛び込んできた。眩《まぶ》しい。けれど、おいちの眼には煌《きら》めく水より、お美津の蒼白《あおじろ》い顔の方がくっきりと焼き付いていた。

急がなければ。

顔を上げる。それを待っていたかのように、真鍮《しんちゅう》の器《うつわ》が差し出された。

「飲みなせえ。そうすりゃ、少しは息も落ち着きやすよ」

「あ、すみません。ありがとうございます」

水に砂糖と寒晒粉《かんざらしこ》の小さな塊《かたまり》が入っている。冷水と言うには温《ぬる》かったけれど、渇《かわ》ききった喉に染みた。仄《ほの》かな甘みも心地よい。元気が出る。

「親分さん、お手数かけました。参りましょう」

「そうしやしょう。けど、無理はいけやせん。『新海屋』についたとたん、動けなくなったんじゃあ元も子もねえ。息が持つほどの急ぎ足で。ようござんすね」

「……はい」

仙五朗の口から、はっきりと『新海屋』の名前が出た。胸を押さえ、おいちは息を吐いてみた。鼓動はまだ速いが、息苦しくはなかった。器を冷水売りに返した仙五朗と並び、万年橋を渡る。川からの風が涼しい。

「おいちさん、歩きながら問うことでもねえですが、やはり聞かせてもらいてえ」

仙五朗が低く、囁《ささや》いた。辛《かろ》うじて聞き取れるほどの声だ。

「はい、答えられることなら、何でもお答えします」

「ありがてえ。けどその前に、あっしのことから話しやしょう。実は、一昨日《おととい》になりやすが田澄《たずみ》さまに骨を折っていただいて、長崎帰りの生島《いくしま》さまってお医者に会えやした」

「はい。兄と共に学んだという方ですね」

「さいでやす。実直そうな若者に見えやしたが、それはそれ。あっしが知りたいのは、長崎で何があったのかってこってす。江戸と同じように人が行方知れずになり、無残な姿で見つかる。田澄さまの話をもう少し深く探《さぐ》りたかったんで」

「ええ、わかります。それで、生島さまというお方は何かご存じでしたか」

「ほとんど何も知らないと言われやした。田澄さまと同じく、ただ巷《ちまた》の噂《うわさ》として耳に挟《はさ》んだ程度だと。けれど、二つ、手応《てごた》えがありやしたよ。一つは行方知れずの者の中に、嫁入り前の、まだ二十歳《はたち》にもなっていねえ若え娘《わけ》がいたらしいんで。その娘は乳《ちち》と胃の腑《ふ》に大きな痼《しこり》ができていて、もう長くはなかったそうでやす。ある日、家の者が気付かない間にふっといなくなってそれっきり消えちまったとか。あっしは医術のことなんかさっぱりですが、若え者《もん》にそんな痼ができるのは珍しいんでやしょ」

「そうですね。診《み》たわけではないので何とも言えませんが」

おそらく岩《がん》だろう。命を奪うほどの痼となると、その見込みが高い。だとしたら、確かに珍しい。しかし、珍しいだけだ。患者がいないわけではない。男だったが、喉に痼のある若い患者を診たことがある。確か、まだ十八か十九だった。松庵が手を尽くして治療したが、三月《みつき》ともたなかった。食べ物はおろか水も飲めなくなり、痩《や》せさらばえて亡くなったのだ。伊予助《いよすけ》という若者の名を思い出すたびに、おいちは病の惨《むご》さに鼓動が乱れてしまう。長崎の娘も苦しんだだろう。痛く、辛く、怖かっただろう。誰か助けてと、叫びたかっただろう。いや、実際に、叫び、泣き、己の運命《さだめ》を呪《のろ》ったかもしれない。伊予助も言葉がしゃべれる間は、ずっと「なぜだ、なぜだ」と問い続けていた。なぜ、こんなに苦しいんだ。何の咎《とが》でこんな目に遭うんだ。なぜ、おれが病に罹《かか》らなきゃならなかったんだ。

「痛い、辛い、助けてくれよ、先生」と縋ったのは松庵やおいちだったが、なぜと問い続けた相手は天だろう。神なのか仏なのか、人の運命を司《つかさど》る何かに伊予助は訴《うった》えを繰り返して繰り返して、逝《い》った。

「親分さん、その娘さんのご遺体は見つかったのですか」

「それが、見つかってねえようなんで。万が一、病の苦しさに自ら命を絶ったのなら、遺体が消えちまうのもおかしいし、遺書ぐれえは残すはずだと思いやすがね」

「娘さんも犠牲者だと？」

仙五朗の黒目が、窺《うかが》うようにおいちに向けられた。

「この娘、お美津より若《わけ》えんで。しかも、病持ちだ」

足が止まる。思わず止めてしまった。

「親分さん、それって……」

「へえ、おいちさんの言う〝人の見本〟とやらに加えてみたらどうでやしょう。さらに、見本帳の中身が満たされるとは思いやせんか」

寒気《さむけ》がする。やめてくださいと叫びそうになる。でも何も言えなかった。黙って、老練な岡っ引を見詰めていた。

「もう一つは、勘助《かんすけ》って名の男でさ」

促すように顎をしゃくり、仙五朗が歩を速める。慌てて、後を追った。

「年のころは三十を幾つか出た、魚の棒手振《ぼてふり》でやす」

「詳しいのですね。それは、生島さまから聞いたのですか」

「さいでやす。犠牲者と噂されている者の中で唯一《ゆいいつ》、生島さまと面識のあった男だったとか。つまり、生島さまが勤めていた療養所《りょうようじょ》に患者として入っていたんでやすよ」

学業の傍ら療養所や高名な医師の許で実際に患者と接する。学生は、そこで人に巣食《すく》った病に、傷に、流れる血に、苦悶《くもん》の声に、涙に、己の力の至らなさに向かい合う。書物では学べない生々《なまなま》しい現《うつつ》を知っていくのだ。おいちの場合、学問より先に生の患者、生の現を学んでいたのだが。

「患者さん、ですか。では、どこかを悪くしていたのですね」

「肝《かん》がかなり悪かったそうでやすが、生島さまが直《じか》に診《み》たわけじゃねえから、詳しくはわからねえと仰ってやした。勘助は身寄りもなく、見舞いに来る者もいなかったようだとも」

「その、勘助さん、やはり行方知れずに？」

「へえ。療養所からふっと消えちまって、そのまんまだそうで。ですから、生島さまは、娘にしても勘助にしても行方知れずになる理由はある。つまり、病の苦しさに耐《た》えかねて人知れず命を絶ったとも考えられると仰いやした。巷の噂と結び付くかどうかわからないと。まあ一理、ありやす」

また止まりそうになる足を何とか前に出す。

「親分さん、その療養所って、もしかしたら石渡乃武夫《いしわたのぶお》先生が初代の肝煎《きもいり》（所長）をなさっていたところではありませんか」

仙五朗が瞬《まばた》きをした。しかし、驚いた顔付ではない。

「そうでやす。石渡先生ってのは、えらく高名なお医者さまだったんでやすね。あっしなんかにはとんとわかりやせんが、小石川養生所《こいしかわようじょうしょ》に負けねえぐれえの施療院《せりょういん》が、どんな小藩にも一つはあるべきだ、なければならないと強く唱《とな》えておられたそうでやすね」

「あたしは何も知りません。でも……だとしたら、明乃《あきの》先生は夫君《ふくん》が肝煎まで務められた療養所を離れて、江戸に帰ってこられたということですよね」

「でやすかねえ。生島さま曰《いわ》く『自分たちは半人前の学生に過ぎず、助手として働くのみ。何を知らされるわけでもない』ってことなんで、真偽《しんぎ》のほどはわかりやせんが。療養所内でごたごたがあったんじゃねえですか。石渡先生が亡くなって、次の肝煎を誰にするかで揉《も》めたとか争ったとか」

その揉め事、争いの果《は》てに明乃は江戸に戻ることを決めたのか。仙五朗の語る言葉が、おいちの中に漂《ただよ》っていた濃い霧を少しずつ拭《ぬぐ》い去っていく。

「見えやしたぜ」

仙五朗が呟いた。

数間《けん》先に、『新海屋』の堂々とした店が建っていた。繁盛《はんじょう》している商家らしく、賑《にぎ》わっている。その賑わいが風に乗って伝わってくるようだ。

「おや、これは、おいちさんじゃありませんか」

店先にいた遼太郎《りょうたろう》がおいちを目敏《めざと》く見つけ、笑顔になる。ただ、視線は緩《ゆる》まぬまま、おいちの後ろにいる仙五朗に向けられていた。

「おいちさん、こちらは確か……」

「『新海屋』の若旦那でやすね。あっしはお上《かみ》の御用を承《うけたまわ》っておりやす仙五朗って者なんで。どうぞ、お見知りおきくだせえ」

仙五朗が丁寧に頭を下げる。

「あ、〝剃刀の仙〟の親分さんですね。お名前だけは、存じておりました。こちらこそ、何かとお世話になっております。町内で厄介事があれば、まずは親分さんにお任せするのが一番と、聞かされておりますよ。大層、頼りになるからとねえ」

「いえ、とんでもねえ。何ほどのこともできやしやせんが、あっしなりに働かせていただいておりやす。本所深川あたりはあっしの縄張り《シマ》なんで、ちょいちょい野暮《やぼ》な用で、顔を出さなきゃならねえんでやすよ」

物言いは柔らかだし、笑みも浮かべている。しかし、仙五朗の気配は張り詰めていた。その強さは遼太郎の比ではない。

「さようですか。けど、なぜ、おいちさんと？」

「おいちさんとはちょいと縁がありやしてね、常日頃からお世話になっておりやす。今日はこちらに、野暮用の一つができやした。で、おいちさんに同行してもらったんで」

「うちに？　何の御用です」

遼太郎が顎を引く。もう、笑みを浮かべる余裕はないようだ。眉を寄せ、目を細める。用心深くこちらを窺ってくる表情に思えた。

「遼太郎さん、明乃先生はいらっしゃいますでしょうか」

「え？　ええ、ここ数日は長崎からの荷を片付けるのに忙しくされていますが。けど、今日は集まりの約束はありませんでしょう。いくら塾生でも、急に押しかけられるのは迷惑ですよ。手前どもも先生もね」

「ご無礼《ぶれい》は後で、いかようにもお詫《わ》びいたします。親分さん、こっちです」

裏口に回るために、路地に踏み込む。路地といっても、一方は店の、もう一方は蔵《くら》の壁《かべ》に仕切られた路《みち》だ。つまり、この路地も含めて『新海屋』の敷地《しきち》だった。しかも、菖蒲長屋の路地よりずっと広い。日も当たるのか、藍色《あいいろ》の小さな草花があちこちで花弁《かべん》を広げていた。

そこを抜けると、立板塀《たていたべい》があり木戸が閉まっていた。押してみると、難なく開く。

「ちょっ、ちょっと、おいちさん。勝手なことをしないでください。わたしが先生にお叱りを受けるじゃありませんか。用事なら取り次ぎますから、表に回りなさい」

遼太郎が険《けわ》しい声で叫ぶ。あきらかに咎める口調だった。素早く、おいちの前に回り、睨みつけてくる。

「あんた、いったい何さまのつもりですか。塾生として認められたからって、突然に押しかけて好き勝手にしていいって話じゃないでしょう。ここはうちの家内《やうち》ですよ。許しも得ずに入り込んで、図々《ずうずう》しいにも程がある」

遼太郎の喚き声が一段と高くなる。おいちは若い商人《あきんど》を見上げ、息を吐いた。

「申し訳ありません。自分でもとんでもない不躾《ぶしつけ》をしているとわかっております」

「だったら、すぐに出ていきなさい。帰って出直してくるがいい」

野良犬《のらいぬ》を追い払う仕草で、遼太郎は右手を振った。

「いいえ、帰りません。明乃先生にお伺《うかが》いしたいことが、どうしてもお尋《たず》ねしなければならないことがあるのです」

「だから、それは塾の決められた日にでも」

「人の命がかかってるんです。どきなさい」

遼太郎の双眸が大きく見開かれた。瞬きもせず、おいちを見詰める。その身体を押して、前に出る。遼太郎はあっけなくよろめいて、木戸に背中をぶつけた。

「あ、痛ったた」。さっきの喚きとは打って変わった情けない声をあげたけれど、おいちには振り向く気持ちも、謝《あやま》る余裕もなかった。そのまま、奥に進む。

離れが見えてきた。離れといっても、母屋《おもや》とは別に広い出入り口がついている。初めて石渡医塾を訪れたとき、ここから上がり磨《みが》き込まれた廊下《ろうか》を歩いた。ほんの数日前なのに、心の内にあるものは、あまりに違う。

「失礼いたしやす」

律儀《りちぎ》に挨拶《あいさつ》して、仙五朗も履《は》き物を脱《ぬ》いだ。

「あら、おいちさん」

障子戸《しょうじど》が開き、明乃が姿を見せる。今日は白っぽい紬《つむぎ》を身につけている。その色が差し込む陽光に照り映えて、華やかに目に映った。

「遼太郎さんが何やら騒いでいると思ったら、あなただったの。いったい何事です」

明乃は首を傾《かし》げ、おいちの肩越しに眼差しを投げた。仙五朗がいることに、僅かだが戸惑《とまど》っている。仙五朗が頭を下げる気配がした。

「おいちさん、こちらは？」

仙五朗が答えるより先に、おいちは一歩、明乃に詰め寄った。

「先生、教えていただきたいことがございます」

「え？　どうしたのです、唐突《とうとつ》に」

「長崎の療養所では、患者さんにどんな衣を着せておられました？」

「は？　おいちさん、何を言っているの。長崎の衣なんてどうでもよろしいでしょう」

「教えてください。どんな色の衣だったのですか」

明乃が口を結び、おいちを見据えてくる。背後で、仙五朗が息を吐き出した。

「わかりました。ともかく、こちらへ」

明乃が促す。座敷に上がっている暇《ひま》などない。おいちは明乃を見詰めたまま、かぶりを振った。

「先生、刻《とき》がないのです。急がないと」

「だから、お話を伺うのです」

明乃の口調は静かだったが、有無を言わせぬ強さがあった。

「何もわからないままではお答えすることも、動くこともできませぬでしょう。ともかく、わたしにもわかるように話をしてください」

「おいちさん」

仙五朗がおいちの袖《そで》を引っぱった。やっと聞き取れるほどの声で囁く。

「先生の仰る通りでやす。藪《やぶ》から棒《ぼう》に問われても答えようがありやせんよ。ここは、きちんと話をさせていただきやしょう。それが一番、手っ取り早い」

頷くしかなかった。息を整え、逸《はや》る心を何とか抑える。

「ここは、わたしの居室《きょしつ》です。散らかっておりますが、どうぞお入りください」

座敷の隅《すみ》には木箱が幾つか重ねてあり、荒縄《あらなわ》や荷の中身だったと思《おぼ》しき書物、大きさも形もまちまちの塗箱《ぬりばこ》や藁包《わらづつ》みが置かれ、積み上げられている。明乃は書き物をしていたらしく、文机《ふづくえ》の上には巻紙《まきがみ》と硯《すずり》が出ていた。微かにだが墨の香《かぐわ》しい匂《にお》いがする。散らかっていると明乃は言ったが、品々はどれも野放図《のほうず》に放り出されているのではなく、これから納まる場所に納まるのだという落ち着きを感じさせる。

仙五朗は後ろ手に障子を閉めると、文机の横に座った明乃に手をついた。

「先生、初めてお目にかかりやす。約定《やくじょう》もなく押しかけちまって申し訳ありやせん。あっしは、お上の御用をあずかる仙五朗と申しやす」

「まあ、目明《めあか》しの親分さんですか。そんな方がなぜ、おいちさんと」

明乃の視線がおいちに向く。眼差しも、口調も、仕草も穏やかだった。

「それは、あっしから話をさせていただきやす」

仙五朗が語り始める。おキネのこと、行方知れずになった御薦《おこも》たちのこと、お美津のこと、生島から聞いた長崎での事件のこと。いつものように、要領よく何の感情も交《まじ》えず伝える。これは仙五朗の才の一つだった。おいちなら、こうはいかない。気持ちが騒ぎ、焦り、かき乱されて、事実をありのままに他人に伝えきれない。想いが先走って、言葉が追いつかなくなる。仙五朗の淡々とした語りを聞いていると、この部屋の品々のように、現《うつつ》の全てはいずれどこかにきちんと納まっていく。そんな気さえしてくる。しかし、納めるのは人だ。物事は人の手によって、整えられも片付けられもするけれど、乱されも壊《こわ》されもする。歪められることもある。

仙五朗の語りに耳を傾けている間、明乃の表情は変わらなかった。しかし、聞き終えたとたん、深い吐息《といき》が唇から漏れた。

「親分さん、改めてお尋ねします。江戸での事件に長崎が、いえ、わたしたちが関わり合っているとお考えなのですか。だから、ここにお出《い》でになった？　そうなのですか」

「その通りでやす」

「なぜ、そのようにお考えですか」

「事件の成り行きがよく似ている、ほとんど瓜《うり》二つと言っていいほど似ているからでやす。長崎の事件は、直に探《さぐ》ったわけじゃねえ。ただ、長崎帰りのお医者さまに話を伺っただけでやす。それでも、そっくりだと思えやしたね」

行方知れずになる者たちが身寄りのない、あっても縁の薄い境涯《きょうがい》であること。その境涯より他に繋がりがないこと。見つかったときには、無残な姿に変わり果てていること。

仙五朗が指を折りながら、似通う点をあげた。

明乃が黙り込む。そのまま沈黙が続く。おいちは炙《あぶ》られるような焦りを懸命にこらえた。

仙五朗の話を受け止めるために、明乃なりに心を落ち着けようとしている。その気配が痛いほど伝わってきたからだ。ややあって、明乃が口を開いた。

「なるほど、わかりました。しかし、江戸と長崎で似た事件があったからといって、わたしたちをお疑いなら、それは少し性急、少し乱暴ではありませぬか。江戸にはあらゆる国から人が集まります。長崎からも薩摩《さつま》からも奥羽《おうう》からも尾張《おわり》からも、ね。わたしたちの他にも長崎から江戸に移ってきた者はたくさんいるはずです。なぜ、わたしたちが事件と関わり合っていると言い切れるのです。失礼ですが、わたしには言い掛かりに等しいとしか思えませんが」

仙五朗が答えるより先に、おいちは明乃ににじり寄った。

「これを見てください」

明乃の膝元に紙を広げる。明乃はちらりとおいちを見やった後、それを手に取った。暫《しばら》く眺《なが》め、首を僅かに傾げる。そして、また、おいちに目をやる。

「これは、事件の犠牲になった御薦さんたちの？」

「そうです。年格好、病の有る無しを親分さんに調べてもらいました」

「これが何か？」

「ここにおキネさんが加わります。年老いた女の人が」

「だから、それが何なのですか。犠牲になった方々はお気の毒ですが、わたしにはどうしようもありません。医者は病や怪我は治《なお》せても、死者をよみがえらせることはできませんよ」

明乃の口調が心持ち尖《とが》る。苛立《いらだ》ちが小さな棘《とげ》になったのだ。

「あたしには、人の見本のように思えたのです」

「見本ですって？」

人の見本。

初めて告げたとき、仙五朗は大きく目を見開いた。明乃も同じ表情をしたけれど、それは束《つか》の間で消えた。眼元《めもと》と口元が強く張り詰める。

「それは、まさか……」

「はい。そうです。薬、あるいは何かしらの施術《せじゅつ》を試《ため》すために生身《なまみ》の人を使う。あたしは薬だろうと思っていますが、老若男女、様々な色合いの人たちを集め、試し、改良し、さらに試す。そのためにさらに犠牲となる人たちが入り用になって」

「やめなさい！」

明乃が叫んだ。顔には血の気《け》がほとんどない。青白く乾いた頰《ほお》が震える。

「おいちさん、あなたは自分が、自分がどれほどおぞましいことを口にしているかわかっているのですか。薬にしろ施術にしろ、生身の、生きている者を試しに使うなど考えられません。考えられるわけがないでしょう」

「先生」

今度は、仙五朗が身を乗り出した。明乃は唇の色まで失っていた。

「ここに、『新海屋』が繫がってくるんでやすよ」

「え？　繫がる？」

「へえ。発端《ほったん》はおキネの怪我でやす。おキネは『新海屋』の荷車に轢《ひ》かれそうになり、かなりの怪我をしやした。それを治療したのがおいちさんでやす。傷は命取りになるほどのものじゃなかった。ただ、『新海屋』はまるで取り合わなかった。年寄りに怪我をさせたと認めなかったんでやすよ。おキネは覚えが少し怪《あや》しくなっていやした。娘のお美津は諦めて『新海屋』の狼藉《ろうぜき》を忘れようとしたんでやす。おキネも、自分がどうして怪我をしたのか覚えていない風だったんでね」

明乃が眉を寄せた。仙五朗の話の行きつく先が読めないのだろう。しかし、何も言わなかった。色のない唇を一文字《いちもんじ》に結び、岡っ引を見据える。

「ところがおキネは覚えてたんでやすよ。頭の底に、ね。同じ長屋の子どもが駕籠かきに蹴られて怪我をするって騒動がありやしてね。ええ、まあよくある騒動でやす。血を流しながら泣く子どもを見て、おキネが突然に怒りだしたんでやす。それまで、穏やかに話をしていたのに、急に眦《まなじり》を吊《つ》り上げたんで」

明乃の喉が動いた。唾を呑み込んだのだろう。

「へえ、そうなんで。おキネは自分と子どもを重ねて、怒りを覚えたんでやすよ。『新海屋』が子どもにも怪我をさせたと思っちまった。わたしだけでなく、こんな小さな子まで酷い目に遭わせたと。おキネの行方がわからなくなったのは、その日のことでやす」

「……おキネさんとやらが、ここに来たと仰るのですか」

明乃の声音が掠《かす》れて細くなっていく。

「おそらくとしか、言いようがありやせん。何の証もねえんで。けど、『新海屋』に腹を立て一言文句を言いたくて海辺大工町に足を向けた。あっしはそう睨んでやす。おキネの頭の中には、海辺大工町の『新海屋』ってのがへばりついてたんじゃねえですか。それに、亡《な》くなった御鷹たちでやすが、小名木川界隈を縄張り《シマ》にしてたやつらばかりなんで。あ、御鷹ってのも、あっしたちと同じように縄張りってのがあるんでやす。でないと、施《ほど》し物《こ》の奪《うば》い合いになっちまいますからね。ですから、御鷹たちは縄張り荒らしをしねえもんなんで。だからまあ、このお店《たな》の裏あたりをうろついていた見込みはありやすよね」

「そんな、信じられません。全て当て推量に過ぎないではありませんか。仰ったように確かな証なんて一つもありませんよ」

「さいでやす。だから、不躾を承知で押しかけてきたんで。人の命がかかってやすからね。先生、実はおキネの娘、お美津って女の行方がわからなくなっちまったんでやすよ。三十絡みの痩せた背の高い女です」

「痩せた背の高い……」

明乃が鸚鵡《おうむ》返しに答えた。視線がふわふわと座敷内を漂う。途方に暮れた眼差しだった。その動きに合わせ、おいちも目を動かした。

叫びそうになる。

木箱の後ろに布の端《はし》が見えたのだ。薄い青だった。立ち上がり、それに手を伸ばす。薄青の衣が三枚、きっちりと畳《たた》んで重ねてあった。胸紐《むなひも》で結び合わせる簡素な物だ。

これだ、間違いない。間違いなく、あの男が着ていたのと同じ衣だ。

衣を摑んだまま、振り返る。明乃も仙五朗も、おいちを凝視《ぎょうし》していた。

「先生、これは長崎の療養所で使っていた物ですね」

問うた自分の声も掠れていると、おいちは覚《さと》った。喉から口の中にかけて、渇ききっている。舌を動かすのが難儀に感じられた。

「ええ、患者用の衣です。何かの役に立つかと持ってきましたが、それが何か？」

「あたし、見ました。顔はわかりませんが、これを身につけた人が横たわっているのを。足も手も、ひどく爛れていました。あれは……あの人は、きっと生島先生が仰っていた勘助さんです」

明乃は顎を引き、戸惑いを露《あら》わにしたけれど、仙五朗ははっきりと首肯してくれた。

「は？　見たって……おいちさん、何を言ってるのです。あなたの言っていること……」

明乃が口をつぐむ。仙五朗が腰を上げたからだ。足を滑らせるようにして、障子戸まで行くと、一気に横に引いた。

女の小さな悲鳴が聞こえた。

「おっと、逃がさねえよ。娘さん、あんた、さっきから盗《ぬす》み聞きしてやしたね」

仙五朗は手首を摑んだ女を引きずるように、座敷内に入れる。

「まあ、喜世さん」

明乃も悲鳴に近い声で呼ぶ。仙五朗が手を放すと、喜世はその場に座り込んだ。

「あなたは、廊下で盗み聞きをしていたのですか」

「申し訳ございません。盗み聞きなどと、そがんつもりはなかったとです。路地におったら、お二人と遼太郎さんとのやりとりの聞こえてきて、江戸の目明しの来たて知って、そいで、そいで、気になってしもうて……」

喜世が両手をつき、深々と頭を下げる。肩が震えていた。その前に、仙五朗が片膝をつく。

「喜世さんと、仰るんでやすね」

「……はい」

「なぜ、気になりやした」

喜世が顔を上げる。頰を二筋、汗が流れた。

「あっしは確かに岡っ引でやす。江戸の岡っ引が来たことが、そんなに気になりやしたか」

「それは、その……」

「木戸にかんぬきが掛《か》かってませんでしたね。ここに入ってくるとき、木戸はすんなり開きやした。あれは、あんたが開けておいたんじゃねえですか。あっしたちのために」

そういえば、そうだ。人が来るとわかっているとき以外、木戸は閉め切っておく。そう聞いていた。しかし、何の約定もなく、連絡もせず訪れたにもかかわらず木戸は開いたのだ。

「そん通りです。わたしが開けておきました」

仙五朗が微かに眉を寄せた。

「あんた、あっしたちが来るのを待ってたんでやすね。招き入れたかった。おいちさんはともかく、見ず知らずの岡っ引をでやすよ。それは、なぜでやす。そして、盗み聞きするほどあっしたちの話が気になった。聞かずにはおられなかった。そのわけを教えてもらいやしょう。包み隠さず話してもらいやすぜ」

仙五朗の言葉が終わらないうちに、喜世は激しく身震いをした。涙が溢《あふ》れ出て、頬をさらに濡らす。

「おいちさん」

泣きながら喜世が縋りついてくる。両足に力を込め、何とか受け止める。

「あなたは不思議な人や。初めて会《お》うたとき、感じたと。こん人なら救うてくれるかもしれんて」

喜世は膝をつき、両腕をおいちの腰に回していた。おいちは喜世の肩にそっと手を置く。

「喜世さん、わたしに任せてください。全てを任せてくれて大丈夫です」

喜世の腕の力が僅かに緩んだ。濡れた眼《まなこ》の中に喜世本来のものだろう聡明《そうめい》な輝きが戻る。

「わたしは、誰を救えばいいのです？」

問うてみる。喜世が大きく息を吐き出した。

「蔵の中の人ば……。そして、そして美代さんば救ってくれんね」

おいちは仙五朗と顔を見合わせる。

「喜世さん、美代さんのところに連れていってください、早く」

喜世の肩を揺する。驚くほど敏捷《びんしょう》に喜世は立ち上がり、頷いた。そのまま駆け出す。おいちも廊下に飛び出した。喜世は裸足《はだし》で庭に飛び下り、さらに走る。おいちも履き物をつっかける余裕はなかった。苔《こけ》むした土を小石を飛石を足裏に感じながら、喜世を追う。

母屋を回り込むと、喜世が立ち止まった。おいちも慌てて足を止めたが、勢いが付き過ぎてよろめき、喜世の背中にぶつかってしまった。

「す、すみません。あ……」

目の前に蔵があった。ずい分と古びている。『新海屋』の蔵はさっき通った路地に沿って建っていたはずだ。漆喰の重厚な壁が並んでいた。

「これは、昔使っていた蔵ですか」

「そう聞いとる。商いの大きゅうなって、表に新しか蔵ば建てて要《い》らんごとなったばってん、壊されずにずっと放っておかれとると」

「ここに美代さんが？」

喜世がかぶりを振る。頬に後《おく》れ毛《げ》が数本、貼《は》り付いていた。

「わからん。ただ、前に一度、ここんにきで見たことのあると。そいだけばい」

「錠前《じょうまえ》が掛かってます。中に人はいないわ」

蔵と同じように古びた錠前は、触《さわ》るだけでぼろぼろと錆《さび》が落ちる。しかし、作りは頑丈《がんじょう》で錠の役目は果たしていた。扉《とびら》の前にも蜘蛛《くも》の巣がいくつも掛かっている。中の一つは、円網《えんもう》の真ん中に大きな女郎蜘蛛《じょろうぐも》が脚《あし》を広げていた。誰かが開け閉めした跡はどこにもない。人の出入りのないまま、何年も過ぎた蔵だ。

「そんな、でも……」

喜世が忙《せわ》しげに視線を動かす。

「喜世さん、教えてください。おキネさんや御鷹の人たちはここに連れてこられたのですか」

「たぶん。ここしか、考えられん。ここやったら誰にも気づかれずに……」

人でも物でも運び入れられる。あるいは、運び出せる。

喜世が言い淀《よど》んだ言葉が、耳の奥まで届いてくる。

「裏手が掘割《ほりわり》になっていやすね。舟で小名木川まですぐに出られる。小名木川から大川《おおかわ》に出て、死体を捨てりゃあそのまま海に流れちまうと下手人《げしゅにん》は考えたんでしょうかね。けど、潮《しお》の満ち引きで、流れは変わりやす。海にあったものが川に押し戻されてくるってこともあるんでやす。けど、そういうこと、案外、人は知らねえもんでね。まあ、まともに生きてりゃあ死体を捨てるなんて仕儀に至るこたぁ、ありやせんがね」

仙五朗は誰に聞かせるつもりなのか、ぼそぼそと呟く。

「喜世さん」

おいちは喜世の前に立ち、相手を凝視《ぎょうし》した。

「お美代さんは、ほんとうに、ほんとうに人を殺したのですか。おキネさんたちをかどわかして、殺したんですか」

口にすると、おぞましさに舌が曲がるようだ。

「そうたい。おいちさんの言うた通りばい。新しか薬ば試すとに人ば使《つこ》うた。人ば使わんば、薬のほんとうの効目《ききめ》はわからんて思うたとやろう」

「馬鹿な。人を犠牲にしてまで作らなきゃならない薬なんて、そんなものが、そんなものがあるわけないでしょ」

喜世の口元が僅かに歪んだ。眼の奥でぼわりと青い火が燃えた。そんな気がして、おいちは思わず息を詰めた。

「そいけど、紀州《きしゅう》のあの華岡《はなおか》先生でも、通仙散《つうせんさん》ば作ったときは奥方ば試しに使《つこ》たという話やなかですか」

背後で息を呑む音がした。明乃がふらふらと前に出てくる。

「もしかしたら……美代さんが作ろうとしていたものは痛みを除く薬……。石渡がずっと追い求めていた無痛薬なのですか」

「だと思います。美代さんは石渡先生のご遺志ば継いで、新しか薬ば生み出そうとしとったと……。ばってん、美代さんのやったことは許されるもんやありません。そいは、美代さんもようわかっとるはずです」

「当たり前です」

明乃の声が引きつった。

「石渡は確かに無痛薬があれば、患者の苦しみを減らせる。それを使って外科の手術ができれば、助かる命が増えると言っておりました」

「はい。そいに、病や怪我の痛み、苦しみから解き放って、穏やかな最期《さいご》ば迎えられるとも言うとらした。治すだけではなく、苦痛ば少しでん取り除くとも医者の仕事だと」

おいちは胸の上で両手を重ねた。

――息をするのも話をするのも苦しくて、早く楽になりたいとそればかりだ。おれの力ではどうにもならないところまできてしまったなあ。

松庵の呟きとため息が思い起こされる。馴染みの『嵯峨屋《さがや》』の主《あるじ》が病に侵《おか》され、手の施しようがなくなったときの呟き、そしてため息だった。内儀《おかみ》さんから、もう楽にしてやってくれと涙ながらに頼まれたとも、松庵は打ち明けた。

おいちも病のために、命取りの怪我のために、死までの数刻を、数日を、数か月を、煩悶《はんもん》のうちに過ごさねばならない患者たちを見てきた。一人や二人ではない。おいちの手を握って苦しい苦しいと訴え続けた男も、痛みに歯を食いしばり声も出せないまま逝った女も知っている。あの人たちからせめて死までの短い間だけでも苦痛を取り除けたならと、何度、考えたことだろう。だから、わかる。医者が無痛薬を欲する思いは、よく、わかる。でも……。

「人の命を犠牲にして、人を救える薬ができようはずがありません」

明乃が叫ぶ。おいちの心内《しんない》を代弁するような一言だった。

「石渡は、こんな、こんなやり方を一分《いちぶ》も望んでおりませんよ。人の命は全て等しく貴《たつと》いのです。なのに、薬を試すために誰かを踏み台にするなんて、美代さんがそんなことを考えていたなんて、何のために今まで医学を学んできたのです」

「ばってん、わたしは美代さんの気持ち、少しわかります」

「まあ、喜世さん、あなたまで何を言うの」

「わたし、美代さんが何ばしとるか薄々《うすうす》、感付いとりました。わかっとって……知らぬ振りばしておりました。真実ば知るとが怖かったとです。そいけど……」

一瞬、目を伏せたけれど、喜世はすぐに顔を上げた。

「人の身体ば使うとが一番早《はよ》うに、確かに効目ば調べられるやなかですか。薬ば完全に仕上げることのできる。先生、わたしたちは女っていうだけで療養所からも学問所からも追われました。美代さんはわたしたちば追い出した男たちに復讐《ふくしゅう》したかったんやなかろうか。石渡先生でさえ作れんかった薬ば作り、男だ女だと騒ぐことしかできん者《もん》ば見返してやりたかったんやなかろうか。わたしは、その気持ち、ようわかります。わかるけん、見て見ぬ振りばしてしもうたとかもしれません」

「喜世さん」

明乃の顔が歪んだ。頤《おとがい》が震える。

「追い出された？　どういうことですか」

おいちは明乃と喜世を交互に見やった。胸の奥がちりりと疼く。明乃がかぶりを振る。

「……石渡が亡くなり、新たに肝煎になった方が、女が医術を学ぶことに大層反対なさったの。女は情で動き、知を蔑《ないがし》ろにする嫌いがあるから医者には向かないと」

「まあ、そんなことを。とんでもない偏《かたよ》った考えだわ。医者に相応《ふさわ》しくないのは、その方ではありませんか。恥ずかしくないのかしら」

明乃の口元が心持ち綻《ほころ》んだ。

「そうです。とても偏った恥ずかしい考えです。でも同意される方も多くてね。男だけではないのです。少なからぬ女の方から、家の外に出て男と同等に働くなど以《もっ》ての外《ほか》と責められましたよ。わたしは寡婦《かふ》ですから、余計に風当たりが強くて。寡婦となったからには表舞台に出てはならない。一生、故人の冥福《めいふく》を祈りながら、ひっそりと生きて死なねばならないそうです。このまま長崎にいたら、わたしたちの道は閉ざされてしまう。そう思い、江戸に参りました。江戸で新たに塾を開く。その志《こころざし》に美代さんも喜世さんもついてきてくれたのです。だから、悔《くや》しさは……、わたしたちを切り捨てようとした人たちを見返してやりたい、その気持ちはわかります。わたしも、同じ思いですから」

明乃はおいちを見詰め、一度緩んだ口元を引き締めた。

「でも、間違っています。どんな理由があっても間違っています。こんなやり方は医の道どころか人の道に外れています。そのことを美代さんに伝えねばなりません」

「裏に回りやしょう。おそらく出入り口があるはずでやす」

仙五朗が素早い動きで、蔵の後ろに回り込む。

「まあ、やっぱり」おいちは目を見張った。蔵の裏は掘割になっていて、小さな船着き場さえ設《しつら》えてある。猪牙舟《ちょきぶね》が一つ、杭《くい》に繋がれていた。この掘割を行けば、小名木川は目と鼻の先になる。仙五朗の言った通りだ。

壁の真ん中に、引き戸が付いていた。蜘蛛の巣も錆もない。人が出入りしているのだ。戸のやや上方には明かり取りの窓が付いていて、下にかなりの高さの踏み台が置いてあった。この台に上れば、中が覗ける寸法《すんぽう》だ。

仙五朗が木の戸を横に引く。戸は滑らかに動いた。

蔵の中は薄暗い。けれど、真の闇《やみ》ではなかった。明かり取りと戸口から、夏の日差しが差し込んでぼんやりと内を照らしている。

「ああっ、お美津さん」

仙五朗を押しのけるようにして、おいちは中に飛び込む。床《ゆか》に横たわるお美津を抱き起こす。

「お美津さん、お美津さん、しっかりして」

お美津が小さな呻《うめ》き声をあげた。目を開ける。

「……おいち先生」

「よかった。生きていたんですね。よかった」

「あたし、おっかさんが……怒っていたのを思い出して……。あの日、子どもを轢いたとか何とか……ずっと怒ってて……。お正さんから話を聞いて、おっかさんが『新海屋』さんに怒《はか》っていたのが……わかって……」

お美津の脈を測る。思いの外、しっかりしていた。これなら大丈夫だ。

「それで、おキネさんが『新海屋』に寄ったかどうか、確かめに来たんですね」

「はい。先生、あたしはただ……知りたかっただけなんです。おっかさんがなぜ、あんな目に遭わなきゃならなかったのか。知りたかっただけなんです。それだけなのに……」

「お美津、あんたをここに閉じ込めたのは、誰だ」

仙五朗が、身を起こしたお美津の顔を覗き込む。

「誰か、わかりません。見たことのない女の人で……。『新海屋』さんにどう話をしようか、店の前で案じていたら、女の人に声を掛けられたんです。それで、あたし、おっかさんのことを尋ねてみました。その人、『新海屋』さんの身内だって言うから……。そしたら、おっかさんのことを知っていると。あの日、確かにここに来たのを見たと言うんです。詳しい話をしてあげるとも言いました。だから、わたし、ついていったんです。そしたら、ここに連れてこられて、後ろから鼻と口を覆われて、気が付いたら床に転がっていました。大声で叫んだけれど、どうしようもなくて、怖くて、気を失ってしまって……」

「大丈夫ですか。動けますか。息を深く吸って、ゆっくり吐いてみてください」

お美津が大きく息を吐いたとき、明乃の叫び声が響いた。

「まあ、美代さん。それに遼太郎さんも」

え？　お美代さん？

薄闇に慣れた眼が、倒れている美代と遼太郎の姿を捉《とら》えた。明乃が美代を起こし、抱きかかえた。美代が身動《みじろ》ぎする。遼太郎も呻きながら、自力で起き上がった。頭の後ろから血を流している。血は首筋を伝い、紅《あか》い蛇《へび》が巻き付いているかに見えた。

「いったい、これはどうしたことです。ここは、何なの」

明乃が怯《おび》えた眼つきであたりを見回す。

壁一面に棚《たな》が取り付けられ、大小の壺《つぼ》や箱がきちんと並んでいた。別の棚にはおいちが見たことのない、用途もわからない器具が、こちらはやや乱雑に置かれている。その前に、丁度《ちょうど》人一人が横たわれるほどの幅、長さの台が設えられていた。

生薬《しょうやく》の青い香りが嗅《か》ぎ取れた。おいちには馴染みの匂いだ。

ここは……。

戸が閉まる音がした。錠の掛かる音もした。蔵の中の闇が濃くなる。

おいちの全身から血の気が引いていく。鼓動が速くなり、指先が凍《こご》えた。

「くそっ」

仙五朗が体当たりしたが、厚い木の戸はびくともしない。鈍い音が響くだけだ。

「なんですか、これは。いったい、どうしたの」

明乃が喘《あえ》ぐ。床に座り込み、荒い息を繰り返す。

「喜世さん！」

ありったけの力を込めて、おいちは喜世を呼んだ。

「喜世さん、ここを開けて。開けてください」

明かり取りの窓から、喜世の顔が覗いた。光を浴びているせいか、闇に白く浮いて見える。

「喜世さん、あなたは、あなたは何をしているの。これは、どういうこと」

明乃の叫びは掠れて、闇に吸い込まれていく。

「……先生、ここで喜世さんは薬の調合や……人を使って……」

美代が明乃の腕を摑む。

「すみません。わたし、薄々気が付いていながら止めることができなくて……。ほんとうのことを知ってしまうのが怖くて……」

「で、では、あなたではなく喜世さんがこの一件を」

「起こした張本人、下手人でやす。たくさんの人を殺した。長崎でも江戸でも、ね」

「そいは、違う」

仙五朗を遮《さえぎ》り、喜世は窓の外から声を張り上げた。

「わたしは下手人ではなか。医者や」

「医者がこんなことをしますか。喜世さん、あなた、ほんとうに人を殺したの。ほんとうに」

「先生、この薬が実用できれば、たくさんの患者ば、幾百幾千という患者ば、苦しみから救えるとです。そのために、何人かを犠牲にするとはしかたなかことです」

「馬鹿を仰い。あなたは今まで何を学んできたの。人の命を犠牲にして成り立つ医術などありませんよ」

「綺麗ごとでは、いつまで経《た》っても人は救えんと」

「綺麗ごとではありませぬ。医の道の基《もと》です。人の命を軽《かろ》んじる者に人の命は救えませぬ。喜世さん、あなたはもはや医者ではない」

暫くの間、誰も何も言わない。

「お律《りつ》は苦しんだ」

ややあって、喜世が口を開いた。唸《うな》りのような重い声音だった。

「乳にできた岩のために苦しんで苦しんで、苦しんで逝ったと。亡くなる前に、こん苦しみば取り除いてくれんねと、わたしに縋ってきた。でも、わたしにはどうすることもできんかった」

お律というのは、長崎で突然に姿を消したという娘だろうか。

「たった一人の妹が、たった一人の身内がもがき苦しんどるとに何もできんかった。お律の苦しむ姿ば見とるとの辛《つろ》うて辛うて……」

妹？　病のため若くして世を去った娘は、この人の妹だったのか。

おいちは、闇の中で目を凝《こ》らし、耳を澄ませた。『嵯峨屋』の主の顔が、伊予助の最期が、そして熊三《くまぞう》の痛みに喘ぐ姿が目の前に現れる。

「あなたは天涯《てんがい》孤独の身ではなかったのですか。石渡からはそう聞いておりましたよ。喜世は大層聡明で熱心で将来《さき》が楽しみだと、一人も身寄りがないから能《あた》う限り支えてやらねばと申しておりましたのに」

明乃の口調も重く、沈んでいく。

「先生に嘘《うそ》を申し上げたわけではなか。わたしは身内はおらぬもんと決めて、医学に精進《しょうじん》するつもりでおったとです。ばってん」

一瞬の沈黙の後、喜世は続けた。

「先生、聞いてください。わたしとお律は二親《ふたおや》と死に別れて縁者の家に引き取られたとです。そいからは、わたしもお律も口にはできんほど辛か日々ば送りました。奉公人《ほうこうにん》と同じ、いや、それ以下の扱いばされました。そいだけやなか。器量のよかったお律は大店《おおだな》の主人の囲《かこ》い者にされて……、まだ十二やったとに」

おいちは息を詰めた。十二歳で囲い者にされた娘はやがて岩を患《わずら》い、一生を終えたのか。

「わたしには、どがんしようもなかった。文《ふみ》のやりとりばすること、お律が少しでも幸せであるように祈ること、そいが精一杯やった。わたしは、わたしは幸運ば手に入れました。石渡先生に見出《みいだ》されたおかげで志《こころざ》す道のできて、懸命に励むことのできるごとなったとやけん」

美代が「そうよ」と声を出した。

「長崎で学んでいたころから、あなたは抜きんでて優《すぐ》れていた。学問も異国の言葉もみるみる自分のものにして、誰も敵《かな》わなかった。わたしはずっと、あなたが羨《うらや》ましかった。妬《ねた》ましくもあったけれど、妬心《としん》よりずっと羨望《せんぼう》の方が強かったの。尊敬もしていた。もし、石渡先生が急にお亡くなりにならなかったら、あなたはさらに多くを学び、長崎一の、いいえ日《ひ》の本《もと》一の医者になっていたはず。わたしは信じていた。信じさせてくれるだけの力が、あなたにはあったのよ。あなたは、あなたは……わたしの、医道を目指す女たちの望みになれる人なの。それなのに、どうしてこんな」

「お律が訪ねてきたと」

喜世が美代の涙声を断ち切る。

「病に侵されて、ぼろぼろになって訪ねてきたと。もう助からんて、すぐにわかった。そいけんせめて、せめて苦痛ば取り除いてやりたかった。ちょっとでも楽にしてやりたかった。けど、その手立てがわたしにはなかった。そんとき、石渡先生が遺《のこ》された帳面のことば思い出したと。無痛薬の調合方法ば考察した帳面のあるて、石渡先生が言うとらしたことば思い出したと。わたしは遺品の片付けば手伝う振りをして、そいば探し当てて、全てを書き写した」

明乃が何かを払うように、両手を振った。

「あれは、まだ試行途中の走り書きのようなものです。改善を重ねて確かなものにするための序の段階に過ぎなかったんですよ」

「石渡先生が生きとらしたら、考察ば前に進められたはず。ばってん、先生は亡くなってしもうた。それなら、わたしが遺志ば継いでもよかやろう。いや、それより、ともかくお律ば苦しみから助け出してやりたかった」

明乃の声は、悲鳴に近かった。

「あなた、まさか、あの帳面通りに薬を……」

「調合して、お律に飲ませました」

明乃がふらつく。今度はお美代が後ろから支えた。

「お律は……三日間苦しんで、全身の爛《ただ》れて……、でも、四日目に楽になって『姉さん、ありがとう』って言い残して亡くなりました。『早《はよ》う、薬ば作ってね。人が病《やまい》で苦しまずに済むごと』とも。それで、心が決まりました。わたしは長崎ば追われた。どがん手ば使《つこ》うてでも、こん薬ば作り上げようと。そいとに、わたしは長崎ば追われた。女だと、それだけの理由で。あの男たちにも見せてやる。わたしが作り上げた薬がどげんすごかものか、見せてやる」

おかしいと、おいちは思った。

妹を悼《いた》む気持ちと、女を見下《みくだ》す男たちへの怒りは、別物だ。自分のやっていることを正しいと信じたい、仕方のないことと納得したい。そんな想いが喜世さんの中で渦巻《うずま》き、うねり、結句《けっく》、なにもわからなくさせてしまったのでは。だとしたら、何と哀《かな》しい、何と愚《おろ》かな道をこの人は選んでしまったのか。

「あんたは、長崎で勘助って男を手先に使ったのか。意のままに動いてくれる男がいなければ、遺体を始末するのも難しかっただろうからな」

仙五朗の口調は乱れがない。それだけで、安心できた。

喜世の表情が消える。

「勘助はよか男やった。わたしとよう似た境遇で、その上余命幾ばくもなか身で、そいでも冗談《じょうだん》ば言うて笑うような男やったと。わたしは勘助だけには、全てを打ち明けられたとばい。勘助は手伝うて言うてくれた。手伝うけん、必ず薬ば作り上げろと。その言葉通り、身体が動かんごとなるまで働いてくれた。そいけん、最期は……」

「やはり薬の試しに使ったわけか」

「最期は楽にしてやると約束した。楽に逝かせてやるけんて。ばってん」

喜世の顔がくしゃりと歪んだ。こんな悲しげな、こんな苦しげな顔を初めて見たと、おいちは思う。胸の奥底がきりきりと痛い。

「ばってん、上手《うま》くはいかんかった。勘助は苦しんで、苦しんで……わたしを怨みながら死んでしもうた」

「薬と毒は紙一重《かみひとえ》なのですよ。ほんの僅かな匙加減《さじかげん》、使う材料の量や調合次第で薬にも毒にもなるのです。ましてや、調合した前例のないものなら、どれほど剣呑《けんのん》かわかるでしょう」

明乃がふらふらと前に出る。

「薬は救いの神にもなるけれど、一歩間違えれば獰猛《どうもう》な怪物に変わるのですよ。あなたが、それをわからないわけがない。わかっていて、使ったのですね。使い続けたんですね」

「剣呑で獰猛な怪物ば飼いならしてこそ、本当に効目のある薬を生み出せるとです」

「お黙りなさい。あなたのやったことを石渡は絶対に是《ぜ》とはしませんよ。わたしも許しません。喜世さん、妹さんがどうあれ、あなたの生《お》い立ちがどうあれ、罪は罪。あなたは医者として、人として一番やってはならないことに手を染《そ》めたのです」

窓の向こうで、喜世が笑った。笑ったように見えた。その窓が閉まる。闇が伸《の》し掛かってきた。

「ひいっ」と叫んだのは、遼太郎だ。

「き、喜世さん、何でわたしまで……。わたしはあんたのために、これまで力を貸してきたじゃないか。それなのに、何で」

「なるほど。江戸では若旦那《わかだんな》が喜世の片腕になって働いていたってわけか。勘助が手助けしたのは、病の苦しさを和らげてもらいたかったからか、喜世の生い立ちに憐《あわ》れを覚えたからかわからねえが、若旦那、あんたはどういう料簡《りようけん》でこんな非道な事に手を貸したんだ」

暫く喘ぎ、遼太郎は震え声で答えた。

「こ、怖かったんです。ひ、一目見たときから喜世さんが怖くてたまらなかった」

「怖いねえ。確かに尋常《じんじょう》じゃねえが、見た目はごく当たり前《めえ》の女じゃねえか。あんただって大の男だ。それが女一人が怖くて言いなりになっていたとは、信じられねえが」

「親分さんは、あ、あの人の眼をちゃんと見たことがないからです。あの人の眼の奥には鬼火《おにび》が燃えているんですよ。青い炎《ほのお》がちろちろと。じっと睨まれたらもう怖くて、怖くて、身体も心も竦《すく》むんです。言いなりになるしかなかったんですよ」

「遼太郎さん、何て情けない。この場所を用意したのはあなたなんですね。どうして、わたしに教えてくれなかったのです。こんな恐ろしい所業を何としても止めようとは思わなかったのですか」

明乃が叱責《しっせき》する。鞭《むち》打つのに似た激しさだった。心底《しんそこ》からの怒りが伝わってくる。

「遺体を運ぶのも船に載せるのも、川に捨てるのも手伝ったんだろう。勘助と同じように、ほとんど抗《あらが》うこともなく喜世の指図《さしず》に従っちまった。そうだな、遼太郎」

仙五朗が呼び捨てる。遼太郎は闇の中でもわかるほど、おののいた。

「しかたなかったんだ。しかたなかったんだ。怖くて、怖くてどうしようもなかったんだ」

「で、今日はどういう成り行きで、あんた、ここに転がる羽目《はめ》になった？」

「や、やり過ぎたんだ。御薦《おこも》だけでなく婆《ばあ》さんまで試しに使うなんて、やり過ぎだと」

「おキネは『新海屋』に一人で来たのか」

「いや、喜世さんが連れてきました。御船蔵《おふなぐら》の通りを歩いていたら、たまたまあの婆さんとすれ違ったんだそうで。『新海屋を懲《こ》らしめなくちゃ』とぶつぶつ呟いていたのを聞いて、声を掛けたんだとか。喜世さん、年寄りの女で薬を試したかったんだ。御薦たちはみんな、男だったから。それで、駕籠に乗せて連れてきたと言ってました」

「駕籠か。まるで考えなかったな。道理で足取りが摑めねえはずだ」

仙五朗が唸る。お美津がすすり泣き始めた。

遼太郎の声もさらに震え、細くなる。

「やり過ぎだ。わ、わたしは何度も止めたんですよ。けど、一度、言う通りに動いたらもう……どうにもならなくて。喜世さんに、わたしも同罪、一蓮托生《いちれんたくしょう》の重罪人だ、今さら逃げられないと脅《おど》されて……」

「脅しじゃねえよ。確かに重罪人さ。あんた喜世に無理やり仲間に引き入れられたように言うが、あんたにも下心があったんだろう。でなきゃ、こうまで深入りするわきゃあねえ」

「そ、それは……」

「金か。この薬で大儲《おおもう》けできるとでも吹き込まれたのかい」

遼太郎は返事をしなかった。はは、と、仙五朗が笑う。

「返事がないのが返事ってわけだ。しかし、大店の若旦那が金に困っているというのはどういうこった？　賭場《とば》の味でも覚えて、寄ってたかって鴨《かも》にされたかい。それで、店の金に手を付けたところを、どういうわけか喜世に気付かれ、それを種《ネタ》に手先にされた。三文芝居《さんもんしばい》の筋書《すじがき》みてえだが、あながち的外れでもねえだろう」

返事のかわりのように、ため息の漏れる音がした。

「店の金を使い込んだなんて親父《おやじ》が知ったら、どう言い訳しても許してくれるわけがない。勘当《かんどう》されて、身一つで放り出されてしまう。それが怖くてつい……。あ、でも、それは初めのうちだけで、ほ、ほんとうに初めだけでした。親父より、勘当より、わたしは喜世さんが恐ろしかったのです。あの青い炎が、ゆらゆら揺れるのを見るのが怖くてたまらなかった。でも、親分さんが動いていると知って、ええ、親分さんが御鷹や婆さんの行方を探っていることはわかっていました」

「ふふん、いつばれるか、いつお縄になるか怯えて、周りを嗅ぎ回っていたわけか。どうでえ、遼太郎、生きた心地がしなかっただろう。飯もろくに喉を通らなかったんじゃねえのか。それが罪人になるってことだからな。たっぷり思い知っただろうよ」

仙五朗の皮肉にも遼太郎は言い返さなかった。そんな気力は残っていないらしい。もともと、持ち合わせていなかったのかもしれないが。

なるほど、これなら、喜世さんの気根《きこん》に押されもするわ。

おいちは納得してしまう。納得したからといって気が晴れるわけではないが、絡まり合っていた謎《なぞ》の糸が少しずつ解けていくとは感じる。

「だから、わたしは必死に喜世さんにお願いしたんです。岡っ引がもうそこまで迫っている。もう、こんなことはお終《しま》いにしてほしいと。そ、そしたら喜世さんは、いざとなったら、美代さんを下手人に仕立て上げればいいと、その手はずは整えてあると笑ったのです」

「喜世さんのことで話があると呼び出したのは、わたしを陥《おとしい》れるためだったのですね。もしかしたら全ての罪を白状してくれるのかと……、どれほど胸が騒いだか」

見えないけれど、美代は唇を震わせているに違いなかった。

「それじゃあ、おまえは美代さんをこの蔵に呼び出して、気を失わせたわけだな」

「違います。違います。わたしじゃありません。わたしは見ていただけです。喜世さんが後ろから首を絞《し》めたんです。そうですよね、美代さん」

「……わかりません。わたしは、女の方が倒れているのを見つけて驚いてしまって、それでもとっさに脈を測ろうとしたのです。そのとき不意に後ろから腕で首を絞め上げられて、それっきり何もわからなくなりました。気が付いたら、みなさんがいて……。ああ、でも、あの着物の柄《がら》は確かに喜世さんのものでしたが」

「でしょう。そうですよね。わたしは、ほんとうにただ見ていただけなんです」

「馬鹿野郎」

仙五朗の一喝《いっかつ》が闇を震わせる。

「ただ見ていただけだと？　寝言も休み休み言え。てめえがしゃんとしてりゃあ、少なくとも江戸での事件は防げたんだ。いいか、遼太郎、覚悟しとけよ。勘当で済む話じゃねえ。おめえは斬首《ざんしゅ》相当の罪人なんだぜ」

「ひえっ、嫌《いや》だ。嫌だ。親分、お助け下さい。お助けを」

遼太郎が泣き伏す。その嗚咽《おえつ》に、仙五朗の冷え冷えとした声が被《かぶ》さる。

「今さら、おまえを助けられる者なんぞいねえよ。人を殺した罪は途方もなく重《おめ》えんだ。そう容易《たやす》く償《つぐな》えるわけがねえ」

「親分さん」

おいちは、仙五朗の声の方に顔を向けた。

「わたしたち、閉じ込められてしまいました」

「へえ。まさにその通り、としか答えようがありやせんね」

「なのに、ずい分と落ち着いてますね。何か手立てを講じているんですか」

闇が僅かに揺れた。

「さすがに、お見通しでやすかい。ええ、一つ二つ、手を打ってありやす。決まり手かどうかはわかりやせんがね。ここに来る前に、冷水売りに会いやしたでしょ」

「ええ、万年橋のところで水を買ってくださいましたね」

「あれは、あっしの手下の一人でやす。あの界隈で冷水やら甘酒《あまざけ》やらを売り歩いているやつで、なかなか働きのいいやつなんで。そいつに、ここに手下を集めるように告げてありやす。何が起こるかわかりやせんでしたからね」

「まあ、でも、この蔵にあたしたちがいると手下の方にわかるでしょうか」

蔵は古いけれど、しっかりとした造りだとわかる。壁も厚く、人声《ひとごえ》や気配、物音、さらには匂いなどが外に漏れるとは思えない。だからこそ、喜世はここを選んだ。人を幽閉《ゆうへい》するにも、薬を調合するにもうってつけの場所なのだ。

「わかるように細工《さいく》をしてきやした。これを」

仙五朗がおいちの手に何かを渡す。闇の中でも見えているかのような確かな動きだった。

「これは、布切れですか。細長い紐みたいですが」

「へえ、大きな声じゃ言えやせんが、嬶《かかあ》の古い襦袢《じゆばん》の端切《はぎ》れでやす。これを木戸からここまで、あちこちに結んできやした。手下はそれを辿《たど》ってくるはずでやす。常日頃からそうするよう言い付けておりやすからね」

「え、それでは、親分さんは端《はな》から喜世さんを疑っていたのですか」

「いや、端からってわけじゃねえ。木戸から母屋までは一応の用心のためでやした。けれど、盗み聞きしていた喜世の気配があまりに尖っていたので、これはと思いやしてね。それに、息がね、ちょいと弾《はず》んでやした。慌てて飛んできたみてえにね。まあ、岡っ引を長くやっていると、嫌でも人の気配には敏《さと》くなっちまうもんです。で、ちょいと鎌《かま》をかけてみやした。木戸のかんぬきのことでやすが」

「あ、かんぬきをわざと外したかどうか尋ねた、あれのことですね」

「さいです。かんぬきは外れてたんじゃなくて、落っこちてたんで。框《かまち》が壊《こわ》れて、下に転がってやした。ですから、喜世は嘘をついたんでさ。あっしが思い違いをしていると踏んで、ね」

そうか、あのとき、もう勝負はついていたのだ。

「ただ、あの場で喜世を縛《しば》り上げるのはさすがにできやせんでした。確かに下手人だと決めつけるだけの証はなにもなかったし、お美津の行方も気になりやしたからね。まあ、遼太郎まで転がっていたのには驚きやしたが」

「き、喜世さんは、美代さんまで殺すつもりかと怖くなって、心底から怖くて、逃げ出そうとしたんです。そしたら、後ろから石か何かで殴《なぐ》られて……。ああ、痛い。血がべっとりだ」

遼太郎がまた、すすり泣く。仙五朗が舌打ちした。

「おいちさん、喜世はあっしたちが来たことに、早くに、おそらく店前《たなさき》でやりとりしていたときに気が付いたんでやすよ。で予《あらかじ》め考えていた手はず通りに動いたわけでやす」

「ええ」

仙五朗の言う通りだろう。しかしいくら考えていたからと言って、いざというとき思うように動けるものだろうか。

「遼太郎を使って、お美代さんを呼び出し、気を失わせ、その後あっしたちを蔵まで誘い出すなんて。並の胆力《たんりょく》、並の動きじゃねえ。正直、感心しちまいますぜ」

おいちの疑念に答えるかのような仙五朗の台詞《せりふ》だった。

「けどこれは、ちっと拙《まず》いな」

「拙い？　どういうことです」

「おいちさん、遼太郎までここに閉じ込めたってことは、喜世はおそらくあっしたちみんなをまとめて始末する気でやすよ」

我知らず奥歯を噛み締めていた。ここにいる者の他、喜世の悪業を知っている者はいないはずだ。だとすれば……。

闇が薄らいだ。光が入ってくる。明かり取りの窓が開いたのだ。

「喜世さん」

遼太郎が叫んだ。壁際《かべぎわ》まで駆け寄り、窓に手を伸ばそうとする。伸ばして届く高さではない。喜世の顔が消え、茶褐色《ちゃかっしょく》の壺が窓辺に現れた。

「出してくれ、ここから出してくれ。どうしてわたしまで、ひえっ」

遼太郎がのけ反《ぞ》る。壺の中身を頭から浴びたのだ。

この匂いは、油？

上等な油の匂いではないか。とろりと甘く香り、飴色《あめいろ》に輝いている。

ガシャーン。壺が床に落ち砕《くだ》けた。油の香りがいっそう、強くなる。

「みんな、退《さ》がれ」

仙五朗が庇《かば》うように両手を広げた。お美津がよろめき、棚にぶつかる。箱や壺が転がり落ち、派手な音を立てて粉々《こなごな》になる。油に薬草の匂いが混ざり込む。

まさか、まさか火を点《つ》ける気？　まさか。

全身が強張った。蔵の内に油を撒《ま》き、火を点ける。そんなことをすれば、ここにいる者はみんな間違いなく焼け死ぬ。いや、炎に焼かれる前に煙《けむり》を吸って、息ができなくなる。

「喜世さん、やめてーっ。喜世さん」

美代が声を絞り出して、喜世を呼ぶ。

「こんなことをして、あなた、これからどう生きるつもりなの。本物の医者になるって言ったじゃないの。痛みから、苦しみから、患者を少しでも楽にしてあげたいって言ったじゃないの。どんな病も治せる医者になりたいって。それなのに人の命を奪うなんて、まるで逆のことをしている。恥ずかしくないの。妹さんに、石渡先生に顔向けできるの」

「わたしは生まれ変わると」

喜世が叫び返す。

「火ば点ければみんな黒焦《くろこ》げたい。男が二人、女が四人。女のうちの一人は、わたしやとみんな思うやろう。わたしは江戸ば出て、どこかの国で医者になる。こん薬ば必ず作り上げてみせる」

「馬鹿な真似《まね》はよして。喜世さん、ほんとに」

「うわぁぁーっ」

美代の声を遼太郎の喚き声が断ち切る。喜世が蠟燭《ろうそく》を窓から差し出したのだ。臙《えん》脂色《じいろ》の炎が燃えている。恐ろしい色だ。おいちも悲鳴をあげそうになった。

「明乃先生、ほんなこて申し訳ありません。美代さん、おいちさん、一緒に医者ん道ば進みたかったとに残念ばい。ばってん、もうこうするしかなかとさ」

炎が揺らめく。おいちは目を閉じた。

眼裏《まなうら》に新吉の笑顔が浮かぶ。はっきりと見える。

新吉さん。

嫌だ、死にたくない。生きていたい。生きて医者になりたい。新吉さんと夫婦《めおと》になりたい。

助けて、助けて、新吉さん。

大きな物音がした。人の争う声、喚声《かんせい》、「親分」と呼ぶ若い声。

「ここだ、戸を開けてくれ」

仙五朗が大きく息を吐き出した。

「ぎりぎり間に合いやしたぜ、おいちさん」

明乃が膝からくずおれた。美代もお美津もへたり込む。

戸が開いた。

美代が明乃を、おいちがお美津を支えながら表に出る。光が眩しかった。

「親分、おそくなりやした」

あの冷水売りの男が頭を下げる。

「いや、おかげで命拾いしたぜ。で、喜世は」

喜世は手下の一人に組み敷かれて、もがいていた。

「そいつが下手人だ。縄を打ちな」

「へい」

手下が捕縄《とりなわ》を取り出そうとしたとき、喜世が飛び起きた。その勢いに手下が尻《しり》もちをつく。懐剣《かいけん》を取り出すと、喜世は抜き身を仙五朗めがけて横に払った。

「あぶねえ」

仙五朗が身を捩《よじ》り、よける。おいちは、懐剣の動きを目で追いきれない。それくらい速い。あっと思った瞬間、背後から喉元に切《き》っ先《さき》を当てられていた。

「動くな。一歩でも動けば、殺す」

仙五朗が大きく目を見開いている。

「ま、待て。待ってくれ。おいちさんに手を出すな」

「動くなて言うたやろう」

おいちを引きずり、喜世はゆっくりと船着き場に下りていく。

「美代さん、舫《もや》い綱《づな》ば解《と》け。早く」

切っ先が喉に当たる。痛いより冷たい。背筋が凍《こお》るほど冷たい。

美代は荒い息をしながら前に出ると、杭と舟を繋いだ綱を解こうとする。力がないのか、指先が震えているからなのか、なかなか解けない。

「喜世さん、やめて、もうやめて。こんなこと、もうたくさん」

泣きながら、美代が訴える。それでも綱が外れ、舟はゆっくりと流れ始めた。

「おいちさん」

「来るな。追ってくれば容赦《ようしゃ》せん。喉ば掻《か》き切る」

「おいちさん、おいちさん」

仙五朗の顔色は夏の光を受けながら、気味《きみ》悪いほど青白い。ここまで血の気を失った仙五朗を見るのは初めてだ。

喜世は櫓《ろ》を摑むと、勢いよく漕《こ》ぎ始める。舟は流れに乗って掘割を滑り、すぐに小名木川に出る。

「何でもできるんですね」

櫓を操《あやつ》る喜世に言う。

「は？」

「喜世さんです。医学はもとより阿蘭陀《オランダ》語ができて、剣が遣《つか》えて、さらに舟まで漕げる。何でもできるじゃありませんか」

万年橋を潜《くぐ》って大川に出る。猪牙舟《ちょきぶね》の数が目に見えて多くなった。川面の煌《きら》めきを櫓や竿《さお》が、無遠慮にかき乱していく。その先には江戸前の海があった。

「助けは呼ばんとね、おいちさん」

「喜世さんのお話が聞きたいんです」

相手を真っ直ぐ見ながら、おいちは僅かに身を乗り出した。

「聞かせてください」

喜世が笑った。

「おもしろか人やな。まぁよかろう。話すことなんて、さほどなかけど。おいちさん、さっき、わたしが何でもできるて言うたね」

「はい」

「わたしは、この通り器量の悪か。おまえは醜《みにく》か、どうにもならんて、ずっと言われとった。二親にも縁者にも、ね。いつからか、負けとうなかと思うごとなった。顔の美醜だけで人の位を決めつけるような者《もん》に負けとうなかて。そいけん、やれることは、なんでんかんでん身につけようと励んだばい。けど、やはり、学問が一番よか」

喜世の眼差《まなざ》しが緩み、空へと向けられる。そこに何を見ているのか、おいちには窺えない。

「男も女も、美醜も、家柄も、身分もなか。志と才があれば進んでいける。わたしはそう信じとった。石渡先生もそう仰った。そいとに女であるだけで、望む道を進むとば阻《はば》まれる。おかしか。理不尽《りふじん》たい。男と同じように女が働く。それを非とする輩《やから》に目に物見せてやりたかったと。わたしは勝ちたか。わたしを醜いと嗤《わろ》うた者に女を見下すあほうな男に、お律を苦しめた病に勝ちたか」

川面すれすれを燕が飛ぶ。光の煌めきに黒い小さな体が包み込まれた。が、すぐに天へと舞い上がり、河岸《かし》の向こうに消えた。

「喜世さん。闘《たたか》い方を、闘う方向を違《たが》えてしまいましたね」

あなたは負けました。誰でもない自分に負けてしまった。何のために医者になるのか、何のための医術なのか見失ったとき、あなたは敗れたのです。

喜世と視線が絡んだ。青い炎などどこにも燃えていない。静かな暗い眼だった。

「おいちさん、こげなこと言えた義理やなかけど、お願いしたかことの一つあると」

喜世は胸元から、和綴《わとじ》の帳面を取り出した。おいちは、それを両手で受け取った。表紙には何も書かれていない。

「これは……」

「そう、これまでの、無痛薬の調合材料と飲ませた量、試しに使った人の身の丈《たけ》、重さ、年齢、持病の有無、飲んだ後の様子、死に至るまでの刻《とき》。一人残らず記しとる。こいば美代さんに渡してほしか。あん人なら、こいば無駄にはせん。わたしのごたる間違いをせずに、いつか本物の無痛薬ば作ってくれる」

おいちは帳面を胸元に仕舞《しま》い、上から強く押さえた。

「わかりました。必ずお渡しいたします」

「ありがとう。江戸での日々は短かったばってん、あんたのごたる強欲《ごうよく》な人に会えて、よかった」

「強欲、あたしが？」

喜世は笑みながら、頷いた。

「あんたは強欲たい。好きな男と夫婦にもなる、医者にもなるて言うた。とんでもなか強欲者やなかね。けんど、おいちさんの強欲は、他人《ひと》ば幸せにする強欲たい。わたしの欲は、誰も不幸せにしてしもうた」

「喜世さん」

「勘助は、わたしのことば好いとるて言うてくれた。好いとるけん命の果てるまで手助けする、地獄に堕《お》ちるとも覚悟の上やと。けど、その勘助でさえ、最期はわたしば怨んで死んでいった。苦しくて、苦しくてたまらんかったんや。身体中できものだらけになって、歯も抜け落ちて、そのくせ、なかなか死ねんかった。わたしが薬の効目を知りとうして、ひと思いに殺してやらんやったけん。勘助はそんことに気付いて、わたしば怨《もん》んだ。『おのれ、よくも、よくも』と、怨み続けて逝った。あんなに多くの者を殺したていうとに、覚えとるとは勘助の怨みの声だけばい。あの声だけは、耳にこびりついて片時も離れん」

怨嗟《えんさ》の声を聞き続けて生きる。それもまた、地獄を垣間《かいま》見る日々であったろう。

喜世は櫓を巧みに操《たく》り、舟を大川の岸辺に着けた。

「おいちさん、ここで降りてくれんね」

「喜世さんは、どうするんです」

「わたしは、長崎に帰るたい」

「え?」

「この先には海のある。海は長崎に繋がっとる。わたしは長崎に帰りたか」

喜世の髪が潮風になびく。眼はもう、おいちを見ていなかった。江戸の風景を見ていなかった。今を見ていなかった。

おいちが降りると舟はゆっくりと岸を離れ、海へと消えていった。

空も海も大川の流れも青い。

白い鳥が羽を広げ、川面から飛び立ち、消えた舟を追うように真っ直ぐに飛び去った。

「あっしがついていながら、ほんとうに申し訳ありやせん」

仙五朗が頭を下げる。下げた相手は松庵で、これ以上ないほど苦々《にがにが》しげな顔つきになっている。その横には、おうたがこれまた、渋面を作って座っていた。

喜世が海に消えてから二日が経って、江戸の町には夏の日差しが降り注いでいる。

「親分、やめてくれよ。おれは他人に頭を下げられるのが大嫌いなんだ。先日もしっかり謝ってもらった。ほんとに、もういいって。だいたい、おいちも無事だったし、親分が謝ることは何にもないだろう」

「ないわけ、ないでしょうが」

おうたが口を挟む。仙五朗ににじり寄る。

仙五朗、松庵、おうた、十斗《じっと》、おいち、そして新吉。つごう六人が菖蒲長屋の狭《せま》い一間《ひとま》に集まっていた。おうたが集めたのだ。事の次第をきちんと説明してもらうと、仙五朗を呼びつけた。新吉は松庵と十斗に呼ばれたのだそうだ。理由はわからない。

仙五朗から事件の顚末《てんまつ》を聞かされ、おうたは渋面になり、新吉は青くなった。

「親分さん、言わせてもらいますけどね。おいちは嫁入り前の娘ですよ。その娘を焼き殺したり、刺し殺していいと思っててんですか」

「伯母さん、あたし、死んでないけど。勝手に殺さないでくれる」

「お黙り。一歩間違えば、祝言じゃなくて葬式を出さなきゃいけなくなってたんだよ。親分さん、そこのところわかってるんですか」

「へえ、まったく申し訳ねえとしか言いようがありやせん。喜世があれほどの遣い手だとは、思ってもなかったんで。あっしの見込みが甘かった。おいちさんをあんな目に遭わせちまって、お詫びいたしやす」

「で、どうなったんですか」

おうたがさらに仙五朗に迫る。

「その、喜世って下手人は捕《つか》まったんですか」

「いや、海に漕ぎ出されちゃ捕まえようがありやせん。ただ、あんな舟で海を越えられるわけがねえ。喜世だってよくわかっていたはずでやす。自分のやったことを考えれば、江戸でも長崎でも生きて地は踏めねえとね」

「『新海屋』はどうなんです。身代《しんだい》没収ですか」

伯母さん、結局、事の結末が知りたいんだ。知りたくてうずうずしてるんだ。

そう察すれば笑いたくもなったけれど、おいちは神妙な面持《おもも》ちを崩さなかった。ここで下手《へた》に口を挟めば、「元《もと》を正せば、おまえのじゃじゃ馬ぶりが元凶《げんきよう》じゃないか」に始まって、延々と説教されるに決まっている。仙五朗には悪いが、おうたの矛先《ほこさき》を暫く引き受けておいてもらいたい。

「いや。それが、喜世が荷物の中に書き置きを残してやしてね。そこに、遼太郎を脅して薬を集めさせたりはしたが、事のほとんどは自分一人の所業だったと書いてありやしてね。遼太郎は何も知らないまま、手伝わされたに過ぎないと」

「まあね。けど、実際はそうじゃなかったんでしょ」

「まあね。けど、喜世が全ての罪を被ったのなら、遼太郎への咎めはさほど大きくはねえでしょう。『新海屋』も何とか店を畳まなくて済むんじゃねえですかい。あ、いやいや、内儀《おかみ》さんの仰りてえことはわかりやす。罪は罪。ちゃんと罰を受けなきゃなりやせん」

「当たり前ですよ。書き置きがあろうと目録があろうと、やったことに見合うだけのお咎めを受けるのが筋でしょうよ」

「へえ、全くで。けどねえ、あっしの見るところ遼太郎は今のところ、咎めを受けるのは無理なようでやすよ。蔵から助け出されてから、日がな叫んだり泣いたり、壁に向かって『助けてくれ、助けてくれ』と懇願《こんがん》したり、つまり尋常じゃなくなっちまってんですよ。それが、徐々にでも元に戻るのか、ずっとあのままなのか、わかりやせんがね」

おうたが黙り込む。蒸し暑い座敷に蚊の羽音《はおと》だけが響いた。

「塾の方は、どうなるんだろうな」

松庵がおいちに顔を向けた。おいちも父を見返す。

「明乃先生は大丈夫なのか。衝撃《しょうげき》のあまり、寝込んだそうだが」

「ええ。一晩で窶《やつ》れ果ててしまわれて」

明乃は悲しげなため息を吐いた。何度も何度も、だ。

「もうこの塾もお終いかしらね。『新海屋』さんの離れを借りることも難しくなるし、世間の風当たりも強くなるでしょうし。何より、わたしの気力が尽きてしまって……」

「先生」

美代が明乃の膝に手を置いた。

「わたしは嫌です。諦めたくありません。ここで、わたしたちが諦めてしまったら、この国に女の医者が育つ道筋を閉ざすことになります。先生、言われたではありませんか。わたしたちは道を拓《ひら》く者だと。わたしたちが倒れても、次に続く人たちが必ず現れると」

「美代さん、でも……」

「わたしたちはまだ、倒れてはいません。ここからも、これからも前に進めます。先生、わたしがいます。おいちさんがいます。塾生がいるんですよ」

美代の声には熱があった。心を焼くほどの熱だ。

「先生、これを見てください」

おいちは明乃の許に寄せられた多くの文《ふみ》を示した。

「これだけの女人《にょにん》が、入塾を望んでいます。この中の何人かは門を叩いてくれるでしょう。ここで学んだ女人たちが医者となり、日の本に散らばっていきます」

明乃が文の束《たば》を見る。おいちを見る。美代を見る。

「先生、美代さんの言う通りです。ここを追い出されても塾は開けます。お寺だって、裏長屋だって借りることはできます。段取りは全て引き受けますから。あたし、生まれながらの江戸っ子なんです。お江戸のことなら、どんと任せてください」

「まあ、おいちさん、頼《たの》もしいわ」

美代が目を細めて笑った。

こんなことで諦めない。夢を潰《つい》えさせない。

男だ女だという前に、一人の医者でありたい。あたしは、そういう生き方をするのだ。

「あなたたちは二人とも頼もしいですね。ほんとうに強くて」

明乃の両眼に涙が盛り上がる。

「喜世さんは、喜世さんはどうして、あなたたちのように生きられなかったんでしょう。わたしは、どうしてあの人を救ってあげられなかったんでしょう」

美代が明乃の背中に手を添える。

「先生。これからです。救うべき人を救えるように、わたしたちに医の道を教えてください」

「どうか、どうかお願いいたします」

おいちは指をつき、低頭《ていとう》した。

この場を失いたくない。ここから出発したい。

「あなたたちは、あなたたちは……」

明乃が嗚咽を漏らす。その声は静かに夏の庭に流れていった。

「少し刻はかかるかもしれないけれど、石渡医塾は閉じたりしないわ、父さん」

「そうか、うん、そうだな。及ばずながら、おれも手伝いはする。おれだけじゃない。石渡先生に世話になった者は江戸にたくさんいる。きっと力になってくれるはずだ。明乃先生にそう伝えてくれ。な、田澄さん」

「ええ。わたしも役に立てるなら、是非《ぜひ》そうしたいと思っています」

「はい。父さん、兄さん、ありがとうございます」

「うちにも離れぐらいはあるよ」

おうたがぼそりと呟いた。

「どうせ空《あ》いてるんだから、使いたきゃ使えばいいさ。ただし掃除はちゃんとしておくれよ」

「まあ、伯母さん」

おいちはおうたの首に縋りついた。

「ありがとう、ありがとう、大好きよ、伯母さん」

「ああ、もうやめておくれ。化粧が崩れるじゃないか。それでなくても暑いのに、ひっついてくるんじゃないよ」

そう言いながら、おうたはおいちの頬を優しく叩いた。

そこで、松庵が空咳を二つ三つ続けた。

「さて、話が一段落したところで、新吉、実は折り入っておまえに頼みたいことがある」

松庵には珍しい改まった声だ。

「あ、はい」

新吉が居住まいを正す。おうたが息を吞み込んだ。

「おいち、始まるよ」

耳元で囁く。

「始まるって、何が？」

「もう、鈍い子だねえ。父親が娘の婿《むこ》になる男に頼むといったら一つだけだろう」

おうたが人差し指を立てる。

「え、一つだけって何よ。まさか、借金の頼み事じゃないよね」

「どうして、そんな馬鹿な事しか思いつかないんだよ、おまえは。『娘を幸せにしてくれ』と頼むに決まってんだろ。松庵さんも人の親だったんだね。腹下《くだ》しの狸《たぬき》みたいなご面相《めんそう》だけど、人の親だったんだ。いいねえ、こういう場面、いいよ。何だかもう胸が一杯になってしまって」

おうたが鼻をすすり上げる。

松庵が十斗に目配《めくば》せする。十斗は黒い塗箱《ぬりばこ》を新吉の前に置いた。慎重に蓋《ふた》を開ける。新吉の眼が心持ち鋭くなった。

「これは？」

「メスというものだ。西洋医学で外科の手術に使う」

「触って、よろしいですか」

「むろんだ。手にとってじっくり眺めてくれ」

新吉は銀色に光るメスを摘み上げると、光にかざした。眼がさらに鋭くなる。

「これは阿蘭陀《オランダ》の物だ。これと同じ物を、新吉さんに作ってもらいたい」

十斗が言う。松庵が首肯する。

「田澄さんと相談してな、おまえなら作れるんじゃないかって話になった。飾り職人としての一流の腕前を持つおまえなら、この国のメスを作り出せるってな」

十斗も深く頷いた。

「本来なら刀鍛冶《かたなかじ》の領分かもしれない。けど、新吉さん、あんたの仕上げた品を見て、これだと思ったんだ。この腕なら、異国に負けない、いやそれ以上のメスを作ってくれるとな」

メスが鈍く光を弾いた。男たちは、その光に魅入《みい》られているようだ。

「……やってみます」

ややあって、新吉が答えた。いつもよりずっと低い声だ。

「これをお借りしてもいいですか、先生」

「ああ、頼む。そうか、やってくれるか。よかったな、田澄さん」

「ええ、ほっとしました。日本でメスが作れるようになったら、外科手術が格段に進みます」

「よし、飲もう。親分も一緒に今夜は飲み明かそう」

松庵が部屋の隅から徳利《とっくり》と湯呑《ゆのみ》を運んできた。新吉はまだメスを見詰めている。

「何てことかしらね」

おうたが息を吐き出す。

「腹下しの狸はやっぱり狸でしかないね。泣きそうになった自分が情けないよ」

「でも、父さんらしいし、新吉さんらしいわ。ね、伯母さん、あたしたちも呑みましょうよ。茄子《なす》の漬物《つけもの》があるから、あれを肴《さかな》に出すわ」

「ふん、茄子の漬物が酒の肴かい。貧乏くさいね。まあ、ほんとうに貧乏じゃあるけどさ」

おうたの嫌味《いやみ》を聞き流し、台所に立つ。

茄子は目が覚めるほど美しい紫色をしていた。

「手伝いますよ」

新吉がまな板の上に茄子を並べていく。

「新吉さん、包丁の使い方、上手《じょうず》ね」

「一人暮らしが長かったんで、一応は何でもやれます」

「あたし、お料理と洗濯は得意なの。でも、掃除が粗《あら》いって伯母さんに怒られる」

「おれは、おいちさんに掃除をしてほしいわけじゃねえんで。けど、守ってもらいてえことはあります」

新吉の眼を覗き込む。さっきの鋭さはもう欠片《かけら》もなかった。

「親分の話を聞いていて、心《しん》の臓《ぞう》が縮みました。だから」

包丁が止まる。

「死なないでください」

新吉は小声でそう告げてきた。

「何があっても、おれより長生きしてください。それだけです」

おいちは皿に茄子を盛った。盛った後、「はい」と答える。

「約束します。新吉さんより先に死んだりしません」

新吉が微笑《ほほえ》んだ。

茄子の色が美しい。男の笑顔が泣きたいほど愛《いと》しい。目の前にいる人たちが誇《ほこ》らしい。

生きるとはこういうことだ。

あたしは今、生きることの真ん中に立っている。

新吉の温もりと茄子の香りの中で、目を閉じてみる。

遠ざかっていく舟の櫓の音が聞こえる。

空耳《そらみみ》とわかっているのに捉《とら》えたくて、おいちは耳を澄ませた。


〈了〉

この作品は、二〇二一年六月にＰＨＰ研究所より刊行された。

著者紹介

あさの あつこ

1954年、岡山県生まれ。青山学院大学文学部卒業。小学校の臨時教師を経て、作家デビュー。『バッテリー』で野間児童文芸賞、『バッテリーII』で日本児童文学者協会賞、『バッテリーI～VI』で小学館児童出版文化賞、『たまゆら』で島清恋愛文学賞を受賞。著書は、現代ものに、「ガールズ・ブルー」「The MANZAI」「NO.6」のシリーズ、『神無島のウラ』、時代ものに、「おいち不思議がたり」「弥勒」「闇医者おゑん秘録帖」「燦」「天地人」「針と剣」「小舞藩」のシリーズ、『えにし屋春秋』などがある。

ＰＨＰ文芸文庫　星に祈る
おいち不思議がたり

2023年4月24日　第1版第1刷

著　者　あさの あつこ
発行者　永田貴之
発行所　株式会社ＰＨＰ研究所
東京本部　〒135-8137 江東区豊洲5-6-52
文化事業部 ☎03-3520-9620(編集)
普及部 ☎03-3520-9630(販売)
京都本部　〒601-8411 京都市南区西九条北ノ内町11
PHP INTERFACE　https://www.php.co.jp/
組　版　朝日メディアインターナショナル株式会社
印刷所　図書印刷株式会社
製本所　東京美術紙工協業組合

©Atsuko Asano 2023 Printed in Japan
ISBN978-4-569-90300-2

※本書の無断複製(コピー・スキャン・デジタル化等)は著作権法で認められた場合を除き、禁じられています。また、本書を代行業者等に依頼してスキャンやデジタル化することは、いかなる場合でも認められておりません。
※落丁・乱丁本の場合は弊社制作管理部(☎03-3520-9626)へご連絡下さい。送料弊社負担にてお取り替えいたします。

PHP文芸文庫

おいち不思議がたり

あさのあつこ 著

舞台は江戸。この世に思いを残して死んだ人の姿が見える「不思議な能力」を持つ少女おいちの、悩みと成長を描いたエンターテイメント。

PHP文芸文庫

桜舞う
おいち不思議がたり

あさのあつこ 著

お願い、助けて――亡くなったはずの友が必死に訴える。胸騒ぎを感じたおいちは……。大人気の青春「時代」ミステリーシリーズ第二弾！

PHP文芸文庫

闇に咲く

おいち不思議がたり

あさのあつこ 著

夜鷹《よたか》が三人、腹を裂かれて殺された。血の臭いをさせ、おいちを訪ねてきた男は下手《げしゅ》人《にん》なのか、それとも……。人気の時代ミステリー第三弾！

PHP文芸文庫

火花散る

おいち不思議がたり

あさのあつこ 著

菖蒲《しょうぶ》長屋で赤子を産み落とした女が殺された。おいちは女の正体を突き止め、赤子を守り切れるのか。人気の青春「時代」ミステリー第四弾。

PHPの「小説・エッセイ」月刊文庫

『文蔵』

年10回(月の中旬)発売　文庫判並製(書籍扱い)　全国書店にて発売中

◆ミステリ、時代小説、恋愛小説、経済小説等、幅広いジャンルの小説やエッセイを通じて、人間を楽しみ、味わい、考える。
◆文庫判なので、携帯しやすく、短時間で「感動・発見・楽しみ」に出会える。
◆読む人の新たな著者・本と出会う「かけはし」となるべく、話題の著者へのインタビュー、話題作の読書ガイドといった特集企画も充実！

詳しくは、PHP研究所ホームページの「文蔵」コーナー(https://www.php.co.jp/bunzo/)をご覧ください。

文蔵とは……文庫は、和語で「ふみくら」とよまれ、書物を納めておく蔵を意味しました。文の蔵、それを音読みにして「ぶんぞう」。様々な個性あふれる「文」が詰まった媒体でありたいとの願いを込めています。